MARÉE MORTELLE

James Humphreys

Marée mortelle

roman

Traduit de l'anglais par
Michèle Hechter

Stock

Titre original :

RIPTIDE

(Macmillan, Londres)

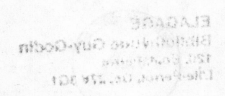

Prologue

Loin du vacarme, des rires, de la chaleur de la fête, dans la fraîcheur et le calme de la nuit, sa migraine se calma, sa fatigue s'atténua.

À la clarté des étoiles, ils suivirent le chemin des dunes, accompagnés par le bruit sourd et apaisant de la mer.

Sur la plage, elle serra son châle pour se protéger du vent froid. Elle lui fut reconnaissante de lui offrir son bras. Elle s'y accrocha de tout son poids quand elle trébucha sur un caillou et sentit sa tête tourner.

La lune surgit de derrière un nuage. Ils s'arrêtèrent pour contempler, devant eux, l'infini miroitement argenté, écouter le grondement étouffé des vagues qui, sans répit, assaillaient le rivage.

Elle se sentit détachée de tout, heureuse. Impulsivement, elle mit ses bras autour de son cou, l'attira contre elle. Après un instant de surprise, il lui rendit son baiser avec trop d'ardeur. Elle se rendit compte de sa méprise. Cet homme n'était pas le bon.

Ai-je trop bu ?

Elle se dégagea et reprit sa marche en riant toute seule. Ces galets qui roulaient sous les pieds l'épuisaient. Elle s'appuya avec soulagement contre le bois gris et chaud de la jetée la plus proche, et resta là à regarder le dessin du lichen.

Dans le silence, elle n'entendait que le bruit de ses pas, tout près, et le doux mouvement de l'eau.

La marée avait épargné un coin de sable, lisse et sec. Elle s'y étendit.

« Ça va ? » lui demanda-t-il en se baissant.

Elle n'avait plus la force de parler. D'un geste vague de la main, elle lui fit comprendre qu'elle voulait se reposer, juste une minute.

Alors (ou un peu plus tard), elle sentit qu'il lui saisissait le poignet, prenait son pouls, lui soulevait une paupière. Ça lui était égal, mais elle aurait préféré qu'il la laisse dormir.

Elle entrevit ses yeux inquiets.

« Je vais chercher de l'aide », articula-t-il clairement.

Quelle drôle d'idée.

Elle l'entendit courir sur les galets en direction de la voiture. Retrouvant un peu de vigueur, elle se souleva sur un coude. Sous les étoiles, elle le vit arriver au sommet de la dune, s'immobiliser. Deux silhouettes surgirent, se jetèrent sur lui. Il y eut des éclats de voix, des cris, une lutte.

Elle se rallongea. Ce n'était pas normal. Il se passait quelque chose d'étrange mais elle était trop exténuée pour essayer de comprendre.

Si elle se reposait un instant, tout s'éclairerait.

Elle s'étendit sur le sable doux, la tête posée sur un bras, bercée par le murmure du reflux.

Un peu plus tard, la marée s'inversa. Lentement, elle recouvrait le rivage, formant des mares à l'extrémité des jetées, noyant les amas d'algues vert sombre, libérant les innombrables bulles d'air prisonnières du sable.

La lune s'était couchée depuis longtemps. Une écharpe

de nuages venus de l'ouest assombrit le ciel. L'air se rafraî-
chit, des bancs de brume se formèrent. À l'aube, un film
scintillant de rosée recouvrait toutes les créatures de la
plage, mortes ou vives.

Un

Dans son lit, avant de se lever pour faire son thé, Rose-mary Aylmer sut que le temps avait changé. La soirée de la veille était encore chaude du souvenir de l'été. Elle sentit le froid et l'humidité d'une vraie journée d'automne. Quand elle tira le rideau, elle vit le paysage noyé dans un brouillard qui réduisait les aubépines et les ajoncs à des ombres vagues. En descendant dans la cuisine, ses norfolk-terriers aux talons, elle se félicita d'avoir mis sa bonne robe de chambre. Il faudrait rallumer le chauffage éteint depuis le mois de mai.

Vingt minutes plus tard, elle était habillée : un vieux cardigan en cachemire, une jupe en tweed épais, une veste en ciré, des chaussures de marche. Elle appela ses chiens et partit pour sa promenade matinale. Sa maison, l'avant-dernière sur Beach Road, avait, comme les autres, un portillon au fond du jardin donnant sur un chemin qui menait aux dunes et à la mer ; il traversait un champ d'herbes hautes qui seraient trempées de rosée à cette heure matinale. Elle décida de prendre la route pour garder ses pieds et sa jupe au sec.

Les chiens filèrent devant elle. Inutile de les tenir en laisse car il y avait peu de chances de rencontrer quelqu'un et les rares voitures se traînaient lamentablement sur la

11

chaussée pleine d'ornières et de nids-de-poule. Ils reni-
flèrent un moment le bord du fossé à droite, la haie à
gauche, avant de partir en courant jusqu'au bout puis de
revenir tout joyeux la chercher et l'inciter à les rattraper.
Elle fit un grand geste du bras, ils détalèrent, hors de sa
vue.

Elle sentait sa hanche droite raide s'assouplir à chaque
pas, humait l'odeur de l'humidité, écoutait le délicieux
glouglou de l'eau qui coulait enfin dans le fossé après tous
ces mois de sécheresse. L'été, elle avait parfois du mal à
dormir, à cause de la chaleur et des nuits courtes. Le retour
de l'automne, bien qu'elle l'ait vécu plus de soixante-dix
fois, était toujours bienvenu.

Une fois la dernière maison passée, la route débouchait
sur une plate étendue d'herbe tondue par les lapins que
les chiens avaient fait décamper. Les véhicules y effec-
tuaient leurs demi-tours mais n'y stationnaient pas la nuit,
même en été, car c'était une voie privée, réservée aux résidents qui avaient la clé de la barrière, au bout. Elle était
restée ouverte : au loin scintillait une petite voiture de
sport.

Ses lignes nettes, sa peinture gris métallisé contrastaient
avec la douceur du paysage, aux tons bruns et verts. Rosemary s'en approcha en se disant qu'elle avait peut-être été
volée ou abandonnée mais elle se rendit compte, en l'examinant, qu'elle était incapable de reconnaître une voiture
volée d'une autre : fermée à clé, sans vitre brisée, un manteau et un sac posés sur l'étroite banquette arrière. Son
regard tomba sur une vignette apposée sur le pare-brise,
du côté passager. C'était un laissez-passer pour le parking
de l'hôpital de Norfolk et Norwich – le « N&N », disait-
elle quand elle y était surveillante générale.

Elle se retourna, s'attendant presque à voir surgir un
médecin en blouse blanche de derrière une des touffes
d'ajoncs et de ronces qui parsemaient la dune. Mais il n'y

avait que la brume, les cris des fauvettes, des chevaliers et le bruit lointain de la mer.

Elle eut un haussement d'épaules et reprit sa promenade vers les dunes en pensant qu'entre toutes les amies qu'elle s'était faites à l'époque rares étaient celles qu'elle fréquentait encore. Une image étonnamment nette s'imposa à elle : une infirmière en train de pleurer devant un placard à linge, parce qu'un de ses patients avait perdu son long et difficile combat contre le cancer. Elle revoyait les portes de bois peintes en crème, pouvait presque sentir l'odeur des draps blancs et rêches, à l'intérieur. Elle se souvint de la façon dont la fille avait ravalé ses larmes et essuyé ses yeux avec le dos de sa main.

Cela remontait à une trentaine d'années, mais la scène lui revenait avec une surprenante netteté. Elle se rappelait aussi la salle, avec des renfoncements de six lits chacun, le bruit des lits roulants, des appareils, des chariots, des sacs de linge. La lumière tombant des hautes fenêtres jouait sur le linoléum usé et délabrait les sourires des parents en visite.

Elle fut contente de retrouver le nom de sa salle, Brenton (emprunté à un morne village sur la route d'Ipswich). On y soignait les malades atteints de tumeur. Peu avaient survécu jusqu'à ce jour. On baissait la voix pour dire : « Vous saviez qu'il était à Brenton ? » L'équivalent médical, en quelque sorte, des derniers sacrements.

Une fois en haut de la dune, elle s'arrêta. Par temps clair, elle aurait vu, à l'ouest, le terrain de golf et la ville de Hunstanton ; à l'est, la ligne de Compton Spit, mais tout était noyé dans le brouillard. Quelle affreuse journée, pensa-t-elle.

Les aboiements excités des chiens qui gambadaient au bord de l'eau perçaient le grondement sourd mais bien présent de la mer. Chaque jour, même par grand calme, elle rongeait petit à petit le littoral. Tous les cent mètres environ, les jetées faites d'épaisses poutres de bois et de gros

13

boulons de fer enfouis sous un tapis de limon vert et de berniques aiguisées comme des lames de rasoir ne pouvaient l'empêcher d'emporter le rivage, grain par grain, puis de le redéposer à Yarwell, à Bakeney ou sur l'un des nombreux bancs de sable, au large.

Rosemary se tourna pour rappeler ses chiens mais ils aboyaient obstinément aux vagues. Elle cria plus fort. Des chiens, elle en avait depuis des années, même quand elle vivait à Norwich, et, sans méconnaître la force de l'instinct (surtout quand il y a une piste de lapin à suivre ou un rival en vue), elle méprisait les maîtres incapables de maîtriser leurs animaux quand il le fallait.

Elle poussa un soupir et descendit la dune à pas prudents, hurlant leurs noms, agitant leurs laisses, mais tous deux continuaient à brailler face à un morceau de bois qui flottait, à demi submergé.

« Woody ! Daisy ! Ici. »

Daisy, la plus jeune des deux, s'arracha à sa fascination pour la rejoindre, mais s'arrêta à mi-chemin.

« Ici ! »

La voix de Rosemary était moins ferme. Elle observait la grosse bûche, ou le sac, que les vagues tournaient et retournaient.

Elle s'approcha. Tout cessa soudain, les battements de son cœur, les aboiements des chiens excités, mais pas le mouvement des vagues qui firent encore rouler la chose, révélant un bras, un visage, un bout de chemise blanche.

Son sang battit très fort dans ses oreilles. Elle mit une main devant sa bouche. Mais, en elle, une voix lui dit de rester calme. Elle était capable d'affronter ça ; le choc n'était dû qu'à la surprise.

Les chiens bondissaient autour d'elle ; instinctivement, elle se baissa pour leur mettre leurs laisses puis approcha et observa le corps ballotté dans l'écume, à quelques centimètres de ses pieds.

Attendre n'arrangerait rien, se dit-elle. Elle lâcha ses animaux et pataugea dans l'eau, le souffle coupé par le froid. Elle prit une bonne inspiration, tenta de le remonter sur la plage en l'attrapant par un bras. Il n'y avait pas plus de trente centimètres de profondeur d'eau, mais il était trempé, trop lourd pour elle. Arc-boutée, tenant d'une main le poignet glacé, de l'autre la manche de la veste, elle tira, tira encore, mais rien n'y fit.

Sa respiration était de plus en plus courte, saccadée. De toute manière, personne ne ramènerait ce cadavre à la vie. Sans aide, elle n'arriverait à rien. La seule chose intelligente était d'aller en chercher.

Dominant son envie de s'acharner contre tout espoir, elle finit par s'éloigner, frissonnante, les jambes glacées, les genoux et les mollets battus par le bas mouillé de sa jupe. Elle reprit Woody, siffla Daisy puis grimpa en hâte sur la dune.

Mais Daisy ne voulait pas suivre. Elle courait dans tous les sens sur la plage, traînant sa laisse et aboyant furieusement. Rosemary la rappela, presque un cri. La situation lui échappait. Allons, une minute de plus ou de moins, quelle importance ? pensa-t-elle. Elle inspira profondément, attacha Woody à un pilier de la jetée la plus proche et, ignorant ses jappements indignés, partit chercher la chienne.

À la naissance de la jetée suivante, juchée sur l'élévation de galets, Daisy pointait son museau vers le sable. Rosemary saisit sa laisse triomphalement, tira dessus avec un grognement soulagé et lança un coup d'œil de l'autre côté du monticule.

C'est ainsi qu'elle découvrit le second corps.

Deux

Les quatre officiers de police attendaient dans le fourgon depuis presque une heure mais c'était la routine ; ils pouvaient patienter toute une journée, en cas de besoin. Un peu plus loin, Tony Collins, l'inspecteur, faisait le point avec le fermier et les régisseurs. Leur boulot à eux, c'était de rester en dehors du coup jusqu'à ce qu'on les appelle ou qu'on les renvoie au poste. De toute manière, on leur paierait leurs heures supplémentaires et leurs frais.

Chacun s'était installé le plus confortablement possible sur les sièges étroits et durs. Peter Lafoski avait cessé de tripoter la radio et s'était affalé derrière le volant. Pâle, des cernes sous les yeux, il avait la mine satisfaite de quelqu'un qui a passé un bon mais épuisant samedi soir. Malgré son air assoupi, il observait du coin de l'œil sa collègue, Sarah Delaney. Assise, les pieds sur le tableau de bord, elle tuait le temps en remplissant un formulaire de demande d'emploi. C'était une jolie blonde d'une vingtaine d'années, comme lui. Quand elle se pencha pour écrire quelque chose, la vue de sa peau sous le col de son pull-over lui donna l'illusion agréable qu'elle était nue en dessous. Mais il savait depuis longtemps qu'elle n'était pas pour lui. Trop sérieuse. Incapable de s'amuser. Pas comme Lisa, pensa-t-il en refermant les yeux.

17

Derrière, Greg Allott, le plus grand des quatre, étendu sur l'une des banquettes, la tête posée sur un gilet pare-balles, lisait un journal qu'il avait trouvé par terre. Comme d'habitude, il exsudait la satisfaction d'être payé à ne rien faire. En revanche, Darren Stevenson, le plus jeune, semblait trouver l'inactivité insupportable. Près de la porte coulissante, il essuyait lentement la buée sur la vitre pour mieux voir le brouillard.

« Vous ne croyez pas qu'il y a un problème ? » demanda-t-il.

Les autres n'en savaient pas plus que lui mais il eût été malpoli de ne pas lui répondre.

« Non, grommela Allott au bout d'un moment. Ils partiront, du moment qu'on leur donne un peu de temps.

— Ils détestent se presser, ajouta Lafoski ; pour ne pas rayer leur carrosserie. Tu as vu ? Il y a une Jeep. Une Cherokee. Flambant neuve. Ça coûte plus que ce que je gagne en un an. »

Sarah Delaney revint à son formulaire, mit une croix dans la case « études supérieures » et entreprit de remplir la ligne « emplois précédents ». Plutôt maigre. Un an, serveuse dans divers cafés et restaurants de Yarwell. Une autre année, réceptionniste dans une clinique chirurgicale. Six mois chez Harfield Electronics à Diss puis quatre mois à ne rien faire avant de s'enrôler dans la police. Pourvu qu'on ne lui pose pas de question là-dessus pendant l'entretien d'embauche ! En supposant qu'elle y arrive.

« Et Dieu seul sait ce qu'ils vont emporter, dit Allott, s'efforçant d'entretenir la conversation.

— Que veux-tu dire ? demanda Darren, qui venait d'entrer dans l'équipe et ignorait les idées très arrêtées de ses collègues.

— Tu les connais. » Allott posa son journal. « Des vraies sauterelles. Il n'y a plus rien après leur passage. Ils prennent n'importe quoi, machines, outils électriques. Pour les déloger, c'est facile, mais si on allait jeter un coup d'œil dans leurs caravanes, il y aurait du grabuge.

— Sans parler de la saleté, ajouta Lafoski pour participer à l'éducation du plus jeune. Des immondices partout. Et ils laissent les gosses jouer là-dedans. Infect !

— Moi, je trouve ça plutôt rangé, dit doucement Sarah.

— Oh, dit Allott, qui ne voulait pas la contrer directement. Ça dépend du visage qu'ils veulent donner, non ? Ils cherchent à se faire passer pour des malheureux, des victimes. Mais va donc demander au fermier qui sont les vraies victimes ! »

Il plia bruyamment son journal pour signifier que c'était son dernier mot à ce sujet. Sarah soupira. Elle n'aimait pas ce genre de discours, pourtant, elle n'était pas sûre de ne pas être d'accord avec lui sur certains points. Mal à l'aise, elle essaya de se concentrer sur son formulaire.

Un instant plus tard, l'inspecteur Collins frappa à la porte. Darren lui ouvrit pendant que les autres reprenaient l'air vif et éveillé qu'on attend d'un officier de police. Lafoski se redressa, Sarah retira ses pieds du tableau de bord, Allott écarta son journal.

« Nous disions justement que nous laissions passer une sacrée caverne d'Ali Baba », lança-t-il joyeusement. Ayant déjà travaillé avec Collins, il le respectait, sans être payé de retour.

« Comment ça ? »

Le ton irrité de Collins n'entama pas la bonhomie d'Allott.

« Ces gitans, monsieur. Toujours avec du matériel.

— Il me faut un volontaire, dit Collins en l'ignorant. L'inspecteur Blake a téléphoné pour signaler qu'on a trouvé un corps ; au poste, tout le monde est pris. Alors ? Qui connaît le coin ?

— Delaney, monsieur », lança Allott avec aplomb, ravi d'écarter la perspective d'un déplacement.

Collins les regarda tous les quatre. Allott et sa tranquille assurance ; Lafoski, l'air épuisé, avec, au milieu du menton, une trace de barbe ayant échappé au rasoir. Delaney, la peau et les cheveux si propres qu'il sentait presque l'odeur de son savon et de son shampoing ; Stevenson, qui soutint son regard, comme un chiot espérant qu'on va l'emmener en promenade.

« Bon. Alors, Delaney, vous prenez la voiture de patrouille et vous allez voir ce qu'il se passe. »

De toute façon, c'est elle qu'il aurait choisie. Elle avait la réputation d'être compétente et, quoi qu'on dise, il restait persuadé que les femmes savaient mieux s'y prendre pour réconforter les parents des victimes.

« Une certaine Mme Aylmer a trouvé un cadavre sur la plage. Vérifiez ça, attendez l'ambulance, prenez les dépositions, etc. Vous connaissez la procédure, non ? »

Elle hocha la tête.

« Où est-ce ? demanda-t-elle en se tournant vers lui.

— Ah oui... » Il jeta un coup d'œil sur son bout de papier griffonné. « Compton. Sur Compton Spit. Vous connaissez, non ? »

Elle connaissait.

Pourquoi n'avait-elle pas demandé à Collins d'envoyer quelqu'un d'autre ? Sur la route de Compton, conduisant aussi vite que le permettaient le brouillard et sa réticence, elle sentit renaître la douleur des souvenirs exhumés. Pendant trois ans, sa vie avait été accrochée à cette région. À la fin de sa première année d'université, une fois passés ses examens, elle avait rencontré Tom Strete à une fête et était tombée amoureuse de lui. Sa famille avait une maison de vacances à Compton ; son oncle était propriétaire du chantier naval de Yarwell. L'été, Tom emmenait les touristes en mer voir les phoques. Elle était venue habiter sur la côte pour être avec lui et n'en était plus partie. Ses parents, quand ils ne se disputaient entre eux, se disputaient avec elle parce qu'elle avait lâché ses études, mais elle les laissait dire. Le père, la mère, le frère, la sœur et les cousins de Tom étaient devenus pour elle une seconde famille qui lui ouvrait les bras. Quant aux amis de Tom, ils étaient tellement plus excitants que les siens. Avec lui, elle avait vraiment une vie. Une vie formidable.

Et quand cela avait pris fin, elle était restée sans rien. Revoir les parents de Tom, elle n'en avait pas eu la force. Elle avait laissé tomber ses amis les uns après les autres. Jamais elle n'était revenue dans son village ni à la plage. Surtout pas à la plage.

Il ne lui fallut que quelques minutes pour atteindre la route principale et virer en direction de Hunstanton. La route serpentait lentement à travers les villages aux rues étroites, coupant plusieurs fois par l'intérieur pour éviter les criques et les estuaires qui déchiquetaient la côte. D'étranges formes surgissaient du brouillard avant de se résoudre en une haie, une maison, une voiture en stationnement. La mer, elle ne pouvait que l'imaginer, à sa droite, derrière les champs, les marais salants et la longue ligne des dunes qui se dressait contre ses éternels assauts.

Sarah essaya de penser à autre chose, à Blake, par exemple, l'inspecteur qui avait signalé l'affaire. Il faisait partie de la commission qui décidait des promotions et ne l'avait pas soutenue. Lors d'un remaniement hiérarchique, il avait été mis sur la touche tandis que Jeremy Morton, son ancien sergent, s'était hissé au sommet, lui prenant toutes les grosses affaires criminelles. En compensation, Blake avait pris la tête de la brigade des stupéfiants et s'était jeté dans le travail avec sa brusquerie et son impétuosité habituelles. Il la mettait mal à l'aise, comme s'il jouait un rôle ou n'avait pas la tête adéquate. Elle était trop jeune pour obtenir un avancement, lui trop âgé désormais, et marqué par une image de flic à l'ancienne, entouré d'un réseau légendaire d'informateurs et d'une réputation de gros buveur, pendant et après le travail.

Elle ralentit, quitta la route principale et traversa le

village, un peu étourdie par ces visions douloureusement familières qui se découvraient à chaque virage, comme une collection. Le White Heart, où ils avaient passé ensemble tant de soirées. Le terrain de sport, où ils traînaient parce qu'il n'y avait rien d'autre à faire. Le manège, où Tom l'avait poussée à apprendre à monter à cheval, un vieux bourrin patient qui connaissait si bien le chemin de la plage qu'elle n'avait qu'à se laisser mener. Mais les écuries en brique et en silex avaient été remplacées par des villas estivales.

Ils étaient souvent venus se promener à pied à Compton, depuis la Maison-Rouge, au bout de la langue de sable. Elle et Tom y avaient séjourné, parfois seuls, parfois avec ses cousins et surtout avec ses parents. Elle revoyait très clairement leur chambre, son papier peint Regency à larges rayures bleues, les vieux livres de poche que personne ne lisait.

Au-delà de Compton, une petite route serpentait entre les épaisses haies avant de traverser les champs pour déboucher sur la plage – une image aussi familière mais moins poignante que celle du village. Elle retrouva une respiration plus dégagée et se dit que le pire peut-être était passé. Depuis longtemps elle aurait dû revenir affronter ses souvenirs.

Au bout, il y avait un parking très plein en été mais désert en cette saison. D'un côté, une petite route suivait la ligne des dunes vers Compton Spit. C'était Beach Road, bordée d'une demi-douzaine de maisons, certaines louées à des vacanciers, d'autres habitées par des gens qui s'accommodaient de leur isolement ou des cohortes d'estivants.

Elle freina, étonnée de voir une barrière en acier. C'était du solide, les montants fixés dans du béton, rien à voir avec le portillon en bois vermoulu de ses souvenirs, difficile à refermer sur l'épais tapis d'herbe. Sur une pancarte

22

métallique, rouillant déjà autour des vis, était écrit : VOIE PRIVÉE. ACCÈS À LA PLAGE INTERDIT.

Elle se gara sur le bas-côté et s'approcha, saisie par le silence, une fois le moteur arrêté. Elle entendit le grondement de la mer, le cri d'un freux dans un arbre, le gravier crisser sous ses pas, le bruissement de son manteau. La barrière était fermée par une chaîne et un cadenas d'une taille impressionnante et, après avoir vainement cherché des yeux un passage, elle poussa un soupir et se mit à l'escalader.

Il était exactement six heures quarante du matin.

Trois

Elle marcha dans le brouillard, saisie par le froid et l'humidité. À sa droite, les champs se fondaient dans la grisaille. À sa gauche, les maisons semblaient surgir mystérieusement du néant, se découper un instant, pour se dissoudre instantanément derrière elle.

La voie était faite de blocaille mais le gel, la pluie et le passage des voitures l'avaient sillonnée d'ornières pleines d'eau et de cailloux tranchants. Elle se demanda pourquoi les résidents ne se regroupaient pas pour refaire la chaussée. L'argent manquait, sans doute. Les façades décrépies, les portails branlants trahissaient non seulement la fin de la saison estivale mais une négligence profondément installée. Les propriétaires ne souhaitaient pas faire des dépenses pour des habitations où ils venaient si peu, et ceux qui y vivaient devaient ménager leurs maigres économies.

Il y avait aussi un paddock clos d'un barbelé. Au fond, un wagon de marchandises abandonné, sans roues, qui devait servir de remise. À côté, un cheval leva la tête et la dévisagea en silence.

Plus loin, elle vit une silhouette debout près d'une clôture, scrutant la brume dans sa direction. La femme portait des vêtements chauds et traditionnels, à part son anorak vert et rouge. Elle devait avoir soixante-dix ans bien sonnés mais elle se tenait droite, paraissait vigoureuse et supporterait certainement ses questions sans s'évanouir ni avoir besoin d'une tasse de thé. Il fallait être robuste pour sembler aussi assurée après ces morbides découvertes !

En se présentant, Sarah comprit que la vieille dame était surprise par sa jeunesse.

« Accepteriez-vous de me montrer où était le corps ? Si ce n'est pas trop dur pour vous, ajouta Sarah.

— Ça ira, répondit Rosemary d'une voix ferme. Mais je ne suis pas sûre qu'il soit toujours là. La marée monte si vite... »

Sarah jeta un coup d'œil à sa montre. La mer devait déjà commencer à redescendre. Si elle l'avait emporté, il serait difficile de le retrouver.

« Je suis désolée de ne pas être arrivée plus tôt, dit Sarah en entendant les aboiements indignés de Woody et de Daisy, enfermés dans la maison. La barrière du chemin était fermée.

— Nous la laissons fermée tout l'été. Sinon, il y a trop de gens qui passent par là pour aller à la plage. »

Elles se mirent en route. Rosemary n'était pas mécontente d'avoir de la compagnie. Tout était toujours noyé de brume, on n'entendait que les cris des oiseaux, le bruit de la mer et le murmure du vent dans les buissons et les roseaux, au bord du chemin. Elle s'était fait du thé et des toasts mais cela n'avait pas réussi à combler ce vide qu'elle sentait en elle.

« Pourriez-vous me décrire le corps ?

— Lequel ? » répliqua Rosemary.

Sarah la dévisagea, interloquée.

« Il y en avait deux. Vous ne le saviez pas ? » s'étonna-t-elle avec une légère irritation.

Que fallait-il en conclure ? La femme avait dû être incohérente, incapable de décrire clairement la situation au téléphone, même si elle semblait maintenant avoir repris ses esprits.

« Une confusion, probablement, », dit Sarah, consciente de la faiblesse de son argument. Blake s'était peut-être emmêlé les pinceaux en passant le message à Collins. De toute façon, qu'est-ce qu'il fichait dans le bureau de transmission ? Il fallait toujours qu'il fourre son nez partout et embrouille les gens !

Soudain, elle comprit toutes les implications de cette information. Un cadavre, ce n'était pas très extraordinaire. Chaque année apportait son lot de noyés, des touristes surpris par la marée, des nageurs ou des marins en difficulté qui allaient forcément s'échouer quelque part. Mais deux... C'était inhabituel, à moins qu'ils n'aient nagé vers le large ensemble. Ou que, l'un étant en péril, l'autre se soit porté à son secours. Ou qu'ils aient été réunis par quelque bizarrerie des courants.

« J'ai d'abord vu l'homme, poursuivit Rosemary. Une vingtaine, une trentaine d'années, à mon avis. Cheveux brun foncé, peut-être parce qu'ils étaient mouillés. Ni barbe ni moustache. Je ne peux pas vous dire sa taille exactement, dans les un mètre quatre-vingts. Bien fait. Il portait un costume noir et une chemise blanche. Des chaussures noires, aussi, je crois. »

Sarah s'arrêta pour prendre quelques notes et rappeler le bureau de transmission. Rosemary en profita pour observer plus attentivement les jolis cheveux blonds tombant sur son visage incliné, les ongles des mains coupés court, la manière d'écrire consciencieuse. Cette fille l'attendrissait. Elle lui rappelait une ou deux de ses meilleures infirmières qui se distinguaient par ce même mélange de compétence et d'enthousiasme.

« La femme – la jeune fille, en fait – était quelques mètres plus loin, près d'une des jetées, continua Rosemary. Daisy, ma chienne, ne voulait pas me suivre, alors je suis allée la chercher. Elle était au début de la jetée, sur l'amoncellement de galets. De l'autre côté, il y a une sorte de niche, creusée par la mer dans le rivage. Un coin très abrité. La fille était là.

— Quel âge lui donnez-vous ? demanda Sarah en se remettant à marcher.

— Votre âge. Toute jeune. Pas plus de vingt-cinq ans.

— Et son physique ?

— Un visage fin, des cheveux bruns, noirs, même. De votre taille, ou un peu plus petite.

— Comment était-elle placée ?

— Vers la jetée. Elle était couchée sur le côté, en chien de fusil. Elle portait une robe noire à manches courtes. J'appellerais ça une robe du soir.

— Pas de veste ?

— Non, mais il faisait très doux, hier soir. »

Elles arrivèrent au bout de Beach Road. Rien n'avait changé, sinon un nouveau panneau planté sur la dune. Les buissons, l'oyat, le sentier qui menait à la Maison-Rouge, tout était resté comme dans son souvenir.

« À qui est cette maison ? » demanda Sarah d'une voix qu'elle espérait naturelle.

— Aux Strete, mais ils ne viennent plus. Il y a eu une tragédie. Ils ont perdu un fils. C'est une résidence secondaire mais je ne l'ai pas souvent vue ouverte. Je crois que le frère s'en occupe. John Walton. Il est le propriétaire du chantier naval de Yarwell. Ses enfants passent parfois. Je dis enfants, mais ils sont grands maintenant. »

À l'époque où Tom et elle habitaient à Yarwell, plus bas sur la côte, ils débarquaient avec les autres, le week-end, quand la maison n'était pas louée. Si le temps était correct, ils nageaient, faisaient du surf, lançaient des cerfs-volants. Le hangar à bateaux était bourré de tas de choses. Ils organisaient un barbecue sur la plage, buvaient du whisky devant un feu de cheminée, préparaient un grand dîner à la cuisine, regardaient par les fenêtres le jour mourir sur la mer.

« Savez-vous si quelqu'un y habite, en ce moment ? »

Elle était tenaillée par la peur que les victimes ne soient des habitants de la Maison-Rouge. Les cousins de Tom, Nick ou Andrew, sa sœur Sophie... Rosemary avait-elle perçu l'angoisse dans sa voix ? Et, alors, qu'en conclurait-elle ? Mais Rosemary se contenta de secouer la tête.

« Je ne crois pas. Je n'ai vu aucun mouvement de voitures. Elle semble déserte, en ce moment. Elle est trop grande, trop isolée. J'en avais parlé une fois à M. Walton ; ils projetaient de la vendre mais qui l'aurait achetée ? Personne n'aurait obtenu les certificats de viabilité. Savez-vous qu'ils ont décidé de ne pas réparer les jetées ? Ils préfèrent laisser la nature reprendre ses droits ; ils appellent ça « gestion de repli ». La langue de sable, alors, va bouger ou se casser et la Maison-Rouge partira avec elle. »

Sarah se rappela le premier jour où Tom et elle s'étaient promenés le long de Compton Spit. Il cabriolait à ses côtés, souriant de ce qu'elle disait, de sa simple présence, peut-être, repoussant en arrière ses cheveux longs, faisant de grands gestes, bouillonnant d'énergie, et sa grosse veste en laine ouverte sur son T-shirt bougeait avec lui. Elle avait été si étonnée qu'il éprouve pour elle un peu de ce qu'elle éprouvait pour lui ; si surprise qu'il suffise d'être bien avec quelqu'un pour que tout le reste s'efface.

Durant ce séjour, Nick était venu aussi, accompagné de son amie du moment. Sarah ne se souvenait pas bien d'elle (des cheveux frisés, un visage de lapin) mais elle aurait pu décrire toutes les nuances de la lumière déclinant sur les marais, la table du pub où ils s'étaient installés, leurs préparatifs pour leur première sortie en bateau le lendemain.

« Nous irons à Coldharbour Sand, avait dit Tom. On pique-niquera. » Il avait ri quand elle s'était étonnée de voir les sables surgir de la mer à marée basse, à des kilomètres du rivage.

« Il y en a des hectares. C'est un spectacle étonnant. On y jouait au cricket autrefois, tu sais. Deux petites parties avant la remontée des eaux. »

Elle avait dit qu'elle aurait peur de quitter le bateau, si loin de la terre.

« Tu vas adorer, avait-il insisté. C'est un lieu magique. On a l'impression qu'il est fait pour soi, spécialement. Et, avec un peu de chance, on verra les phoques. Ils se laissent approcher de très près. »

Ça lui ressemblait tant, ce mélange d'audace, de jeu, de tendresse. Nick, lui, s'était lancé dans le récit du sauvetage d'un plaisancier échoué sur un banc de sable. Il faisait déjà partie de l'équipe de sauveteurs de Yarwell. Elle avait bien senti que c'était pour impressionner non seulement sa copine mais elle-même. Il ne comprenait pas que ce sont les gens qui comptent, pas ce qu'ils font. Si Tom avait parlé de danses folkloriques, elle aurait quand même été pendue à ses lèvres. Elle avait trouvé louche que Nick se donne tant de peine alors qu'elle était assise à côté du seul homme qui l'intéressait. Et c'était louche, en effet, quand on connaissait la suite.

Sarah et Rosemary suivirent le sentier en pensant à ce qu'elles trouveraient au bout. Rosemary se rendit compte qu'elle était très calme et elle songea une fois de plus au temps où elle travaillait. Elle avait vu tant de morts, au fil des années, qu'ils ne pouvaient plus la terrifier, quelle qu'ait été l'atrocité de leur fin. Ce ne devait pas être la même chose pour la fille qui marchait en silence à côté d'elle, l'air préoccupée. Elle aurait cru les policiers plus endurcis.

Elles avaient dépassé la voiture et atteint la crête des dunes où elles s'immobilisèrent, côte à côte, pour regarder le paysage noyé dans le brouillard. La mer, encore haute, leur léchait presque les pieds. Les jetées étaient submergées, la bande de sable humide réduite à néant.

Avec un cri, une mouette passa près d'elles puis plana

30

en battant des ailes, pattes tendues, avant de se poser. Elle jeta autour d'elle des regards vifs puis saisit quelque friandise flottant sur les vagues.

Sans mot dire, Rosemary et Sarah descendirent vers la plage, marchant sur un tapis d'algues sèches et de déchets déposés par les marées. La visibilité, sur la rive et vers le large, ne dépassait pas quelques centaines de mètres. Il y avait des oiseaux qui se dandinaient sur le sable, d'autres qui chevauchaient les vagues, un goéland à grande tête noire juché sur un pilier de la jetée.

Rien d'autre. Les corps n'étaient plus là.

Elles allèrent jusqu'à la jetée suivante, au cas où Rosemary se serait trompée, mais non. Aucune trace de la jeune femme. Elles remontèrent alors sur la dune pour retrouver leur point d'observation, près d'un pilier en métal rouillé, tout tordu, planté dans le sable. Un vestige de la dernière guerre, quand ces plages, idéales pour des débarquements, étaient menacées par l'ennemi.

« Avez-vous une idée du temps qu'ils ont passé dans l'eau ?

– Aucune. » Rosemary réfléchit un moment puis ajouta : « Pas très longtemps. Quelques heures au plus. La peau de l'homme était toute plissée.

– Et la femme ?

– Elle est restée au sec.

– Vous en êtes sûre ?

– Certainement, répliqua-t-elle d'un ton vif. Ce genre de détail ne m'échappe pas. »

Rosemary contempla la jetée sur laquelle un rouleau déferlait en une masse d'écume. Elle repensa à la fille qu'on aurait pu croire endormie sans cette peau livide et ce cou glacé.

« Cela se voyait à sa position, expliqua-t-elle d'un ton plus doux. En chien de fusil, comme dans le sommeil. C'est pourquoi je l'ai recouverte de mon ciré. Je n'aurais

31

pas dû, mais je ne l'ai pas touchée, sachant que c'était l'affaire de la police. Elle paraissait si jeune, si perdue, si fragile. »

Elle détourna les yeux.

« De toute façon, reprit-elle abruptement, je suis remontée à la maison aussitôt pour appeler la police, au 999. »

Sarah regarda autour d'elle. Elle ne comprenait pas ce qui s'était passé.

« Mais, si elle ne s'est pas noyée, comment est-elle morte ? Bon, l'un aurait pu aller nager, être en difficulté, et l'autre aurait cherché à le sauver. Ou bien ils ont été surpris par la montée des eaux ; ce qui expliquerait qu'ils soient habillés. Mais si elle n'est pas restée dans l'eau, ça ne tient pas.

— Oh, mais il ne s'est pas noyé, dit Rosemary d'un ton définitif. Il a été poignardé. »

Quatre

Sarah frissonna. On oubliait facilement, à cette saison, comme il pouvait faire froid sur la côte. Dans son uniforme d'été en cotonnade, elle sentait le brouillard la glacer jusqu'aux os. Le brouillard, non le mot qui restait suspendu entre elles, et qu'elle se surprit à répéter.

« Poignardé ? »

Rosemary hocha la tête, laissant Sarah réfléchir.

« Vous en êtes certaine ? N'a-t-il pas été blessé par un rocher pendant qu'il était dans l'eau ? Ou projeté contre le brise-lames ? Il y a des pièces très acérées.

— Il ne s'est pas noyé, répéta Rosemary. Les signes cliniques sont évidents, et il ne les avait pas.

— Vous savez ce que cela signifie ?

— Évidemment. Ils ont été assassinés. J'y ai pensé en vous attendant.

— Ne m'en voulez pas de vous poser cette question, dit Sarah d'une voix aussi douce que possible, mais êtes-vous absolument sûre de vos déclarations ? »

Rosemary se tourna vers elle, l'air soudain fatiguée.

« J'ai été infirmière pendant presque quarante ans. Des morts, j'en ai vu plus que ma dose. »

La jeune femme hocha la tête, apparemment satisfaite, et, pendant qu'elle rappelait ses collègues, Rosemary se

33

demanda si elle ne commençait pas à ressentir les effets à retardement du choc ; prise de frissons et de vertige, elle fit quelques pas mal assurés pour aller s'appuyer avec soulagement contre une des massives jetées. En un sens, c'était pire maintenant que les forces de l'ordre prenaient les choses en main. Cela n'avait plus rien d'un rêve. Elle devait se faire à l'idée que deux personnes étaient mortes, probablement assassinées, à moins d'un kilomètre de chez elle. Le meurtrier rôdait peut-être toujours dans le coin. Dans ce cas, cette jeune femme ne serait pas très utile. Elle n'était pas armée, bien sûr. Rosemary n'avait jamais été pour des policiers en armes mais celle-ci n'avait même pas de matraque ni de menottes. Quelle chance aurait-elle face à fou brandissant un couteau qui avait abattu un homme robuste et sa jeune compagne ?

Et puis une question la taraudait : qui était-ce ? Il ne fallait pas qu'elle se mette à soupçonner une personne du village ou un voisin. Helen Sutton se serait-elle muée en tueuse entre deux aquarelles insipides ? Alastair les aurait-il supprimés tout simplement parce qu'ils avaient pris le chemin de la plage sans y être autorisés ? Non, personne ici n'aurait été capable d'une chose pareille. Ça se saurait.

Mais comment savoir ?

Ces pensées grignotant son courage, elle fut contente que Sarah achève sa conversation et lui annonce que des agents allaient arriver.

« Retournons chez vous, si vous le voulez bien.

– Pouvez-vous me donner votre bras ? demanda Rosemary. Ça me paraît loin. »

Rosemary lui fut reconnaissante de son soutien et de la petite pause ménagée au pied de la dune. Elle s'assit sur une des bornes en bois qui empêchaient les automobilistes de passer pendant que Sarah inspectait la voiture en stationnement et rappelait le poste pour donner son immatriculation. Elle regarda à l'intérieur, enfila des gants et essaya vainement d'ouvrir la portière. Elle réussit à brico-

ler la serrure avec un fil de fer, prit le sac sur la banquette
arrière et le posa sur le capot pour le fouiller. C'était un
petit sac à dos à la mode, comme en portaient toutes les
filles ; pas très élégant mais bien pratique, pensa Rosemary.

Sarah s'approcha d'elle avec un portefeuille en plastique
ouvert.

« Est-ce elle ? »

D'un côté, il y avait une carte bancaire et deux billets
de vingt livres ; de l'autre, une carte d'identité de l'hôpital, avec la photo d'une jeune brune au joli visage fin qui
fixait tranquillement l'objectif. Elle lut le nom : Nicola
Page.

Rosemary la revit étendue sur le sable, les jambes
repliées sous elle, la tête posée sur un bras. Sur la photo,
elle avait un teint pâle, ce qui expliquait peut-être pourquoi, dans la mort, elle paraissait simplement endormie.

« Oui, c'est elle. »

Après avoir raccompagné Rosemary chez elle, Sarah,
debout près de la grille d'entrée du jardin bien entretenu,
les yeux fixés sur la photo de la femme disparue, essayait
d'imaginer sa mort. Peut-être avait-elle été tuée dans son
sommeil. Rosemary avait dit qu'elle semblait paisible. Ou,
réveillée par un bruit, elle avait levé la tête, encore toute
chaude et embrumée, avant de se rendre compte que
l'heure de sa mort était venue.

Elle referma le portefeuille et le mit soigneusement dans
sa poche puis retourna vers la plage. La mer commençait
à descendre, découvrant les galets. Au loin, des vagues se
brisaient sur un banc de sable, rompant l'étendue grise de
leur écume blanche.

Sur une des jetées, un panneau avertissait les gens du
danger. Si on les laissait pourrir, la langue de sable de
Compton Spit serait emportée, grain par grain, puis reje-
tée par la mer un peu plus loin, sur la côte. Comme les
cadavres. Il faudrait commencer les recherches à Blundell,

Blakeney Point, et aller jusqu'à Sheringham. À moins qu'on ne les découvre sur un banc, au large.

Elle fit demi-tour et regarda, au-delà des champs et des marais, le bois qui cachait le village de Compton. On ne le distinguait que par le clocher de l'église. Il y avait, plus bas, un sentier enjambant, via une passerelle en fer, le fossé en bordure de Beach Road, qui y menait directement.

La dernière fois que Tom et elle étaient allés au pub, elle s'était résolue à boire, comme lui, du Southern Comfort dont elle se rappelait l'odeur lourde et sucrée. Ils avaient bavardé tranquillement, fait des projets, discuté du film qu'ils venaient de voir. Puis ils avaient repris le petit sentier troué d'ornières qui passait devant l'église, coupait à travers champs et rejoignait Beach Road. Une des dernières nuit de son ancienne vie.

Elle fixa le clocher, refoulant ses larmes. Tout était si net dans sa mémoire, malgré les trois ans écoulés. La tour massive, la délicatesse des ornements en pierre, le remplage des fenêtres, la flèche élancée, les fondations dans la tourbe molle, les pierres tombales patinées, entourées d'ifs croulants, la sensation de calme et de désolation.

C'est là que Tom était enterré.

Tom était sorti en mer pour la dernière fois lors d'une journée comme celle-ci. C'était un bon marin qui connaissait parfaitement la côte et il n'aurait pas dû y avoir de problèmes malgré le brouillard. Mais les choses avaient mal tourné. Il n'avait pas bien repéré sa position et avait heurté un des bancs de sable, brisant la quille du bateau qui avait sombré très vite. Tom n'avait pas de gilet de sauvetage.

Il avait fallu six jours pour retrouver son corps. Elle avait attendu au chantier naval de Yarwell ou ici, à Compton, du matin jusqu'au soir. Elle avait regardé les vagues déferler, accepté des tasses de thé dont elle n'avait pas envie et qu'elle ne buvait pas, mâchonné des sandwichs parce que c'était plus simple que d'expliquer qu'elle n'avait pas faim. On la raccompagnait dans l'appartement qu'elle partageait avec Tom, à quelques mètres du port, pour qu'elle essaie de dormir un peu, mais elle devait vite y renoncer et s'asseyait, frissonnante, transie de froid, devant la fenêtre pour regarder, au-delà des toits en tuile rouge, la mer.

L'instant où elle avait appris sa disparition restait gravé dans sa mémoire. Elle prenait une commande, au café où elle travaillait, quand Nick était entré. Elle avait tout de suite compris qu'il se passait quelque chose de terrible, à son regard, au ton de sa voix. Il n'avait eu que deux mots à dire : « C'est Tom... » Mais elle avait quand même servi les plats, moulu du poivre noir sur les pâtes, souri et rapporté une corbeille de pain avant d'annoncer calmement à Jan, le propriétaire, qu'elle devait sortir.

Elle avait attendu le bateau du chantier naval qui était rentré bredouille à la tombée de la nuit. Alors, avec quelques autres (elle ne se rappelait plus qui mais se souvenait exactement du menu du client), elle était allée à la station de sauvetage de Yarwell. Le caboteur avait également participé aux recherches mais lui aussi était rentré vide. Ils n'avaient retrouvé que l'épave.

La nuit avait été superbe, chaude et calme, sans le moindre vent pour troubler la brume légère. Les lumières dansaient joyeusement sur l'eau, les balises vert et rouge marquant la passe se trémoussaient, un yacht ou un bateau de pêche passaient parfois, luttant contre la marée et les courants.

Elle était restée là à regarder, à attendre, repoussant tous les mots ou les gestes de réconfort. Mais dès la première minute, au café, elle avait su qu'il était mort.

Sarah entendit crisser le gravier derrière elle. Une voiture bleu marine s'engagea lentement sur le chemin. Ce devait être Morton qui venait prendre la direction des opérations.

Cinq

Morton était aussi mince qu'un coureur de fond mais, avec ses cheveux blonds et ses lunettes à montures d'acier, il ressemblait plus à un universitaire qu'à un policier. Jeune pour son grade, il portait, au lieu de son costume gris habituel, un jean et un blouson qui lui donnaient une apparence encore plus alerte.

Il ouvrit la portière côté passager, son téléphone collé à l'oreille. Son sergent, Andy Linehan, qui était au volant, vint saluer Sarah. D'une bonne trentaine d'années, comme Morton, il était plus rond, plus décontracté, avec des joues rouges et pleines de trompettiste. Il aimait rigoler.

« Alors, un seul cadavre ne te suffit pas ?

— Ça t'occupera, répliqua-t-elle sans réussir à sourire.

— Et en plus, tu les as perdus ?

— Si tu étais arrivé plus vite...

— Hum..., marmonna-t-il en sortant un paquet de cigarettes. Tu ne fumes pas, n'est-ce pas ? » Il en alluma une et souffla la fumée en l'air, dans les rubans de brume. « Un accident, à ton avis ?

— Je n'en sais rien. La femme qui les a trouvés affirme que l'homme était lardé de coups de couteau. Et ils étaient deux, quoi qu'ait dit Blake.

— Oui, Blake rejette la faute sur les standardistes. Il

écume ; au commissariat, tout le monde est caché sous les tables.

— J'imagine. Blake était au jury quand j'ai demandé une promotion. Inutile de te dire que je ne l'ai pas trouvé irrésistible.

— Oui, c'est vrai qu'il peut être vache. Un jour, j'ai... »

Mais Morton, ayant raccroché, s'approchait. Elle vit Andy éteindre de deux doigts sa cigarette d'un air résigné et la remettre dans le paquet.

« Salut, Delaney ! dit Morton. Toujours pas de traces des corps ?

— Non, monsieur. Ils gisaient tous les deux en dessous de la ligne de la marée haute. Je doute qu'on les retrouve.

— Bien. Il faut organiser les recherches. Des témoins ?

— Mme Aylmer. C'est elle qui les a trouvés. Et il y a une voiture stationnée derrière la plage. Elle est enregistrée comme appartenant à un certain Chris Hannay qui habite Reepham et elle porte un laissez-passer pour le parking de l'hôpital de Norfolk et Norwich. J'ai pu ouvrir la portière, et j'ai trouvé un sac avec la carte d'identité d'une infirmière qui y travaillait, Nicola Page. Mme Aylmer est sûre qu'il s'agit bien de la femme qu'elle a vue. »

Elle éprouva une certaine réticence à lui tendre le document. Nicola Page paraissait trop jeune, trop ordinaire pour être fichée, étiquetée, manipulée par des enquêteurs excédés, un coroner sourcilleux. Elle jeta un coup d'œil sur la photo en la passant à Morton et imagina Nicola Page, avec ses amis, au pub, après le travail, en train de rire de sa mauvaise qualité.

« On est mal barrés si Hannay était professeur à l'hôpital, remarqua Andy

— Non, il est recensé comme « docteur » à la centrale des permis de conduire, mais il peut être chirurgien. Elle était infirmière auxiliaire.

— Auxiliaire ? demanda Morton.

– Cela veut dire qu'elle débutait. Au bout de cinq ans, si elles sont bonnes, elles sont nommées à part entière.

– Vous semblez vous y connaître. »

Il y avait dans le ton de Morton une inflexion étrange qu'elle ne savait comment interpréter. Était-ce un encouragement ou un doute ?

« Mon père est médecin. Mon frère aussi.

– Parfait. Vous pourriez aller là-bas piocher quelques informations.

– Bien sûr. Maintenant ?

– Je préférerais que vous me montriez d'abord où ils ont été découverts. »

Tous les trois montèrent sur la dune, toujours au même poste d'observation, et regardèrent les vagues se fracasser sur la jetée. Sarah leur indiqua où Rosemary avait trouvé les corps puis elle se tut. La marée descendait. Laisserait-elle des indices derrière elle ?

« Y a-t-il beaucoup de monde sur cette plage ? demanda Morton.

– Non, dit Sarah. À cause des galets ; les gens préfèrent aller à Hunstanton, à trois kilomètres d'ici. La route côtière coupe par l'intérieur, de l'autre côté des marais. Il y a toujours des gens qui viennent observer les oiseaux mais pas un jour comme aujourd'hui.

– Je m'en doute, dit-il en essuyant les fines gouttes de pluie sur ses lunettes.

– Sur l'allée, derrière, peu de maisons sont habitées. Celle de Mme Aylmer est la deuxième. Il y a deux autres résidents, un peu plus loin, m'a-t-elle dit. La dernière villa, près de la barrière, appartient à un lieutenant-colonel. Les autres sont des résidences secondaires qui n'ont pas, d'après elle, été ouvertes ce week-end. »

Morton regarda autour de lui, l'air pensif.

« Où mène ce chemin ?

– À une maison de vacances, au bout de la langue de sable. On l'appelle la Maison-Rouge.

« Cette Mme Aylmer, sait-elle comment la femme est morte ?

– Non, elle était couchée en chien de fusil. Étranglée, ou poignardée aussi, peut-être. »

Morton réfléchit.

« Pour l'instant, dit-il en s'adressant à Andy Linehan, le plus vraisemblable serait une querelle domestique. Meurtre de l'un, suicide de l'autre, à moins qu'il n'y ait un troisième personnage. Il va falloir éplucher leur vie privée et surtout professionnelle. Mais allons-y avec précaution. J'aimerais bien lancer la recherche des corps, ajouta-t-il, à l'intention de Sarah, cette fois. Il faut les retrouver au plus vite. Rassemblez plusieurs équipes si nécessaire. Vous êtes celle qui connaissez le mieux la région. Effectuez la liaison avec les garde-côtes et les stations de sauvetage, évidemment.

« Autre chose, pouvez-vous aller voir du côté de cette Maison-Rouge ? Si elle est vide, parfait ; si quelqu'un y habite, prenez sa déposition, d'accord ? Je vous laisse faire ça à pied. Je préfère éviter les passages de voitures sur les chemins. »

Morton lui adressa un rapide sourire et se dirigea vers la maison de Rosemary.

« C'est sympa de travailler avec une autochtone ! lança Andy Linehan en souriant. Bonne promenade. »

Il fallut à Sarah une demi-heure pour former les équipes de recherche, joindre le centre de secours maritime de Yarmouth et taper ses notes à la machine. Plus rien ne justifiait qu'elle retarde sa visite à la Maison-Rouge. Elle pensa téléphoner à Nick Walton pour lui demander si elle était occupée en ce moment. Il travaillait toujours au chantier naval, s'occupait des cours de plongée et des expéditions pour aller voir les phoques. Mieux, il était marin sur l'un des bateaux de sauvetage de Yarwell. Il serait d'une aide précieuse. Mais, pour l'instant, elle n'avait pas envie de lui parler. Chercher des cadavres sur la côte où Tom avait péri était assez pénible pour qu'elle ne s'embarrasse pas, en plus, de son cousin. Elle se mit donc en route vers la Maison-Rouge. Sur Compton Spit, large de quelques centaines de mètres au maximum, il n'y avait en gros que des dunes, de l'oyat, une mince ceinture de pins et les vieilles jetées en bois qui l'étayaient. Le chemin très boueux, tracé sous le vent, courait jusqu'à Martlesham. Au pied des arbres, Sarah remarqua les ronces, les touffes d'orties et des buissons épineux d'une espèce brune qui lui était inconnue. Certains s'étendaient sur plus de trois mètres et des lapins s'étaient enfouis dans le sable autour de leurs racines épaisses. Malheureusement pour les policiers, ils devraient fouiller soigneusement tous ces fourrés.

Après un large virage, la maison se dessina derrière les arbres. C'était une grande demeure à colombages, en brique d'un rouge velouté, avec un haut toit pointu en tuile et des fenêtres à meneaux. Au bord d'une route ombragée du Surrey, elle n'aurait rien eu d'extraordinaire mais ici, cernée par la mer, elle étonnait. Elle n'était pas entourée de rosiers et de cytises mais d'une pelouse rêche, parsemée de pissenlits, de trèfles et de pâquerettes, ceinte d'une clôture. Un rang de vieux pins écossais l'abritait du vent. Par endroits, l'herbe était rase, comme un animal en peluche au poil mité.

Sarah vit immédiatement qu'elle était déserte. Rideaux tirés, pas de lumière, pas de serviettes ni de maillots de bain oubliés sur la corde à linge, pas de baskets traînant sous le porche, pas de voiture garée. D'un côté, deux kayaks abîmés par le vent étaient posés à l'envers, sur des briques. Sans doute n'entraient-ils pas dans le hangar à bateaux, à côté, avec ses portes en bois. Il devait être encore bourré de bicyclettes, de pièces détachées d'embarcations diverses, de chaises longues.

Elle n'avait aucune raison de grimper par-dessus la grille fermée et de regarder par les fenêtres. Sauf la curiosité.

Elle s'approcha prudemment, saisie d'une sensation poignante de solitude sous le regard aveugle des fenêtres. Elle frappa à la porte ; personne ne répondit ; alors elle suivit l'allée goudronnée qui contournait la maison et jeta un coup d'œil, à l'intérieur, sur le sol carrelé, la longue table en pin, la cuisine au fond, le couloir, l'escalier, le bureau. Rien n'avait changé, sinon que la peinture, les placards, le canapé contre le mur du fond lui parurent en plus piteux état que dans son souvenir. Les propriétaires devaient juger inutile de perdre du temps ou de l'argent pour rénover cette grande maison isolée qu'ils ne pouvaient louer que quelques semaines par an. Si Rosemary avait raison, si les jetées n'étaient plus entretenues, elle risquait de disparaître.

L'arrière montrait les mêmes signes d'abandon. La peinture s'écaillait sur les montants des fenêtres, le bois était fendu par endroits, noir et boursouflé d'humidité. Les vitres, sur lesquelles les embruns avaient déposé une fine pellicule de sel, avaient besoin d'être nettoyées. Un morceau de tuile, sans doute délogée par un orage, se brisa sous ses pieds. Reculant, elle essaya d'avoir une vision des pièces à l'étage et de la petite chambre nue où elle habitait avec Tom quand la famille était là. Au début, ils se cachaient et dormaient dans des chambres séparées. Tom lui avait montré les lattes de parquet qui craquaient, les portes qu'il fallait ouvrir avec précaution pour ne pas faire de bruit. Il lui avait expliqué le fonctionnement de la serrure de la réserve qu'il avait huilée pour faciliter leurs escapades ; il lui avait appris à monter sur l'auvent de la cuisine pour rentrer par la fenêtre de la salle de bains.

Cette pensée la fit sourire. Ses parents devaient savoir qu'ils couchaient ensemble et se douter des arlequinades qui se passaient sous leur toit. Peut-être avaient-ils proposé des lits séparés pour voir comment ils s'y prendraient pour contourner la situation. C'était bien dans leur caractère : ils avaient le même sens de l'humour que leur fils, un peu tempéré par les ans.

Elle n'aurait jamais imaginé que la vision de la maison puisse faire remonter des souvenirs aussi chaleureux. Mais cela ne dura pas. Elle pensa à la suite. À ce qu'elle avait appris sur Tom, après sa mort.

Elle tourna les talons, grimpa par-dessus la grille et suivit le chemin sans un regard en arrière.

Sarah revint sur le parking où deux enquêteurs, en tenue blanche, examinaient la voiture de sport de Hannay tandis qu'une poignée d'agents de la brigade criminelle, en jeans et vestes, bavardaient entre eux, attendant l'ordre de commencer l'enquête de voisinage. Ils n'en auraient pas pour longtemps. Il n'y avait pas plus de dix personnes à interroger sur la route.

Andy Linehan apparut et lui fit un signe de la main.

« Tu arrives à point. Morton a un boulot pour toi. Peux-tu aller à l'hôpital te renseigner sur ces trucs-là ? »

Il lui tendit un sac en plastique plein d'une demi-douzaine de flacons en verre brun, fermés par d'énormes bouchons blancs, avec des étiquettes imprimées. Ils contenaient tous des comprimés, sauf un dans lequel se trouvait un petit sachet.

« On les a trouvés dans la boîte à gants.

— Qu'est-ce qu'il y a de bizarre ? Il est médecin.

— Non, anesthésiste. Il ne prescrit pas de médicaments. »

Ça, c'était pour ses prétentions de fille de médecin, pensa-t-elle amèrement.

« Morton te demande d'aller faire analyser les cachets au labo de l'hôpital. Vérifie qu'ils correspondent bien à ce qui est inscrit. Ne perds pas les flacons et ne laisse personne les toucher.

— Des empreintes ?

— Non. Pièces à conviction. Et surtout pas de mélanges ! »

Procède bouteille par bouteille, remets les comprimés de l'une avant de faire examiner la suivante. Écris aussitôt ton rapport pour expliquer que tu les as vus faire. Et surtout fais attention à celle-ci, dit-il en montrant celle qui contenait le sachet. On a trouvé des traces de poudre blanche. De la cocaïne, d'après Morton et Blake.

— Alors, cela signifierait...

— Un tas de trucs. Ce n'est pas le moment de répondre aux questions. Autre chose, Morton voudrait que tu te renseignes sur la vie de Hannay et de Page. Cherche à voir leurs relations, leurs amis, leurs amours, etc. Ne leur dis pas qu'ils sont morts mais qu'ils ont disparu et que nous faisons tout pour retrouver leur trace. Joue la routine à fond.

— D'accord.

— Inutile d'entrer dans les détails. Nous repasserons dans la journée pour finir correctement le travail. »

Il dut se rendre compte que cela pouvait être offensant pour elle, car il ajouta : « Mais nous comptons beaucoup sur tes premières impressions.

— Très bien. Puis-je me renseigner sur leurs relations personnelles ? demanda-t-elle après une seconde de réflexion. Dire qu'on suppose qu'ils se sont enfuis ensemble. Que nous voudrions en savoir plus pour circonscrire nos recherches.

— Oui, ça me paraît bien. Mais sois prudente. Pas seulement pour l'enquête. Morton aime tester les gens avec lesquels il n'a pas encore travaillé sur des boulots de ce genre. C'est l'occasion de faire bonne impression. Mais sans en rajouter, s'il te plaît ! »

Six

Sarah ne connaissait pas le nouvel hôpital. À la péri-phérie de la ville, sur le flanc d'une colline, il formait une longue suite de bâtiments bas faisant penser à des bureaux ou à un complexe de haute technologie. Elle fut accueillie par Tim Baldwin, un administrateur à l'allure dynamique d'une quarantaine d'années qui semblait étonnamment réjoui de sa visite. C'était peut-être la proximité de la mort qui lui avait donné cette décontraction, bien qu'elle le frô-lât maintenant un peu trop dangereusement.

« Je suis allé regarder nos fichiers, dit-il en conduisant Sarah le long d'un clair couloir désert, et je vous ai pré-paré une sortie d'imprimante. Leurs dates d'arrivée ici, les postes précédents, leurs références, leur adresse, les parents, ce genre de choses. Nous avons également une photo de Chris Hannay », ajouta-t-il en lui tendant un por-trait de studio signé.

Il ne correspondait pas du tout à l'idée qu'elle s'en était faite. Elle le voyait jeune et vulnérable. Sur la photo, Han-nay avait un air sûr de lui qui frisait l'arrogance, un visage bien nourri, une coiffure soignée, une chemise et une cra-vate de luxe. Les yeux, la bouche trahissaient une certaine faiblesse propre à susciter davantage de méfiance que de pitié. Elle avait imaginé une victime mais c'était une personne, tout simplement.

« Cela vous sera-t-il utile ?

— Absolument. C'est ce que je voulais.

— Je regrette mais nous n'avons pas de photo de Mlle Page. Les médecins ont été photographiés plus tôt, cette année, je ne me rappelle plus pourquoi. Une brochure, peut-être. »

Ils croisèrent quelques patients, qui les ignorèrent, et un ou deux membres du personnel qui leur jetèrent des coups d'œil furtifs. Sarah devina que la nouvelle de la disparition de leurs collègues avait dû se répandre.

« J'ai aussi toutes leurs fiches de paie et de Sécurité sociale, poursuivit Baldwin, mais je ne pense pas que cela vous intéresse.

— Tout nous intéresse.

— Parfait. » Il lui ouvrit la porte d'un ascenseur, l'air pensif. « M. Hannay n'habite pas ici ; Mlle Page a une chambre dans l'annexe de Saint Stephen, au centre ville.

— Pourrais-je y faire un saut ?

— Certainement. Je vais arranger cela. On m'a dit que vous souhaitiez voir leur lieu de travail. Il se trouve que M. Hannay n'a pas de bureau personnel parce qu'il travaille en salle d'opération. Il en partage un au troisième étage. »

C'était une pièce moderne, bourrée de papiers et de dossiers, où deux bureaux se faisaient face. Il fallut un moment à Sarah pour s'apercevoir qu'il n'y avait pas de fenêtre.

« Quel est celui de Hannay ?

— Je l'ignore, malheureusement. »

Les deux meubles étaient étonnamment différents, l'un plein de post-it, de crayons, de bouts de papier, de revues médicales et de magazines de jardinage ; l'autre, presque vide, dépourvu de tout cachet personnel. Un pot, posé dans un coin, ne révélait rien de son propriétaire ; sans doute le cadeau d'une compagnie pharmaceutique.

Sarah soupçonna que le fouillis trahissant le caractère de son possesseur appartenait à un autre médecin. Hannay n'avait laissé aucun indice. Les légistes viendraient sûrement examiner cela de près mais il n'y avait rien pour elle, ni carnet d'adresses, ni photos, ni lettres.

« Qui travaille avec lui, ici ?

— Le Dr Greewood.

— Est-il là, aujourd'hui ?

— Elle. C'est possible mais j'en doute... Un dimanche. Je peux la biper, si vous voulez. »

Elle estima qu'il valait mieux attendre. Baldwin, après l'avoir regardée, fasciné, enfiler ses gants et ouvrir les tiroirs du bureau de Hannay, ferma joyeusement la porte derrière eux et la conduisit dans la salle de Nicola Page. Il la présenta à ses deux collègues, Carol Banks et Amina Lewis, qui avaient entendu les rumeurs circuler et paraissaient à la fois inquiètes et excitées, comme Sarah s'y attendait. Elles n'arrivaient pas à y croire. Non, il ne pouvait rien s'être passé de grave. Elles lui apprirent que Nicola Page avait eu un arrêt de travail à cause d'une grave infection rénale ; elle n'était revenue que depuis une semaine. Elles ne la connaissaient pas très bien.

« Elle était assez distante, lança Carol, perchée sur un coin de table.

— Réservée, plutôt, corrigea Amina en posant son plateau d'instruments. Aimable, mais très discrète.

— À cause de sa maladie, peut-être, concéda Carol, comme se souvenant soudain qu'on ne dit pas du mal des morts. Il faut du temps pour se remettre d'une telle épreuve. »

Selon Amina, Nicola avait un ami qui travaillait à l'étranger, mais elle ne se souvenait que de son prénom, Mark. Sarah n'ayant plus rien à apprendre, Tim Baldwin la conduisit au labo où le pharmacologue, apparemment incapable de proférer autre chose que des monosyllabes, ouvrit un énorme classeur à anneaux avec des centaines

49

de photos de comprimés différents, de toutes les couleurs, tailles et formes imaginables. Il semblait impossible de s'y reconnaître mais, avec la précision d'un botaniste ou d'un ornithologue, il eut vite fait d'identifier les cachets.

« Correspondent-ils à ce qui est écrit ?

— Ceux-ci, oui. Mais pas ceux-là, ajouta-t-il en soulevant le flacon douteux. Il y a une ressemblance, mais il ne s'agit pas du même produit.

— Duquel, alors ?

— Du Diazépam, bien qu'il soit étiqueté comme du Coproxamol.

— Est-ce habituel ?

— Certainement pas, gronda l'homme en la regardant pour la première fois droit dans les yeux, choqué de sa découverte et de l'incapacité de son interlocutrice à en tirer les conclusions nécessaires. Je ne comprends pas qu'un médecin ait pu mélanger ces pilules. C'est très dangereux.

— Hannay est-il autorisé à avoir ces produits sur lui ?

— Je ne saurais vous répondre », dit-il en retrouvant sa prudence.

Sentant les regards curieux de Tim Baldwin, Sarah écarta le sac quand une forte voix, aux intonations patriciennes, cria :

« Ah, Tim ! Tu es là. Je te cherchais. »

Ils se retournèrent. L'homme, d'une cinquantaine d'années, portait un costume sombre, une chemise à larges rayures et une cravate de couleur vive, soigneusement assortie. Même sans blouse blanche, on n'aurait pu s'y méprendre. C'était un professeur.

« Vous êtes de la police ? Bonjour, je m'appelle Collingwood. Je suis chef de service et je siège au comité administratif. En un sens, Chris et Mlle Page travaillaient pour moi, mais je la connaissais très mal. »

Ils se serrèrent la main. Elle remarqua sa grande tête carrée, ses sourcils broussailleux. Il n'eut pas l'air plus impressionné par ses titres que Rosemary.

« Pourriez-vous m'expliquer ce qu'il se passe ? J'ai entendu dire qu'ils seraient absents. »

Derrière son masque d'autorité, il semblait un peu soucieux, mais pas du tout bouleversé. Sarah se demanda s'il voyait souvent Hannay. Ils ne devaient pas être très liés pour qu'il se montrât aussi indifférent à l'éventualité de sa mort. Ou il n'y croyait pas. Ou il ne l'aimait pas.

« On nous a signalé que deux corps avaient été emportés par la mer. Or le Dr Hannay et Mlle Page ont tous deux disparu. Nous voudrions les retrouver, de manière à cibler nos recherches. »

C'était un mensonge facile et rassurant. Mais Collingwood l'avait comprise. Elle voulait identifier les morts.

« Je vois. Avez-vous interrogé le personnel ?

— En passant. Si le pire se confirmait, des officiers de police viendraient prendre officiellement les dépositions. Je remettrais aussitôt l'affaire entre les mains de l'inspecteur principal Morton.

— Je vois », répéta-t-il.

Comme elle l'espérait, il était un peu déstabilisé. Il mit quelques instants à adopter une contenance.

« Bien. Venez, vous me direz ce que vous savez, et moi aussi. »

Elle le suivit, certaine qu'il chercherait plus à prendre qu'à donner. Un escalier débouchait sur un couloir de bureaux. Celui de Collingwood était extrêmement modeste, mais avec une belle vue sur les champs, à l'ouest.

— Je suis à côté », marmonna Baldwin avant de les laisser.

Sarah décida qu'il valait mieux prendre l'initiative plutôt que de laisser l'homme lui soutirer toutes sortes d'informations que Morton ne souhaitait pas ébruiter.

« Voici tout ce que nous savons, mentit-elle. Une femme nous a signalé avoir vu deux corps sur la plage de Compton, ce matin. Nous ignorons de quoi ils sont morts ; la marée les a emportés avant que nous n'arrivions sur les

51

lieux. D'autre part, le Dr Hannay et Nicola Page sont absents ; la voiture du médecin était garée pas très loin et la femme les a identifiés. Il est trop tôt pour affirmer quoi que ce soit, mais je suis désolée de vous dire qu'il y a de fortes chances pour que tous les deux soient décédés. »

Il gribouillait sur un bout de papier ; elle attendit un peu qu'il digère ces nouvelles et, quand il leva les yeux, elle lança sa question :

« Savez-vous si l'un d'eux était marié ? Ou engagé dans une histoire sérieuse ?

— Quel rapport ? demanda-t-il prudemment.

— Une liaison entre Hannay et Page pourrait expliquer leur disparition. Si l'un ou l'autre n'est pas libre, ils ont préféré garder leur aventure secrète avant de décider soudain de tout quitter. C'est une hypothèse que nous voulons vérifier. »

Sarah trouvait son argument atrocement mince, pourtant, Collingwood eut l'air convaincu.

« Je vois. Je ne sais rien sur Page mais, pour Chris Hannay, je ne crois pas qu'il... fréquente quelqu'un. Je l'ai invité à un barbecue cet été où il est venu seul. Il ne m'a jamais parlé de personne, si j'ai bonne mémoire. Cela dit, il y a certainement des gens plus au courant.

— Bien sûr. »

Elle ménagea un nouveau silence, jeta un coup d'œil à ses notes puis attaqua sur un autre front qui n'allait pas plaire à son interlocuteur, elle en était convaincue.

« Quel genre de médecin est le Dr Hannay ?

— Que voulez-vous dire ?

— Eh bien, poursuivit-elle en agitant la main pour indiquer diverses possibilités..., quelle est sa spécialité ? Est-il bon ? Le laisseriez-vous opérer vos enfants ?

— Il est anesthésiste, donc je ne le laisserais opérer personne. Mais très efficace et compétent.

— A-t-il connu des difficultés professionnelles ? Un accident, une plainte, ce genre de chose ?

— Non, pas à ma connaissance. Pas ici, en tout cas. »

Il aurait pu aussi bien répondre que Hannay, mort ou vif, était l'un des leurs, un membre de son équipe, et qu'il se devait de le protéger.

« Le Dr Hannay utilisait-il dans son travail des médicaments de classe A ?

— Eh bien, oui, étant donné que la plupart des anesthésiants sont des produits opiacés.

— Lesquels, exactement ?

— Je ne peux vous répondre. Cela dépend des opérations et du patient. Du Propofol et du Diprivan, surtout. De la diamorphine, aussi.

— Aurait-il eu quelque raison d'utiliser du Medazalan ? demanda-t-elle en se débrouillant pour ne pas trébucher sur ce nom peu familier.

— Je l'ignore. »

Le regard de Collingwood dénotait de la curiosité, pour ne pas dire davantage.

« En avez-vous en stock ?

— Bien sûr.

— Contrôlé, je suppose.

— Évidemment. Je ne vois pas très bien ce que cela à voir avec... » Il s'interrompit, baissa les yeux sur ses mains croisées puis les leva au plafond comme s'il pesait soigneusement ses mots. « Le Dr Hannay a accès aux opiacés et autres substances utilisés au bloc opératoire, mais tous les produits administrés sont notés et vérifiés par le personnel de la salle. Les risques d'erreur sont minimes.

— Aurait-il pu subtiliser des comprimés pour les vendre ou les réserver à son usage personnel ?

— J'en doute. Le risque est trop grand. S'il était pris, il serait renvoyé et poursuivi en justice, vraisemblablement.

— Mais cela pourrait-il se produire ?

— Je vous l'ai dit, répéta-t-il en manifestant une légère impatience, tout est enregistré. D'ailleurs, les médicaments

53

ne sont pas retirés par l'anesthésiste mais par l'assistant ou le responsable du bloc. Il y a une double signature.

– Et s'il avait été de mèche avec des personnes de la salle d'opération ?

– Elles changent toutes les semaines. Tout est vérifié trois fois. Il faudrait qu'il note qu'il a administré au patient une dose plus forte que d'habitude, ou qu'il a pris la bonne quantité mais en a utilisé moins que prévu. Dans les deux cas, il risque d'être découvert. Je ne pense pas que cette piste vous mène loin ; et s'il a dû éloigner l'infirmier de garde... Non, franchement, je trouve que ça ne tient pas.

– Aurait-il pu ramasser d'autres médicaments qui traînaient en salle d'opération ?

– Si vous y étiez entrée, vous auriez vu que nous ne laissons rien traîner. Tout est consigné, rangé dans des armoires fermées. Impossible d'avoir toutes les clés. Tout cela est ridicule. »

Il la devança avant qu'elle ne rouvre la bouche.

« D'après vos questions, je conclus que vous avez quelques raisons de supposer un lien entre la mort de Chris Hannay et notre pharmacopée. Loin de moi l'idée de vouloir vous apprendre votre métier, dit-il en se levant pour signaler que l'entretien était terminé, mais, croyez-moi, vous faites fausse route. »

Accompagnée de Baldwin, elle traversait la cour de l'hôpital quand elle entendit quelqu'un l'appeler d'une fenêtre. Elle se retourna et vit une silhouette penchée à un balcon qui lui faisait un signe de la main. C'était un homme blond, de son âge, qu'elle crut vaguement reconnaître, malgré sa blouse blanche de médecin, mais sur lequel elle n'arrivait pas à mettre de nom. D'un geste, il lui fit comprendre qu'il descendait.

« Vous connaissez le Dr Woodford ? » demanda Tim Baldwin, légèrement surpris.

Bien sûr, pensa-t-elle. Alban Woodford. Un ami de Tom.

Il passait ses premiers examens de médecine l'été de sa mort. Voilà qu'il exerçait maintenant comme médecin diplômé dans un hôpital ! C'était un personnage dur, d'une ironie cynique et cinglante, mais très amusant. S'était-il adouci avec le temps ? Et que voulait-il lui dire d'aussi urgent ?

Il sortit par une porte latérale et s'approcha d'elle rapidement, sa blouse déboutonnée.

« Mon Dieu ! Sarah Delaney. Cela doit bien faire... trois ans ?

— Quatre, corrigea-t-elle calmement.

— Oui », approuva-t-il d'un ton pensif. Sans doute se rappelait-il la mort de Tom, l'enterrement, où ils s'étaient vus pour la dernière fois. « On m'avait dit que tu étais entrée dans la police mais je n'en croyais pas mes oreilles.

— Tu vois, dit-elle en montrant son uniforme, c'est vrai. »

Il resta à la contempler, visiblement content, sans savoir que dire. Tim Baldwin marmonna qu'il reviendrait dans un instant et disparut.

« Et que fais-tu ici ? Tu n'es pas blessée ?

— Non, il y a eu un accident. Deux personnes noyées. Peut-être travaillaient-elles ici.

— Merde. Qui ça ?

— Chris Hannay et Nicola Page. »

Jusque-là, il avait l'air normalement soucieux, mais, en entendant les noms, il devint livide.

— Tu plaisantes ? murmura-t-il, horrifié.

— Pas du tout. Les connaissais-tu ?

— Je ne peux pas y croire. Je les ai vus hier, à la soirée de Martlesham Hall. Il doit y avoir une erreur.

— Je l'espère. Mais on a retrouvé la voiture de Chris Hannay tout près.

— Près d'où ?

— De Compton Spit. »

Il paraissait tellement consterné que Sarah l'entraîna

gentiment vers le banc le plus proche et s'assit à côté de lui.

« Que s'est-il passé, Sarah ? »

Elle sentit qu'il était trop proche de l'un ou de l'autre pour lui mentir comme aux autres.

« Nous pensons qu'ils ont été emportés par la mer. Tard cette nuit ou tôt ce matin. Je suppose qu'ils sont allés sur la plage après la fête, sur le chemin du retour.

— Je lui ai parlé de Compton, murmura-t-il. Il y a quelques semaines. Il voulait connaître les meilleures plages. Les plus calmes. Il savait que je suis de la région. Mais Compton n'est pas dangereuse, à moins d'être assez fou pour nager. As-tu plus de détails ?

— Non. On a lancé les recherches.

— Alors, ils sont peut-être sains et saufs, dit-il, une note d'espoir dans la voix.

— Peut-être. Il faut garder confiance.

— Dieu, c'est horrible ! Et vous êtes certains que Nicola était avec lui ? La voiture de Chris ne prouve rien. Elle s'est peut-être fait ramener par quelqu'un d'autre. Elle sortait d'une grave maladie et elle était fatiguée. »

Il essayait de se rassurer mais Sarah estima de son devoir de ne pas lui laisser trop d'illusions.

« Rien n'est sûr, mais nous pensons qu'elle était avec lui. Écoute, Alban, nous aurons besoin de ta déposition. Si tu peux retracer leur emploi du temps... T'en sens-tu capable ?

— Oui, dit-il en se redressant. Ça m'a fait un choc, c'est tout, ajouta-t-il avec un pauvre petit sourire. Ici, on est habitués aux mauvaises nouvelles mais c'est nous qui les donnons, en général. On ne pense jamais que les sales histoires arrivent aussi à ceux qu'on connaît bien.

— Eh bien, conclut-elle en voyant revenir Tim Baldwin, je dois y aller, mais quelqu'un d'autre passera. Je te préviendrai dès que nous aurons des informations supplémentaires.

– Merci. Tu peux me joindre par le standard. Jour et nuit.

– Compte sur moi. Je suis désolée d'avoir été porteuse d'aussi mauvaises nouvelles.

– Oui, dit-il, hochant toujours la tête. Comme la dernière fois que nous nous sommes vus. Pardon, ajouta-t-il avec une grimace. Je suis stupide.

– Cela n'a pas d'importance.

– Écoute, je... » Il passa la main dans ses cheveux blonds qui restèrent tout ébouriffés d'un côté. « Qui sait, ils ont peut-être décidé de rester au cottage. C'est... »

Son bip sonna et il dut s'interrompre.

« Il faut que je te laisse. Veux-tu me donner ton numéro ? Je t'appellerai. »

Il attrapa le bout de papier sur lequel elle l'avait griffonné et partit en courant.

Sept

Une heure et demie plus tard, Tim Baldwin faisait entrer Sarah dans l'annexe de Saint Stephen, au centre de la ville. C'était une rangée de maisons victoriennes, transformées en résidence depuis des années, bien avant que l'hôpital ne soit déplacé et que les vieux immeubles, en face, sur Cromer Road, ne soient abattus par un promoteur.

Il la conduisit le long d'un long couloir sombre, bordé de portes et dallé de tommettes dans des tons bruns différents. Une fois ou deux, Sarah était allée rendre visite à des amis étudiants qui vivaient dans des endroits comme celui-ci. Elle retrouvait la même atmosphère, la vague odeur de moisi, les signes de négligence des occupants (éraflures sur les murs, piles d'assiettes et de poêles dans l'évier de la cuisine commune, un passage bloqué par une bicyclette).

« Voici sa chambre. »

D'un coup d'œil, elle comprit qu'elle y trouverait bien plus d'indices que dans le bureau de Hannay. Il y avait des livres bien rangés sur les étagères, quelques vêtements et des magazines par terre. Nicola Page devait être une jeune femme menant une vie joyeuse et insouciante mais qui remettait de l'ordre régulièrement. Elle l'imagina après une longue et épuisante journée à l'hôpital, prenant un verre en ville avec ses collègues ou des amis avant de rentrer ici pour tomber de sommeil jusqu'au lendemain.

Sur le lit, les draps étaient froissés, l'oreiller portait encore l'empreinte d'une tête. Il flottait dans la pièce une odeur très légère mais nette, un mélange d'eau de toilette, de poussière, de savon et des cent autres choses qui accompagnent la vie quotidienne.

Sarah se mit au travail en essayant d'ignorer les yeux de Baldwin rivés sur elle. Elle résista à l'envie d'ouvrir la fenêtre et les rideaux (peut-être parce que Nicola Page avait eu des gardes de nuit) pour éclairer cette pièce que l'obscurité rendait trop intime. Elle jeta un coup d'œil sur les livres et les CD, sur le rayonnage du dessous, à côté d'une minichaîne stéréo. Sur le bureau traînaient quelques agendas et deux magazines en papier glacé. Dans le placard, tout était proprement rangé.

Sarah s'étonna d'être aussi troublée. Elles auraient aimé la même musique, lu les mêmes livres. L'autre femme, morte sans doute, aurait pu aller voir les mêmes films qu'elle, fréquenter les mêmes cafés, entrer dans les mêmes magasins de vêtements, choisir le même plat à la Pizza Express.

Sur un panneau en liège, à côté du bureau, des photos étaient épinglées dont beaucoup représentaient un beau jeune homme mince souriant à l'objectif d'un sourire timide, toujours le même, quel que soit le décor – au ski, chez des amis, sur une plage ensoleillée. Sur l'un des clichés, il se tenait debout derrière Nicola assise sur une chaise. Lui souriait toujours mais elle avait un air grave. Elle devina que ce devait être Mark, son ami.

« Je dois passer quelques coups de fil » dit Baldwin. Sarah fut soulagée de le voir sortir. Elle préférait travailler seule. Elle avait moins l'impression d'être une voleuse farfouillant dans la vie d'une inconnue décédée.

Dans un tiroir, elle trouva d'autres photos de Nicola en groupe, et une où elle posait seule, avec un vrai petit sourire. Ses collègues allaient s'amuser à mettre des noms sur tous ces visages, à élucider leurs rapports avec elle, à leur soutirer des éclaircissements sur sa mort !

Elle allait refermer le tiroir quand elle remarqua soudain une minuscule cassette, tout au fond. Elle la sortit, la retourna mais sans trouver d'étiquette. Ce devait être une vidéocassette et, bien qu'il n'y eût pas de caméra dans la pièce, Sarah pensa qu'avec un peu de chance (bien méritée, estimait-elle) elle contenait un film de la jeune femme.

« Êtes-vous de la police ? »

Sarah n'avait pas entendu la porte s'ouvrir. Elle tourna la tête, prise d'un vague sentiment de culpabilité. Sur le seuil se tenait une infirmière d'une vingtaine d'années semblant vouloir s'assurer que Sarah ne mettait pas tout sens dessus dessous ou n'emportait pas d'objets précieux. Elle se présenta comme « Suzy, une amie de Nicola ». C'était la première personne qui employait ces mots.

« Alors, c'est vrai ?

— Rien n'est sûr, répondit Sarah en se levant pour aller refermer la porte, mais nous sommes inquiets. Savez-vous quels sont exactement ses rapports avec Chris Hannay ?

— Ils travaillent tous les deux à l'hôpital. Et ils sont allés au bal, hier soir, une soirée de bienfaisance à Martlesham Hall. Mais ils ne... enfin, ils ne sortent pas ensemble. Elle a un ami, à Hong Kong, je crois.

— Ah, il est donc là-bas. »

Suzy eut un petit haussement d'épaules. Debout, les mains sur les hanches, elle paraissait calme et compétente. À moins que cet air raisonnable ne lui vînt de son uniforme et de ses cheveux sagement nattés. Au fond de ses yeux, quelque chose montrait qu'elle aussi était bouleversée mais qu'elle savait se maîtriser.

« Attendait-elle ce week-end avec impatience ? demanda Sarah. Ou avec inquiétude ?

— Difficile à dire. » L'infirmière s'assit sur le lit et se mit à lisser le duvet. « Elle avait été très malade et elle

61

avait pris un congé maladie de plusieurs semaines. Une infection rénale, je crois, mais elle en a peu parlé et je n'ai pas voulu être indiscrète. Elle avalait des tas de médicaments, elle n'avait pas le droit de boire, elle se fatiguait vite. Tout ça l'a complètement abattue. Elle n'était pas sortie depuis des lustres, et je crois que la perspective de cette soirée lui faisait plaisir.

— Elle était retournée au travail, n'est-ce pas ?

— Oui, cette semaine. Vendredi, elle avait l'air épuisée mais elle a quand même voulu y aller. »

Sarah ne trouva pas d'autre question à poser. Elle se remit à inspecter le placard avec ses étagères bien rangées, pleines de jeans, de pulls, de pantalons, de jupes longues en laine, ses tiroirs où s'entassaient de jolis dessous raisonnables et, en bas, les chaussures. Sur les cintres étaient suspendus quelques robes et un tailleur noir.

Elle repensa à Nicola couchée sur la plage, comme endormie, avait dit Rosemary Aylmer. Rien à voir avec l'horrible image du corps de Hannay, gisant au bord de l'eau, la peau verdâtre, les yeux écarquillés. Mais le vent qui avait ébouriffé les cheveux noirs de la jeune femme amasserait petit à petit le sable autour d'elle et finirait par l'ensevelir. Les mouettes, perchées sur les piliers de la jetée, fixeraient sur elle leurs yeux durs, ailes déployées, prêtes à l'envol, et trouveraient vite l'audace de venir picorer et lacérer les parties découvertes de sa peau.

Sarah referma le placard pour chasser cette vision.

Suzy la regardait, et Sarah s'efforça d'afficher une expression sérieuse et professionnelle. Nicola avait-elle aussi fait ce genre d'efforts devant un patient en phase terminale ou quand elle avait dû lutter contre sa maladie ?

« Avez-vous une photo de Nicola ? Une bonne ?

— Je crois. Pourquoi ?

— Pour lancer la recherche. »

Suzy lui jeta un regard perçant, teinté d'amertume.

« La recherche du corps, c'est ça ? »

Huit

Une fois revenue dans sa voiture, Sarah prit le temps d'examiner la liste des médicaments établie par le pharmacologue. Ces noms ne lui disaient rien mais son frère aîné, Patrick, était médecin. Il la renseignerait. De toute façon, il fallait qu'elle lui téléphone pour l'avertir qu'elle ne pourrait pas déjeuner avec eux, comme prévu.

Quand il décrocha, elle eut droit en bruits de fond à des voix et à des cris qui la firent sourire. Elle imagina Sam, dans sa haute chaise, apprenant à manger, et Lucie raffinant sa technique du lancer de haricots sur le mur.

« Je tombe mal ? demanda-t-elle, en entendant Julia, sa belle-sœur, raisonner Sam qui répondit par des hurlements de rage.

— Non, si tu ne m'en veux pas de te lâcher un instant quand il faudra rétablir l'ordre.

— Aucun problème.

— Mais n'essaie pas de me soutirer une autre ordonnance ! Tu prends une aspirine, tu te mets au lit et ça ira beaucoup mieux.

— C'est vrai, ça marche. Écoute, nous avons un disparu, un médecin. On a trouvé des comprimés dans sa voiture et on se pose des questions. On a des doutes. Il aurait pu mettre des drogues dans un flacon pour les faire passer pour autre chose, enfin, un truc de ce genre.

— Quel sale esprit tu as !

— Donc, si je te dis les noms, peux-tu me dire à quoi ça sert ?

— Je vais essayer.

— D'abord, le Triludan.

— C'est un antihistaminique, répondit-il aussitôt. Ton médecin souffre sans doute du rhume des foins. On n'en obtient que sur ordonnance mais c'est parfaitement banal.

— Et le Diazépam ?

— Un sédatif assez puissant. Lui aussi n'est délivré que sur ordonnance. Personnellement, je ne l'ai jamais prescrit.

— Pourquoi ? demanda-t-elle, sentant une réserve dans sa voix.

— Je ne prendrais pas le risque que ça tombe entre de mauvaises mains.

— Au marché noir, tu veux dire ?

— Disons qu'il y a des gens prêts à payer le prix fort.

— Et la benzédrine ? »

La seule fois où Sarah avait trouvé des drogues sur un suspect, c'étaient quelques grammes de benzédrine.

« Non, c'est exactement l'inverse, répliqua Pat, ravi de la taquiner avec son savoir.

— Comment ça ?

— La Benzédrine est un stimulant et le Diazépam un sédatif très demandé. Il assomme rapidement sans laisser de traces. Très utilisé pour les abus sexuels. »

Ensuite, elle téléphona à Morton. Il ne fut pas surpris par ce qu'elle lui apprit sur les comprimés. Heureusement, il ne désapprouva pas le récit hésitant de son entretien avec Collingwood, lequel n'était pourtant pas conforme (elle venait juste de s'en rendre compte) aux instructions de

Linehan. Content ou pas, il ne lui demanda pas de poursuivre son travail d'enquête.

« Maintenant, ce sont les recherches qui comptent. Tant que nous n'aurons pas retrouvé les corps, nous n'avancerons pas. Consacrez-leur tout votre temps, jusqu'à ce que j'aie un sergent pour vous relayer. »

Elle n'avait donc plus qu'une chose à faire : téléphoner à Nick. Il répondit dès la première sonnerie, comme s'il attendait son appel.

« Ça alors ! Comment vas-tu ? » Il était toujours le même, apparemment, plein de vie et d'énergie.

« Bien, Nick, bien. »

Elle lui expliqua le plus succinctement possible le but de son appel.

« Aider la police ? dit-il avec un sourire audible. Eh bien, c'est entendu. Je ne travaille pas aujourd'hui, on peut se voir quand tu veux. »

Ils se fixèrent rendez-vous au port de Yarwell. Elle raccrocha puis se laissa aller contre le dossier de son siège. Ce coup de fil l'avait incroyablement tendue. Comme elle aurait aimé être à la fin de la journée pour rentrer et tout oublier ! Quatre équipes devaient déjà écumer les plages et les criques à l'est de Campton Spit. Puisqu'elle n'avait que cela à faire, autant aller voir comment elles se débrouillaient. Elle commencerait par Blundell ; de là, elle reviendrait vers Compton. Au moins, elle se rendrait compte des difficultés.

Sur la mer, le brouillard était moins dense mais des nuages bas ôtaient toujours leurs couleurs aux champs, aux arbres, aux voitures qu'elle croisait et même aux peintures criardes des stations-service devant lesquelles elle passa. Blundell était également teinté de mélancolie. En été, les rues auraient été pleines de gens allant à la plage, la camionnette du marchand de glaces, près de l'entrée, aurait été assiégée. Ce jour-là, il n'y avait personne, sinon un officier qui l'attendait patiemment devant la voiture de police.

Elle le connaissait, un type du coin, lourd et grisonnant bien qu'il n'eût pas plus d'une quarantaine d'années et qui s'était résigné à n'avoir aucune perspective de promotion. Il attendait sans doute sa retraite anticipée pour devenir chauffeur de taxi ou patron de café, comme tant d'autres de ses collègues. Elle ouvrait son carnet pour y chercher son nom quand il lui revint : Paul Taylor.

Ils avaient travaillé une fois ensemble, l'année précédente, sur l'affaire Julie Stanforth. Taylor dirigeait l'équipe qui avait trouvé son corps, ce qui ne leur fournirait pas vraiment un sympathique sujet de conversation. Il semblait de bonne humeur, à sa manière un peu morose. Le pauvre, on l'appelait probablement quand on avait besoin d'un homme connaissant bien la région ou pour lui refiler les sales boulots. Il devait avoir vu d'innombrables cadavres dans sa carrière. L'année dernière, on avait repêché une femme dans la rivière Gladen, un homme au fond du port de Yarwell.

Taylor lui expliqua qu'il attendait que l'équipe termine ici avant de continuer plus loin, sur la côte. Quand elle lui annonça qu'elle allait la rejoindre à pied, il fit une moue un peu dédaigneuse pour cet enthousiasme et ce zèle juvéniles. En s'éloignant, elle l'entendit fredonner un peu faux, d'une voix triste : *Oh I do like to be beside the seaside*.

Le chemin coupait un cordon de pins bordant la plage puis débouchait sur un paysage plat et désert. Au loin, la lumière était un peu plus claire, comme si le soleil luttait pour percer la brume. Aussitôt, elle sentit l'humidité, les gouttelettes qui suintaient des arbres et des buissons la pénétrer et elle regretta de ne pas être chez elle, bien au chaud dans son lit, avant le déjeuner dominical avec ses neveux, au lieu de chercher deux cadavres.

Elle avança vers la mer, n'entendant plus que le vent et le léger crissement du sable sec sous ses pieds. Les hommes étaient censés ramasser tout ce qui sortait de l'ordinaire ou qui semblait avoir été récemment rejeté sur le rivage. Ils devaient fulminer. Tous les cent mètres, il y avait quelque chose qui n'aurait pas dû se trouver là, une bouteille en plastique, un filet à oranges, des bouts de bois, des morceaux de polystyrène... S'ils suivaient les consignes à la lettre, ce serait la plage la plus propre du pays.

Du pied, elle heurta une botte. Le caoutchouc de la semelle était fendu, le plastique décoloré, elle la reposa en se demandant comment elle s'était retrouvée à la mer. Jetée par-dessus bord parce que trop usée ? Emportée par une lame ? Comme son propriétaire, peut-être, qu'il faudrait lui aussi repêcher à moins qu'il n'ait déjà été transformé en nourriture pour poissons.

Au bord de l'eau, elle s'arrêta pour regarder les vagues monter à l'assaut de la rive, remplir et vider tour à tour les milliers de cavités et de rigoles qu'elles se réapproprieraient petit à petit. La tâche était immense. Sans doute perdaient-ils leur temps. Si seulement le brouillard voulait bien se lever, un hélicoptère survolant la plage à basse altitude finirait le travail en une heure ou deux. Évidemment, il repérerait un corps, mais pas les petits indices. Au fond, les chances d'un marcheur étaient-elles meilleures ?

Elle n'arrivait vraiment pas à imaginer un cadavre gisant sur cette côte brune. Les policiers ne trouveraient que des coquillages ou les ruines d'un château de sable. Rosemary avait-elle bien vu ? Sarah commençait à en douter. Elle l'avait trouvée très convaincante mais, ici, son histoire paraissait invraisemblable.

Derrière la courbe douce de la baie se trouvait un petit promontoire que Sarah longea, regardant alternativement le varech, par terre, et l'horizon. Elle voyait jusqu'à Charnham Head. Compton Spit se trouvait à quelques kilomètres.

Soudain, au loin, se dessina une ligne de silhouettes habillées de noir, ballonnées par leurs anoraks. Elle fit un signe de main ; l'une d'elles lui répondit. Soudain, Sarah se figea. Presque à ses pieds gisait le cadavre tout frais d'une mouette au plumage ébouriffé par le vent. Elle reprit sa marche en frissonnant.

L'équipe n'avait rien trouvé d'intéressant et un coup de fil passé au bureau de transmission apprit à Sarah que leurs collègues n'avaient pas été plus chanceux. Inutile de les rejoindre ; c'était d'ailleurs presque l'heure de son rendez-vous avec Nick. Pourvu qu'il ait une bonne idée !

Rouler dans Yarwell faisait douloureusement remonter son passé, comme à Compton. Elle avait vécu ici deux ans avec Tom et des souvenirs surgissaient devant chaque boutique, dans chaque rue, à chaque carrefour. Elle revit les librairies où ils avaient flâné parmi les livres d'occasion, le pub où ils avaient écouté un groupe ou s'étaient attablés pour se détendre, au lendemain d'une cuite, avec le journal du dimanche, le café où elle avait été serveuse et le chantier naval où Tom et Nick avaient travaillé.

Leur appartement n'était qu'à quelques mètres du port, en haut d'une des ruelles, à peine assez larges pour le passage d'une voiture, qui reliaient le quai au centre de la ville. Sous les combles, il occupait toute la largeur de la maison ; à un bout, ils avaient installé le lit, à l'autre, un immense canapé défoncé face à un calorifère. Percées dans le toit, plusieurs fenêtres laissaient entrer le soleil du matin et les effluves du port à toute heure − un mélange d'eau salée, d'algues, de poisson auquel se mêlait, l'été, une odeur de goudron. L'appartement était en trop mauvais état pour le louer l'été à des touristes ; le couple de propriétaires qui s'occupait de la galerie au rez-de-chaussée était heureusement trop fauché ou trop négligent pour installer le chauffage central, refaire la cuisine, empêcher les courants d'air.

Sur le quai, son estomac se noua en réalisant que cette ville tant aimée était désormais définitivement hors de sa vie. Elle n'en connaissait aucune autre qui ait autant de charme et d'authenticité (sauf pendant les vacances), avec ses jolis cottages blanchis à la chaux, sa belle église en silex, l'étendue miroitante du port bruyant, puant le poisson. Un vrai port actif, malgré son front de mer aux arcades touristiques et son camping bien situé. Des fenêtres de leur appartement, ils voyaient les bateaux partir pour les zones de pêche et, parfois, ils les entendaient décharger, très tôt le matin. Il ne lui fallait que quelques minutes pour aller à pied au café, et moins encore à Tom pour se rendre au chantier familial.

Les baraquements en bois terne n'avaient pas changé malgré quelques petites améliorations (la vedette avait été remplacée) et elle devina que la Mercedes garée devant les bureaux appartenait à John Walton, le père de Nick.

Nick n'était ni dans le bureau principal, ni dans les entrepôts, ni en train de flâner sur le quai. Elle reconnut finalement ses larges épaules derrière les vitres embuées du Harbour Café. Combien de fois était-elle venue ici attendre Tom quand il travaillait en face ! Il la rejoignait à l'heure du déjeuner ou les après-midi quand, à cause du mauvais temps, il n'avait pas de groupe à sortir en mer pour aller voir les phoques, ni d'expéditions de plongée du côté des bancs de sable, ni de cours de voile ou de surf dans les eaux plus sûres de Norton Staithe.

« Tu as un moment pour prendre un café ? » demanda Nick en souriant. Elle jeta un coup d'œil à sa montre : « De toute façon, la marée ne remontera pas avant quatre heures.

– Bien sûr. »

Elle se glissa sur la chaise en plastique. Il cria la commande à une femme derrière le comptoir qui marmonna des mots étouffés par le jet de vapeur d'une machine.

« Je suppose que tu as mangé, dit Nick en sauçant ce qui restait dans son assiette avec un bout de toast. Il faut se nourrir, par une journée pareille. »

Elle n'avait rien avalé mais elle n'avait pas faim et ne souhaitait pas perdre davantage de temps. Elle le laissa terminer sa bouchée, examinant son visage avenant, ses cheveux blond-roux, sa peau semée de taches de rousseur qui avait pris une tonalité brun-rouge, et ses yeux noisette empreints d'une légère anxiété. Peut-être se sentait-il un peu coupable de ce qui s'était passé entre eux, quelques années plus tôt ? Non, ce n'était pas son genre.

« Quel est le meilleur endroit pour commencer les recherches ? demanda-t-elle sur un ton qu'elle voulait professionnel.

— J'ai jeté un coup d'œil sur les cartes, et j'y ai réfléchi. L'heure est importante. Quand ont-ils été emportés par la mer, exactement ?

— Je ne peux pas te répondre. Vers six heures trente du matin. L'homme une dizaine de minutes avant la femme.

— Bien. On peut supposer que les corps ont été roulés vers Summer Sand et pris dans des eaux plus profondes. Dans ce cas, ils y sont toujours, ou plus à l'est.

— Est-ce là que nous devons aller ?

— Non car ce n'est qu'une hypothèse parmi d'autres. Il y a beaucoup plus de chances de les retrouver quand ils seront rejetés sur le rivage. Un cadavre en mer... tu sais comme c'est difficile à repérer. »

Bien sûr qu'elle le savait. Comment Nick pouvait-il être assez bête pour le souligner ? Elle eut l'impression que Tom n'était plus pour lui un cher cousin disparu, mais un vague souvenir, une vieille histoire enterrée. Ou alors c'était elle qui était à côté de la plaque, incapable d'oublier, d'aller de l'avant.

« Il vaut mieux attendre qu'ils s'échouent, continua-t-il. Les courants les ramèneront probablement dans la baie de Blundell. On ne les verra sûrement pas du côté de Blakeney mais peut-être vers Sheringham.

— Ça sera long ?

— Plusieurs jours. Évidemment, ils peuvent ne jamais revenir à terre. S'ils finissent dans Missel Hole, par exemple. Il n'en ressort jamais rien », ajouta-t-il avec une pointe de soulagement.

Elle avala son café ; il lui demanda ce que faisaient ses collègues.

« Ils inspectent les plages. Nous cherchons des petits indices laissés par le reflux, un sac, une chaussure. Un corps flottant non loin du littoral serait aussi repérable.

— Et si le brouillard se lève, vous pouvez lancer un hélicoptère.

— Tout à fait.

— Alors, qu'attendez-vous de moi ?

— Que tu me montres les endroits où nous avons le plus de chances. J'y enverrai des équipes cet après-midi ou demain, en début de matinée.

— Parfait. On y va ? »

Il se leva, enfila son blouson et en sortit quelques pièces pour le pourboire. Il refusa son offre de payer son café à demi bu.

« Le problème est que, tant que nous n'avons pas retrouvé les corps, il n'y a pas grand-chose à faire. D'ailleurs, j'allais te demander... »

La porte s'ouvrit brusquement et un vieil homme en veste miteuse entra et se précipita vers Nick pour lui asséner une grande tape sur l'épaule.

« Salut ! Ah, tu es en bonne compagnie. Je ne dérange pas, j'espère, dit-il en lançant un clin d'œil à Sarah.

« Sarah, je te présente Greg. C'est notre homme, ajouta-t-il en lui serrant la main. Mon vieux, nous avons besoin de tes conseils.

— Ah oui ? »

Ses yeux étaient délavés par l'âge mais il paraissait très vif d'esprit.

« Tu seras au Ship tout à l'heure ?

— Possible.

— Ce sera ma tournée. Une pinte ou deux de bière.

— Ah, dans ce cas, sûrement.

— Greg, voici l'agent de police Sarah Delaney, dit-il en ayant l'air de s'amuser beaucoup de ce titre savoureux.

71

Nous cherchons deux corps emportés ce matin. Tu devrais pouvoir nous aider.

— Volontiers, grommela Greg en haussant les épaules.

— Réfléchis, murmura Nick sur un ton de conspirateur : deux cadavres emportés à Compton Spit, à six heures trente, ce matin. Juste avant la marée haute. Où vont-ils atterrir ? »

L'homme se gratta le menton.

« Qui peut le dire ?

— Je pensais que tu connaissais bien les courants. Je me suis trompé.

— Tu ne m'auras pas comme ça. Je te vois venir ! » rétorqua l'autre en éclatant de rire.

Il réfléchit un instant, les yeux perdus dans le vague.

« Sûr, il y a un tirant d'eau tout du long, jusqu'à Blundell. Mais avec la marée basse, ils ont pu dériver plus au large. Vous pourriez les retrouver vers Blundell ; du côté du raz, peut-être. Mais pas avant un jour ou deux.

— Ou à Dead Sand, lança Sarah malgré elle.

— Possible, marmonna-t-il en la regardant avec un intérêt plus marqué.

— Penses-y, en tout cas, reprit Nick. À plus tard. »

Ils partaient quand l'homme lança :

« On dit qu'il existe une méthode infaillible. »

Il ménagea un silence pour attiser leur curiosité.

« Laquelle ? dut demander Sarah.

— Vous jetez une miche de pain à la mer. Du même endroit ; et vous regardez ce qui se passe. Là où vous la retrouvez, ils seront.

— Ça marche ?

— Bien sûr que ça marche, grogna-t-il. Ça paraît logique. Et puis, sinon, on ne le dirait pas, pas vrai ? »

Il n'y avait rien à répliquer. Ils étaient sur le seuil de la porte quand l'homme ajouta en s'esclaffant :

« Mais pas en tranches, le pain, hein ! »

Dehors, son rire les suivait encore.

Neuf

Dans la vieille Land Rover de Nick, ils roulèrent vers Compton. Il conduisait vite malgré le brouillard et prenait ses virages si serrés que Sarah ne lâcha pas la poignée de la portière. Il bavarda pendant tout le trajet, forçant la voix pour couvrir le bourdonnement du moteur sans toutefois quitter la route des yeux.

« La dernière fois que nous nous sommes vus, tu espérais une promotion.

– Je ne l'ai pas eue. »

Il fut forcé de ralentir sur la chaussée pavée de Norton ; le bruit du moteur se répercutait sur les murs en silex de cette partie ancienne du village.

« Et maintenant ? Qu'envisages-tu, professionnellement ?

– Je pense démissionner. Mais je n'en suis pas sûre. Si je reste, j'essaierai d'être mutée dans la police judiciaire, si j'y arrive.

– Plus excitant ?

– Plus intéressant, plus varié. Et moins d'obligations de relève, de rondes de nuit, etc.

– Tu préférerais ?

– On peut espérer se ménager une vie sociale. »

Regrettant aussitôt ses mots, elle regarda par la fenêtre les haies toujours enguirlandées de brume.

« Tu as fait du bateau récemment ?

– Non.

– Pourquoi ? »

Qu'est-ce qui lui prenait de lui poser cette question ? Il connaissait la réponse aussi bien qu'elle-même. *Parce que Tom est mort ici. Parce que je pense encore à lui à chaque fois que je vois partir un voilier.*

« Je n'aime pas avoir froid ni être mouillée. »

Il rit.

« Fais comme moi, prends un bateau avec une cabine, un moteur et un bon chauffage, dit-il en rétrogradant pour doubler un camion à toute vitesse. Et puis, quand on aime ça, on se fiche du froid et de l'humidité.

– Ce n'est pas vrai. »

Nick lui était sympathique malgré, ou à cause de ce qui s'était passé. Il avait toujours une bonne histoire, un potin amusant à raconter, un nouveau gadget à exhiber et il était d'une compagnie agréable. Mais, pour une fois, elle ne trouvait rien à dire qui n'ait l'air compassé ou ne prête à malentendu.

« Que leur est-il arrivé ? À ces deux morts ?

– Aucune idée. Il est possible que l'un ait tué l'autre, puis se soit suicidé. Mais il faut être dans un drôle d'état pour se truffer de coups de couteau !

– Alors, un troisième personnage. Un drame amoureux ?

– Peut-être. Ou un psychotique ; ou une affaire de drogue.

– De drogue, répéta-t-il vivement. Un trafic ?

– Je suppose. Selon moi, Hannay en achetait ou en vendait. Une histoire de deal qui aurait mal tourné. On a trouvé dans sa voiture des substances qu'il n'aurait pas dû avoir. »

Dehors, un trou dans les haies laissa voir l'étendue noire et froide des champs.

« N'en parle à personne, s'il te plaît, Nick.

– Sois tranquille, répondit-il en souriant. Nous faisons équipe, non ? Batman et Robin. »

Son sourire creusa de petites rides au coin de ses yeux.

« Si ça peut t'aider, je peux prendre un canot. Je connais un ou deux endroits inaccessibles par la terre où les courants déposent beaucoup de choses. Vers les bancs de sable. Ça vaudrait peut-être le coup que j'aille y faire un tour. »

Il freina à un carrefour sans visibilité, obligeant Sarah à s'agripper au tableau de bord, et il klaxonna.

« Vraiment ?

— Bien sûr. Je saute sur n'importe quel prétexte pour sortir en mer. J'ai passé beaucoup de temps au bureau, ces jours-ci, à faire de la comptabilité. Plans de développement, courbettes au banquier, etc. S'il s'agit d'un devoir civique et que tu m'accompagnes...

— Ce serait formidable, mais je ne sais pas si je serai toujours sur l'affaire, dit-elle prudemment.

— J'espère bien ! Pas question de m'obliger à supporter un de tes collègues débiles toute la journée. »

Que penser de ça ? Ils avaient eu une aventure, juste après la mort de Tom. Elle était très seule, dans un état d'agitation extrême. Elle cherchait à sortir du deuil. Elle avait découvert que Tom l'avait trahie, qu'il fréquentait une autre fille. Nick s'était trouvé là.

Une fois l'aventure terminée, elle avait tenté de comprendre lequel s'était le plus servi de l'autre. Elle, elle voulait se venger de Tom, lui faire mal, fût-ce dans la mort. Mais, à l'époque, elle ne s'en était pas rendu compte. Lui, il avait profité d'elle à un moment où elle était vulnérable, malheureuse ; ainsi va la vie, elle ne pouvait lui en vouloir. Pas plus qu'elle ne pouvait en vouloir à Tom ni à elle-même. Et tout cela était bien loin.

Il n'était pas à proprement parler séduisant, se dit-elle, en observant son profil pendant qu'il conduisait. Des cheveux très ondulés, presque roux et déjà striés de gris ! Une pointe bien marquée au milieu du front, suggérant qu'il ne tarderait pas à se dégarnir. Les joues rougies par sa vie en

75

plein air et ses excès. Un anneau au petit doigt – petit signe de vanité.

Pas du tout le type d'homme avec lequel on aimerait vieillir. Mais dans la force de l'âge, avec son dynamisme et son énergie, il avait une franchise enfantine, une spontanéité, un appétit de vivre, un désir de s'amuser qu'elle trouvait attirants. Comme il était différent de tant de ses collègues, accablés par leur pénible travail !

Il avait sûrement quelques attaches. Il n'aurait pas supporté de ne pas être aimé. Envisageait-il une nuit d'amour avec elle ? Elle n'en avait aucune envie. Entre eux, le passé était trop lourd.

« Ce qui ne me convainc pas, dit-il au bout d'un moment, ce sont tes hypothèses sur leur mort.

– Comment cela ?

– Eh bien, cela m'a tout l'air d'un accident, non ? Une chute. Il a dû tomber de la jetée, ou quelque chose comme ça, non ? »

Elle tenta d'imaginer un scénario possible. Hannay, ivre, cherche à faire le malin, à impressionner la fille. Il ignore les panneaux ou ne les voit pas dans l'obscurité. Il avance, comme un funambule sur une corde raide. Nicola lui crie de revenir. Il ne l'écoute pas, s'éloigne, entouré des vagues, de plus en plus proches maintenant, beaucoup plus effrayantes que lorsqu'on les voit depuis le rivage. Au bout de la digue, son pied glisse sur des algues. Il perd l'équilibre, une silhouette sombre, désarticulée, se dessine au clair de lune, il tombe, se cogne la tête, se déchire le front sur un pièce métallique.

Et Nicola ? Comment était-elle morte, alors ? Non, cela ne tenait pas. La scène avait beau être d'une sinistre netteté dans son imagination, elle n'avait pas eu lieu.

« Tu n'as qu'un témoin, n'est-ce pas, renchérit Nick. Si elle se trompait ?

– Elle paraissait très sûre d'elle quand je lui ai parlé. »

Nick quitta la route et prit un chemin à peine plus large que la voiture, sans pour autant réduire sa vitesse.

« Tu t'en tiens à ton idée, alors ? Une histoire de came ? »

Sarah le regarda à nouveau et remarqua les rides creusées sur son front, la ligne de ses favoris impeccables, les muscles de son cou. Il pouvait être étonnamment perspicace. Ses soupçons épousaient les siens, maintenant.

« À mon avis... »

Il pila en jurant. Sarah fut projetée en avant quand la Land Rover s'arrêta à quelques centimètres du tracteur qui avait surgi du brouillard. Ses phares luisaient faiblement, à peine distinguait-elle le conducteur, dans sa cabine, bien au-dessus d'eux.

« Ces petits bijoux ont des freins formidables, se félicita Nick en reculant pour laisser le passage. Qu'as-tu comme voiture ?

— Une Renault, dit-elle, le souffle encore coupé.

— Ah ? Elles vieillissent bien ?

— La mienne, oui. »

Le tracteur passa et Nick repartit en trombe.

« Aucun risque de croiser autre chose, maintenant, dit-il en prenant un virage à la corde.

— Pourquoi fonces-tu comme ça ? Pour moi ?

— Non, répondit-il, l'air sincèrement surpris. C'est ma façon de conduire. Sinon, je m'ennuie. »

Ils arrivèrent sans autre incident. En face d'eux, il y avait un dégagement pour faire demi-tour et une grille interdisant l'accès aux marais. Un sentier trop étroit pour les voitures s'y enfonçait en sinuant, bordé d'un fossé de drainage. Nick lui montra du doigt l'endroit où les hommes devraient commencer leur recherche et lui énuméra les criques qu'ils pouvaient délaisser sans regret.

« Quand j'étais gosse, je ratissais toutes ces plages. Je savais exactement où aller pour trouver ce que je voulais, du bois, des bouteilles, des boîtes, des coquillages et surtout des vieilles bourriches. On m'en donnait un bon prix quand je les rapportais.

— Ah oui ? Une façon bien solitaire de gagner son argent de poche.

— C'est parce que j'ai trois frères. C'était avant qu'Andrew n'aille à l'armée. Une occasion d'être enfin tranquille. Et puis mon père nous a toujours encouragés à nous débrouiller tout seuls. Pas de pique-assiette dans la famille. »

Il s'était mis à pleuvoir. Sarah se dit qu'elle devait aller jeter un coup d'œil. Elle espérait trouver les deux cadavres mais le redoutait tout autant. Il faudrait alors annoncer la nouvelle aux familles. Ce serait le pire. Rien que d'y penser, elle en était malade.

« Allons voir, dit-elle brusquement.

— Ah ? » Il lui lança un regard perçant. « Si tu veux. »

Ils marchèrent le long du mur en bord de mer, regardant les oiseaux se dandiner sur la vase ou tournoyer au-dessus de leurs têtes, noirs sur le gris du ciel. Malgré son manteau, Sarah était transie. Elle aurait volontiers mangé quelque chose.

« Je dois rentrer au commissariat. Il y a peut-être du nouveau et il faut que je donne les consignes pour demain.

— Bien sûr. Veux-tu que je te dépose ?

— Si ça ne te dérange pas trop, répondit-elle avec un sourire. C'est très gentil, merci.

— Parfait. Ensuite j'irai retrouver Greg, le type que tu as vu au café. Si quelqu'un sait ce qu'il faut faire, c'est bien lui. »

Pendant le trajet de retour à Compton, ni l'un ni l'autre ne dit mot. Sarah était trop fatiguée. L'après-midi était déjà bien avancé ; pourvu qu'elle ne soit pas trop chargée !

« Veux-tu que je vous accompagne demain ? demandat-il en la déposant devant le poste. Ça vous serait utile ?

— Oh, mais ce serait formidable, dit-elle en regrettant de ne pas s'être exclamée avec plus d'enthousiasme.

Nick démarra, un sourire aux lèvres.

Dix

Morton avait fait installer un bureau de transmission dans la salle de formation, à l'arrière du bâtiment. Tables et ordinateurs étaient déjà en place. Deux officiers, les yeux rivés sur leurs écrans, tapotaient sur leurs claviers. Andy Linehan, debout au fond de la pièce, écrivait sur un tableau blanc.

« Salut ! » lui dit-il distinctement.

En s'approchant, elle reconnut les photos des deux victimes, fixées au mur et entourées de post-it bourrés d'annotations. À côté se trouvaient des cartes à grande échelle de la région et une série de clichés de la plage.

« Jeremy n'est pas là, si c'est lui que tu cherches. Il est allé à l'hôpital. Tu sais, la drogue dans le sac de Hannay ? C'était de la cocaïne. D'une pureté absolument médicinale, sans doute volée à l'hôpital.

— Ah oui ? Mais qu'en font les médecins ?

— Ça fait désenfler. Tu reçois un coup sur le nez et on te file de la cocaïne. Heureusement que ça ne se sait pas !

— Combien y en avait-il ?

— Un échantillon, mais assez pour passer un bon week-end.

— Pour la vente ?

— Qui sait ? Pour Jeremy, il s'agit d'un crime passion-

79

nel ; Blake jubile parce que quelqu'un aurait vu un type d'aspect bizarre à Compton, à peu près à la même heure, ce qui accréditerait sa théorie que l'assassin est un psychopathe ou un rôdeur. Pour ma part, continua-t-il en levant un doigt, je pense toujours que Hannay avait un rendez-vous sur la plage et que l'infirmière était dans la combine. Nous sommes allés à l'hôpital tout à l'heure et on nous a expliqué comment ça fonctionne. Une personne seule aurait du mal à voler les médicaments, mais, à deux, c'est beaucoup plus facile. Or Hannay et Page avaient travaillé ensemble. Peut-être en transportaient-ils une plus grosse quantité ; ils auraient été tous les deux liquidés par le dealer qui se serait tiré avec la marchandise, sans payer.

– Mais pourquoi les tuer ? Hannay et Page n'auraient sûrement pas porté plainte !

– C'est là le problème. Toute cette violence ne rime pas à grand-chose, pour l'instant. Il faut donc attraper rapidement l'assassin avant qu'il ne recommence.

– Sais-tu ce que Morton attend de moi, maintenant ? Il m'a demandé de me concentrer sur la recherche des corps, de parler avec les garde-côtes et les sauveteurs, mais je ne pourrai reprendre qu'à marée basse.

– Eh bien... » Andy eut l'air un peu mal à l'aise. « En fait, des gars de la criminelle ont été mis sur le coup, si bien que nous n'avons plus besoin de personne. Ton aide nous a été précieuse, mais bon, c'est fini, pour l'instant.

« Bien, dit Sarah en espérant que sa déception ne serait pas trop visible. De toute façon, j'avais une permission, demain.

– Attends, il y aurait quand même un boulot. Il nous faut quelqu'un pour faire la liaison avec les témoins. Les informer des progrès de l'enquête, les protéger éventuellement. Ça t'intéresse ? Tu connais déjà Mme Aylmer.

– Pourquoi pas ? Je n'avais rien prévu de spécial. »

Elle était censée aider sa mère à ranger la maison avant la venue des déménageurs, en fin de la semaine. Tout était préférable à ça, même si le travail d'agent de liaison était dérisoire.

« Cela te ferait faire un petit voyage à Londres. Pour prendre contact avec cette personne qui a vu un rôdeur suspect. Je lui ai déjà parlé, elle est d'accord. Un peu fâchée qu'il y ait eu quelqu'un d'assez méfiant dans le coin pour noter son immatriculation. Je la comprends, remarque. Les Range Rovers ne sont pas exceptionnelles par ici. Enfin, il s'agit d'une Mlle A. J. Mabbott. Elle habite Shoreditch. »

Sarah imagina une grande femme aux longs cheveux blonds parlant avec une intonation traînante et affectée. Pour une Londonienne roulant en quatre roues motrices, le A ne pouvait qu'être l'initiale d'Amanda ou d'Arabella.

« Alors, acceptes-tu de partir ce soir prendre sa déposition et, si ça te paraît intéressant, de revenir ici avec elle, tôt demain matin ? On lui organiserait une petite séance d'identification sur photos, on retracerait exactement son itinéraire. Qui sait, avec un peu de chance, elle verra passer le suspect... »

L'idée d'une balade à Londres n'était pas déplaisante. Elle pourrait dormir chez son amie Justine, dîner avec elle si elle était libre. Ça lui ferait du bien de s'éloigner un peu de la côte, de mettre de la distance entre elle et tous les souvenirs que l'affaire faisait resurgir.

Son expression réjouie n'échappa pas à Andy.

« Tu es d'accord ? Départ pour Londres ce soir ?

— Parfait.

— Tu loges chez un ami ?

— Oui, dit-elle en espérant que l'insinuation ne la ferait pas rougir.

— Tu nous avais caché ça. Pas de grasse matinée, hein ? ajouta-t-il en souriant.

Sarah avait déjà fait son sac quand Nick téléphona pour savoir comment elle allait, comment avançait l'enquête et pour lui proposer un verre.

« Ce soir ? Impossible. Je pars à Londres.

— Tu n'es plus sur le coup ?

— Je vais chercher un témoin. Je serai de retour demain matin.

— Voyons-nous demain soir, alors.

— D'accord, mais je ne peux pas fixer d'heure précise.

— Aucune importance. Donnons-nous rendez-vous dans un pub de Yarwell ; si tu es en retard, ou si tu ne peux pas venir, ne t'inquiète pas, je ne t'en voudrais pas.

— Parfait. »

Il y avait plusieurs pubs à Yarwell. Avec Tom, elle allait au Mariners ou au Ship, mais elle y connaissait encore trop de monde pour être tranquille. Le Lord Anson ressemblait davantage à une auberge, malgré les inévitables trophées nautiques accrochés à tous les murs. Un seul, le Rose and Crown, tournait le dos à la mer. Elle le lui proposa.

« Comme tu veux.

— C'est le plus calme. Nous pourrons parler des recherches.

— Bien, mais ne t'y sens pas obligée. Nous avons plein d'autres choses à nous dire. »

Ses paroles étaient claires. Elle aurait dû l'arrêter immédiatement, l'avertir qu'elle ne le verrait que dans le cadre de son travail.

« Donc, là-bas, vers neuf heures, neuf heures trente.

— Oui, à demain. »

Onze

Après s'être assoupie dans le train, Sarah eut un choc quand elle se retrouva dans les lumières, la bousculade, la foule des voyageurs aux visages fermés de la gare de Liverpool Street. Elle se dirigea vers le métro en prenant l'allure pressée des Londoniens, leur air maussade et fatigué, évitant, comme eux, de croiser un regard. Pour la première fois depuis longtemps, elle éprouva l'excitation du changement, de l'action, de l'anonymat. Elle pouvait être n'importe qui, aller n'importe où. Elle ne se sentait pas en mission, comme dans le Norfolk. Enfin libre de disparaître, sans laisser de trace.

Mlle Mabbott lui avait fixé rendez-vous dans un centre sportif de Hoxton et, depuis la galerie, Sarah pouvait avoir un aperçu des divers jeux qui se déroulaient en bas, chacun donnant son sens aux marquages de couleurs différentes sur le sol. Une femme à la longue chevelure blonde qui jouait au netball, juste en dessous, correspondait assez bien à l'image que Sarah s'était faite de la conductrice de la Range Rover. Son équipe était en passe d'être battue par des filles beaucoup plus soudées et professionnelles. Leurs cris aigus résonnaient sous le haut plafond métallique.

Un petit homme vêtu du polo vert et du short noir qui

semblaient réservés au personnel de la salle s'approcha pour lui demander s'il pouvait la renseigner.

« J'attends une joueuse », répondit-elle en ignorant son ton légèrement agressif.

– Qui ?

– Mlle Mabbott.

– Sait-elle que vous êtes arrivée ?

– Oui, dit Sarah, sentant que son intérêt n'était pas seulement motivé par des préoccupations sécuritaires. Nous devons aller prendre un verre. »

L'homme se détendit.

« Excusez-moi de vous avoir importunée ; je ne savais pas que vous étiez une de ses amies.

– Ce n'est pas grave.

– En fait, reprit-il, craignant de l'avoir offensée, je vous ai prise pour une journaliste. Il y en a pas mal qui traînent par ici.

– Pourquoi ?

– Oh, à cause de cette histoire d'il y a un an ou deux. »

Sarah lui fit un sourire qu'elle espérait désarmant et avoua qu'elle ne savait pas du tout de quoi il parlait.

« Je ne la connais pas depuis longtemps, vous savez, et je ne sais pas grand-chose sur elle.

– Vous l'avez déjà vue, tout de même ?

– J'ignore même à quoi elle ressemble. »

Il montra du doigt l'équipe gagnante.

« Le capitaine. Elle porte un brassard.

– Celle qui est là-bas, tout au fond ?

– Non, dit-il en riant. Près du filet. »

D'une bonne vingtaine d'années, c'était une Noire qui, d'après ce que Sarah pouvait en juger depuis son poste d'observation élevé, mesurait au moins un mètre quatre-vingts. Rapide, gracieuse, elle perça la ligne de défense, la balle tenue à bout de bras, hors de portée de ses adversaires.

« Elle est très forte, remarqua Sarah.

– Pour elle, c'est de la bagatelle. »

Les perdantes semblèrent se reprendre pour se voir dépossédées du ballon au moment de marquer. La femme blonde se retrouva assise par terre et Mabbott l'aida à se relever.

« Alors, qu'est-il arrivé l'an dernier ? » demanda Sarah, amusée par sa façon de regarder Mabbott. Cette fille faisait de l'effet aux hommes.

« Si vous n'êtes pas au courant, dit-il en retrouvant son attitude soupçonneuse du début, je préfère qu'elle vous le raconte elle-même. »

Sur ce, il la quitta. Sarah haussa les épaules et finit son café. Les vaincues semblaient résignées et elle devina que ce serait bientôt la fin. Quand les joueuses reprirent leurs positions, Mabbott jeta un coup d'œil au balcon, la remarqua et garda les yeux fixés sur elle un peu plus longtemps que ne le demandait la simple curiosité. Lorsqu'elle monta, quelques minutes plus tard, les présentations furent donc inutiles mais les deux jeunes femmes se serrèrent la main dans les formes. Mabbott avait une bouteille d'eau à la main et un sac de sport à l'épaule.

« Si vous voulez vous doucher, je vous attends, dit Sarah.

— Cela ira, je n'ai pas beaucoup transpiré, dit l'autre en souriant, ce qui détendit un peu Sarah. Vous jouez ? Je vous ai vue regarder.

— Oui, parfois. Mais je ferais en sorte d'être dans votre équipe.

— Oui, on s'en est bien sorties, hein ? dit-elle en se laissant tomber sur sa chaise en plastique. Alors, que voulez-vous que je vous raconte ?

— Ce qui s'est passé la nuit dernière. Je prendrai des notes et je vous demanderai de signer. Une déposition de témoin.

— Comme au tribunal ?

— Exactement. »

Elle hocha la tête et but à la bouteille, ce qui permit à

Sarah de l'observer plus précisément. Elle avait un visage large, des cheveux noirs, raides, coupés court qui faisaient ressortir les muscles de son cou et de ses épaules. Son expression ne trahissait rien mais une lueur dans ses yeux révélait qu'elle se sentait observée. Sarah baissa la tête sur son carnet.

« Ed (c'est mon ami) et moi avons voulu aller à la mer une journée. Une sorte de coup de tête. Un endroit qui s'appelle Hunstanton. Vous connaissez ? »

Sara fit un signe d'acquiescement.

« Le soir, nous avons dîné au pub puis, peut-être vers onze heures, on a décidé de faire une promenade au bord de l'eau. On s'est un peu perdus. Ce n'était pas ma faute, ajouta-t-elle avec un sourire ; Ed avait la carte et moi je conduisais. Bref, nous n'avons pas trouvé la plage et c'est alors que j'ai vu cet homme. »

Elle avala une autre gorgée, sans quitter Sarah du regard.

« Bien. Puis-je prendre quelques notes ? Vos nom et adresse.

— Atlanta Mabbott. J'habite Shoreditch. 46, Saint Chad's Street.

— Puis-je vous demander de quoi vous vivez, mademoiselle Mabbott ?

— Atlanta, corrigea-t-elle. Je suis designer.

— Dans la mode ?

Elle rit.

« Non, graphiste ; je fais des brochures, des rapports de société, des sites sur Internet, des choses comme ça.

— Pour qui ?

— Une société appelée ATC Design. Dans la City.

— Cela vous plaît ?

— Beaucoup de nuits de travail, mais je suis bien payée.

— Mieux que dans les magazines ?

— Que voulez-vous dire ? »

Sarah ne voulait rien dire du tout ; elle cherchait simplement à la détendre mais obtenait l'effet inverse.

« Je ne sais pas. Je suppose, enfin, je me disais que c'était peut-être plus intéressant de travailler dans une de ces belles revues au papier glacé... *Vogue*, par exemple.

— Il n'y a pas beaucoup de Noirs dans ce genre de magazine. »

Sarah ne trouva rien à répliquer.

« Euh... vous avez donc dit que vous êtes partie avec votre ami. Puis-je avoir son nom et son adresse ?

— Ed Danton. Il vit chez moi, en ce moment. Il loue un appartement à Hackney, si cela peut vous intéresser.

— Que fait-il ?

— Il gère un club, le Spanish Town, Mare Street. Vous devriez y aller. »

Atlanta semblait très sérieuse mais Sarah se douta que dans son for intérieur elle se moquait d'elle. Parce qu'elle était une péquenaude perdue à Londres. Ou un flic.

« Vous croyez que j'aimerais ?

— Peut-être, sourit Atlanta. D'autres questions ?

— Oui. Commençons par l'homme que vous avez vu.

— Eh bien... » Elle ferma les yeux, mettant en scène son effort de mémoire. « Nous cherchions la plage, sur une infâme petite route sans lumière. Nous sommes passés devant une église, puis nous sommes arrivés devant une barrière ; nous avons dû nous arrêter. Ed est descendu pour voir s'il y avait un accès à la mer. Elle ne devait pas être loin. Je suis restée à l'attendre dans la voiture quand cet homme est apparu et a regardé par la fenêtre. Il était effrayant. Il avait un drôle de chapeau rond, une barbe de quelques jours et des yeux écarquillés. Je crois que j'ai crié, en tout cas, il a disparu.

— Avez-vous vu par où il est parti ?

— Non. Je n'ai pas cherché à savoir.

— D'où est-il venu ?

— Je n'en sais rien. Comme je vous l'ai dit, je ne l'ai vu qu'au moment où il a pressé sa tête contre la vitre.

— Quelle heure était-il ?

— Oh, vers minuit.

— Et vous lui avez trouvé un air inquiétant ?

— Et comment ! J'ai eu le sentiment qu'il surgissait de nulle part. Et ce regard étrangement fixe ! C'était affreux. J'étais terrorisée.

— Essayez de me le décrire encore.

— Assez grand ; une barbe naissante, brune ; des cheveux châtain-roux. Mais ce sont ses yeux qui m'ont frappée. Si bizarres !

— Et les vêtements ?

— Il avait un ciré, je crois. Vert, peut-être, mais c'est difficile à dire, la nuit. Un peu brillant, ouvert, et un pull en dessous, comme à l'armée, tricoté, à côtes, avec des pièces aux épaules et aux coudes. »

Elle se tapota épaules et coudes pour bien se faire comprendre.

« Je ne les ai pas vues, évidemment, mais ce genre-là.

— Je vois, dit Sarah.

— Et un chapeau, ajouta Atlanta d'un ton plus animé. Rond, comme un pot de fleurs. Avec un bord tout autour.

— Comme pour la pêche à la mouche ? »

Atlanta ne savait pas à quoi Sarah faisait allusion mais elle proposa de le dessiner et se mit à chercher une feuille de papier. Sarah lui tendit son carnet et son stylo. Elle esquissa le chapeau en quelques traits assurés, le nez froncé de concentration, ses longs doigts posés sur la page, tenant le feutre de la main gauche, loin de la pointe, avec dextérité et légèreté. Sarah se dit qu'elle avait de la chance : elle était tombée sur le témoin idéal, une femme dotée d'une bonne mémoire visuelle, capable de faire le portrait du suspect elle-même au lieu de s'en remettre aux artistes de la police.

« Quelque chose comme cela, dit-elle en lui présentant la feuille dans le bon sens.

— Formidable, répliqua Sarah. Pourriez-vous venir nous aider à retrouver cet homme ?

– Quoi ? Retourner là-bas ? » À son ton, on aurait cru que c'était le bout du monde. « Je ne sais pas, dit-elle en secouant la tête d'un air dubitatif. Non, je ne crois pas.

– C'est très important pour nous. Nous devons tout mettre en œuvre pour le capturer. S'il y a un fou qui se promène et massacre les gens, il faut l'arrêter. »

Atlanta n'avait pas l'air convaincue.

« Il peut recommencer, poursuivit Sarah. N'importe quand. C'est ce qui arrive d'habitude.

Atlanta eut un haussement d'épaules.

« Quand faudrait-il que j'y aille ?

– Demain. Nous nous chargeons de tous les frais, bien entendu. »

Atlanta se taisait, perdue dans ses pensées.

« Et, avec votre aide, nous ferions le portrait-robot. »

Atlanta croisa les jambes et se mit à tripoter son lacet de basket. Était-ce à cause de son travail qu'elle était aussi réticente ou n'avait-elle pas envie de coopérer avec la police ?

« D'accord, dit-elle soudain en levant la tête. Mais je dois en parler à mon patron et à Ed. »

Elle sortit un téléphone mobile de son sac et s'éloigna. Sarah ne trouva pas étonnant qu'elle ne veuille pas parler en sa présence mais elle se demanda si elle s'habituerait un jour à voir les gens se montrer toujours aussi prudents et soupçonneux devant elle, parce qu'elle était de la police.

Il était presque huit heures. Qu'allait-elle faire de sa soirée ? Justine l'hébergeait mais elle dînait avec son nouvel ami. Il n'y aurait donc pas de confidences féminines autour d'une table de restaurant ! Sarah était d'autant plus déçue qu'elle avait dû refuser l'invitation de Nick.

Elle se pencha sur le dessin. Pour donner l'impression de volume et de profondeur, Atlanta l'avait ombré d'une hachure au même motif à damier que le chapeau. Ce croquis était tellement plus tangible, plus probant que ses notes ! Sarah sentit monter en elle l'excitation de la victoire, comme si elle venait de faire avancer l'enquête d'un bond ou de trouver le chapeau sous une haie de Beach Road. Elle avait entre les mains un indice essentiel qui leur permettrait peut-être de retrouver l'assassin du médecin et de l'infirmière.

Atlanta réapparut, se mouvant avec souplesse entre les chaises vides.

« Tout est arrangé.

— Merveilleux. Je vais réserver les billets de train.

— Je préférerais conduire, si ça ne vous dérange pas. Je vous emmènerai, si vous voulez. »

Elle reprit son sac et, avant que Sarah n'ait eu le temps de répondre, elle lança :

« Vous avez faim ? Moi, il faut que je mange.

— Euh, mais...

— Je vais chercher Ed. C'est à deux pas. Venez prendre un verre. Nous organiserons notre voyage de demain. »

Sarah n'avait rien d'autre à faire et cela lui éviterait de retourner voir cet Ed. Elle accepta.

Dehors, le froid était vif, leur souffle formait de la buée, mais Atlanta ne semblait pas le sentir. Dans la rue silencieuse, on n'entendait que le bruit de la circulation, un peu plus loin.

« Vous avez toujours travaillé dans la police ? demanda Atlanta.

— Non. Depuis deux ans, seulement.

— Je m'en doutais », lança Atlanta non sans une certaine satisfaction, et Sarah se rendit compte qu'elle se fichait d'elle.

« Et vous, vous avez toujours vécu à Londres ?

— Oui.

— Vous comptez y rester ?

— Oui, je m'y plais. Pourquoi ?

— Dans le Norfolk, nous voyons pas mal de gens qui cherchent des maisons parce qu'ils sont fatigués de la ville.

— Pas moi, répliqua Atlanta en riant à gorge déployée.

Je déteste la campagne. Je n'y suis allée que parce que Ed a insisté. Et j'avais raison.

— Que voulez-vous dire ?

— Eh bien, c'est simple ! »

Elle s'arrêta, fit un large geste de la main qui englobait les boutiques fermées, le groupe de jeunes attroupés devant une cabine téléphonique, casquettes enfoncées jusqu'aux oreilles, les trois malabars en blouson de cuir postés devant une société de radio-taxis.

« On dit que la ville est dure, n'est-ce pas ? Criminalité, agressions. Nous, nous n'avons jamais eu d'ennuis et les gens que je connais non plus. Mais je passe une journée à la campagne et je tombe sur un tueur fou. Vous pigez ? La nature n'a vraiment rien de rassurant ! »

Elles se remirent en marche et Atlanta, évoquant un raccourci, l'entraîna dans une petite rue sombre où Sarah eut du mal à éviter les flaques d'eau et les sacs-poubelle renversés. Tandis qu'elles s'enfonçaient dans des venelles de plus en plus obscures, dont une traversait même une propriété privée, Sarah eut le sentiment qu'Atlanta jouait une sorte de jeu, pour l'effrayer, pour marquer un point. Elle-même semblait d'ailleurs davantage sur ses gardes, bien qu'elle continuât à papoter gaiement.

« J'ai parlé avec un de vos amis à la salle de sports, dit Sarah.

— Franklin, sûrement. Toujours très protecteur.

— C'est gentil. »

Mais Atlanta n'avait plus envie de parler. Elles avancèrent en silence, jusqu'au moment où elles se retrouvèrent enfin dans une rue correctement éclairée, devant un bar qui faisait le coin. Atlanta s'effaça pour laisser passer Sarah. Un escalier, entre des murs rouge et noir, descendait au sous-sol, fermé par une autre porte. Même de l'extérieur, Sarah fut frappée par le vacarme et la chaleur qui se dégageaient des lieux. Un éclat de rire assourdi flotta jusqu'à ses oreilles, lui rappelant l'atmosphère du café en dessous de chez elle.

« Vous entrez ? demanda Atlanta à Sarah, hésitante.

— Non, je vais vous laisser. Je dois téléphoner et prévenir mes collègues.

— Alors, à demain. »

Elle fit un signe de la main. La porte se referma doucement au nez de Sarah.

Morton insista pour que Sarah revienne immédiatement avec Atlanta. Lorsqu'elle lui promit qu'elles partiraient tôt le lendemain matin et qu'il était inutile d'indisposer un témoin d'une telle importance, il fit marche arrière.

« Son histoire est-elle vraiment nette et précise ?

— Tout à fait.

— Bien, alors, vous ne la quittez pas. Surveillez-la, protégez-la, empêchez-la de rencontrer d'autres témoins. Et ne la mettez pas de mauvaise humeur. Il ne faut pas qu'elle refuse de témoigner. Mieux vous la connaîtrez, mieux ce sera. Si vraiment elle a vu l'assassin, elle est notre seule piste valable pour l'instant.

— Oui, dit Sarah, gagnée par sa véhémence.

— Il faudra aussi qu'elle vienne nous aider à établir le portrait-robot.

— Ce sera peut-être inutile. »

Elle lui expliqua qu'Atlanta savait parfaitement dessiner.

« Vraiment ? Alors, nous aurions enfin un peu de chance ?

— Y a-t-il eu du nouveau cet après-midi ?

— Non.

— Les drogues ?

— Blake a vérifié. À l'hôpital, ils affirment que, de toute manière, ils n'ont pas les quantités nécessaires à un trafic. Tout simplement parce qu'ils en utilisent très peu.

— Alors, de ce côté, c'est l'impasse ?

– Oui. Sinon que cela éclaire le personnage. On peut toujours envisager un autre scénario. Un rendez-vous avec un trafiquant qui aurait mal tourné. Mais je dois dire que Graham Blake n'est pas du tout convaincu par cette hypothèse. »

Elle aurait aimé trouvé une réplique intelligente, ou du moins rassurante, mais il ne lui vint à l'esprit qu'une banale question sur le temps.

« Toujours du brouillard. Il paraît que ça devrait s'éclaircir demain ou mardi. »

Morton étant d'humeur loquace, ils bavardèrent quelques minutes. Une fois qu'elle eut raccroché, Sarah se demanda si tout cela mènerait bien loin. Elle l'espérait. Sinon, ce serait Morton qui en porterait la responsabilité.

Plus tard, allongée sur le canapé-lit, pendant que Justine et son ami essayaient vainement de ne pas faire de bruit, Sarah ne put se défaire des images de la journée. Elle songea à Rosemary. Avait-elle aussi du mal à s'endormir, l'oreille aux aguets, guettant le retour du tueur ? Elle revit Collingwood, froid et réfléchi, pesant tous ses mots, comme s'il affrontait un problème professionnel et non la mort de deux collègues. Elle imagina Nicola couchée sur la plage, avec le visage qu'elle lui avait vu sur les photos, bien qu'elle sût qu'il serait à peine reconnaissable si on la retrouvait, apparemment endormie.

C'était curieux que Mme Aylmer ait employé ces mots. Sarah savait qu'en cas de mort violente les gens ne se couchent pas paisiblement pour tomber dans le coma, comme dans le sommeil. Trop de souffrance, trop de sang, trop de terreur. Il avait dû se passer autre chose. Cela devait avoir un sens.

Et puis il y avait l'homme au chapeau qu'Atlanta avait vu cette nuit-là. Plus Sarah y pensait, plus elle le trouvait sinistre, tels ces objets quotidiens (un vêtement taché, un marteau transformé en arme du crime) qui deviennent des pièces à conviction chargées d'horreur. Que faisait donc

93

cet individu sur ce chemin ? Peut-être n'avait-il pas de voiture et vivait-il à Beach Road ou à Compton. Dans ce cas,
cela limitait les possibilités et, en quelques heures, Atlanta
aurait une chance de le reconnaître.

Sarah se demandait encore si le tueur aux yeux fixes,
au chapeau rond et au ciré vert la poursuivrait dans ses
rêves quand elle sombra dans un profond sommeil.

Douze

Atlanta habitait dans un vieil entrepôt reconverti, un bâtiment carré de béton blanchi et de verre, haut de cinq étages, qui s'étendait sur presque toute la longueur de la petite rue. Il y avait un Interphone, une porte d'entrée blindée munie de trois serrures et une caméra de surveillance. L'homme qui ouvrit à Sarah arbora un sourire chaleureux.

« Vous nous avez donc trouvés ! dit-il en lui serrant la main. Je suis Ed, mais vous l'aviez deviné. Entrez, je vous en prie. »

Elle le suivit dans une vaste pièce avec un bureau près de l'entrée, un ensemble canapé au milieu et une cuisine reluisante qui s'étalait au fond, avec une table et un bar sur lequel une cafetière et une coupe de fruits donnaient quelques couleurs à l'ensemble aux tonalités un peu froides. Un des murs était percé de fenêtres qui agrandissaient encore les volumes. Il y avait une mezzanine de style nautique avec un parapet métallique peint en blanc et des transats en toile rayée. Sarah n'avait jamais vu d'appartement aussi spacieux à Londres.

« Atlanta se prépare, expliqua Ed.

— Parfait, répondit Sarah, qui se demanda combien pouvait valoir un tel endroit, et d'où venait l'argent.

— Il paraît que vous avez quelques questions à me poser.

95

— Si vous le voulez bien.

— Pas de problème. »

Ed avait un ou deux centimètres de moins qu'Atlanta et semblait plus jeune. Il émanait de lui quelque chose d'enfantin, malgré (ou à cause de) ses cheveux très courts, pensa Sarah. Ou étaient-ce ses yeux ? Ou cette disposition à s'amuser de tout ? En tout cas, il était séduisant.

« Puis-je vous proposer un café ? Quelque chose à manger ?

— Du café, merci, marmonna-t-elle.

— Parfait. Asseyez-vous. »

Il lui montra un tabouret derrière le bar et posa devant elle une tasse à l'arôme délicieux.

« Je suis à vous. »

Elle commença par les questions habituelles, auxquelles il répondit facilement. Il confirma qu'Atlanta et lui avaient décidé, sur un coup de tête, d'aller passer une journée à la mer. Ils avaient choisi le Norfolk parce que ni l'un ni l'autre ne connaissait cette région.

« Mais nous ne pensions pas que le voyage serait aussi long. La nuit est tombée très vite.

— Êtes-vous allés directement à Compton ?

— C'est le nom de l'endroit ? Non, nous nous sommes d'abord arrêtés à Hunstanton. C'était plutôt mort. »

Il s'affairait dans la cuisine, sortant le lait, le jus de fruits, les céréales, prenant un bol propre sur une étagère. Avec son sourire naturel, son T-shirt rouge, son corps tonique, il semblait tout droit sorti d'une pub.

« Nous avons pris une glace, marché un peu puis décidé de repartir pour chercher un restaurant. Nous avons suivi la route de la côte et nous nous sommes arrêtés dans un pub, je ne sais pas où exactement. En sortant de table, il faisait nuit, mais il n'était pas tard. Atlanta a dit qu'elle voulait voir la mer avant de rentrer. Une vraie plage.

— Oui, dit Sarah en avalant son café.

— Alors nous avons fini par trouver une pancarte

« plage » mais l'accès était fermé par une barrière. On s'est arrêtés un moment puis nous sommes repartis.

— Quelle heure était-il ?

— Aucune idée. Avant minuit, de toute façon. Nous ne pensions pas à l'heure, vous comprenez ? »

Elle lui lança un regard étonné qui le fit rire.

« Oh, un soir d'été, le clair de lune. Une chose en amène une autre et...

— Atlanta ne m'a pas parlé de... de...

— C'est une femme discrète.

— Ah, vous... Comment dire ? hésita-t-elle, son stylo suspendu sur son carnet. Vous vous êtes un peu détendus ?

— Bien trouvé.

— Dans la voiture ?

— Non, nous avons fait une promenade à pied.

— Alors, quand avez-vous vu l'homme ?

— Je ne l'ai pas vu. Après, Atlanta avait sommeil, moi, j'avais toujours envie de m'approcher de la mer ; elle est restée dans la voiture et je suis allé chercher la plage. Quand je suis revenu, elle m'a raconté cette histoire de cinglé à la fenêtre. J'ai d'abord cru qu'elle inventait un truc pour me faire peur. Ça lui ressemble assez. Vous voyez, dans le genre film d'horreur : des arbres épais, une nuit d'encre, un individu bizarre sur la route déserte. Elle a tout de suite décrété qu'un type avec des yeux et un chapeau comme ça ne pouvait être qu'un assassin. »

Sarah n'avait plus de questions mais elle pressentait qu'elle avait encore beaucoup de choses à découvrir.

« Ne vous formalisez pas, mais avez-vous une voiture ? »

Il mâcha tranquillement sa cuillerée de céréales avant de répondre.

« Pourquoi ?

— La plupart des hommes que je connais auraient pris le volant.

97

« – Vous ne connaissez pas les bons, alors ! rétorqua-t-il en riant. En fait, je ne conduis pas en ce moment.

– Ah ?

– Non. Un retrait de permis l'année dernière. »

L'air un peu honteux, il se leva pour aller rincer son bol dans l'évier.

« De toute façon, elle conduit mieux que moi.

– Rares sont ceux qui conviennent de ce genre de chose.

– Pourtant c'est vrai. Elle est très calme, elle ne s'énerve jamais. Sauf si on lui faisait une queue de poisson, ce qui n'arrive jamais à une Jeep.

– Le grand confort. Atlanta me ramène dans le Norfolk.

– Oui. Excusez-moi, mais il faut que je me prépare, dit-il en se dirigeant vers la chambre à coucher. Reprenez du café, si vous voulez. »

Sarah regarda autour d'elle, les livres sur les rayonnages, les tableaux et tapisseries accrochés aux murs blancs. C'était très beau, mais elle avait un peu l'impression d'être dans une galerie. Les seuls objets inattendus étaient deux javelots croisés, au-dessus de la porte d'entrée, l'un plus ancien que l'autre, avec une poignée en bois et une lame de métal brut.

« Ça peut servir si quelqu'un essaie d'entrer de force, non ? » dit Ed en revenant. Il avait enfilé un costume bleu marine et boutonnait une chemise blanche impeccable. Un vrai homme d'affaires.

« Ils appartiennent à Atlanta ?

– Oui. Elle a fait partie de l'équipe nationale d'athlétisme trois ou quatre ans. Course de haies, d'abord, puis l'heptathlon. Elle était bonne.

– Elle ne fait plus de compétitions ?

– Non, elle a laissé tombé il y a quelques années.

– Elle n'est pas si vieille que ça !

– Non. »

Elle aurait bien continué à bavarder mais Ed n'y semblait plus disposé. Elle lança une dernière question.

« Finalement, êtes-vous arrivé à la plage ?

– Non. Je me suis trouvé devant une passerelle enjambant un ruisseau et j'ai fait demi-tour.

– Et pourquoi Atlanta ne vous a-t-elle pas accompagné ? La promenade ne lui disait plus rien ?

– Non, dit-il en riant à nouveau. Vous ne la connaissez pas. Pas question de marcher si elle peut s'en passer. Née paresseuse, comme dit sa mère. Et ça ne va pas en s'arrangeant ! »

Il finissait de nouer sa cravate quand Atlanta fit son apparition en robe de chambre, se séchant les cheveux à l'aide d'une serviette blanche. Elle semblait fatiguée, pas du tout en forme. À quelle heure s'étaient-ils couchés ?

« Toujours là ? » lança Atlanta à Ed d'un ton effronté. En passant, elle effleura son épaule d'une main qu'il embrassa. Cette petite scène, Sarah aurait pu ne pas la remarquer, mais elle lui serra le cœur. Elle se comportait de la même manière avec Tom.

« J'y vais. Je te signale que j'ai accueilli ta nouvelle amie. »

Atlanta ajusta son nœud de cravate et ils échangèrent alors quelques mots si discrets que Sarah n'entendit rien. Ils s'enlacèrent brièvement puis Ed posa un baiser sur son front.

« Prenez soin d'elle, hein ? » recommanda-t-il à Sarah en s'en allant.

Atlanta repartit s'habiller sans ouvrir la bouche et Sarah essaya de joindre Morton au téléphone. Il était occupé.

« Il sera de retour pour déjeuner, lui dit Andy Linehan. Il t'attend cet après-midi avec ton témoin pour l'interrogatoire. Tu as un message d'un médecin de l'hôpital, le Dr Woodford.

– Bien, dit Sarah en notant son numéro de téléphone sur son carnet. Autre chose ?

– Oui. On a trouvé un indice.

– Vas-y, crache.

– Dans les dunes, un sac de voyage vide, tout neuf. Il ne doit être là que depuis un jour ou deux. Je ne peux pas t'en parler au téléphone.

– C'est si important ?

– Tu verras à ton retour.

– Avant midi, s'il n'y a pas trop de monde sur la route.

– Bien, je te laisse. Je suis censé rappeler les légistes toutes les cinq minutes jusqu'à ce qu'ils pondent leur rapport.

– À tout à l'heure. »

Sarah était trop impatiente de rentrer dans le Norfolk pour rester tranquillement assise à feuilleter les magazines éparpillés sur la table. Enfin, les choses avançaient ! Elle alla examiner une série de beaux tirages soignés, en noir et blanc, sur un mur. Certains personnages ressemblaient assez à Atlanta pour être de sa famille. Il y avait aussi une photo d'elle. Sur une piste de stade, pliée en deux, les mains sur les genoux, elle reprenait son souffle mais levait les yeux, si bien que l'objectif avait pu saisir son expression de satisfaction, une sorte de sourire intérieur, pour elle et personne d'autre. On comprenait qu'elle l'ait gardée. Mais pourquoi celle-ci seulement ? Et où étaient ses coupes et ses médailles ?

Atlanta réapparut vêtue d'un col roulé noir, d'une jupe noire, une paire de bottes en daim noir à la main. Elle surprit le regard de Sarah et sourit.

« Vous trouvez que ce n'est pas une tenue appropriée ? Je n'ai pas l'intention d'aller dans les champs, vous savez ! »

Pieds nus, elle traversa à pas prudents le parquet glissant en érable.

« Depuis quand vivez-vous ici ? C'est un bel appartement.

– Cinq ans.

100

– Il est vraiment superbe.

– Oui ? C'était infect quand je l'ai pris. Les travaux ont duré un an. Je vous sers quelque chose ? demanda-t-elle en se versant du jus de fruits.

– Non, merci. Ed m'a offert du café. »

Atlanta but son verre, le rangea dans le lave-vaisselle puis passa une éponge à l'endroit où elle l'avait posé, bien qu'il n'y eût pas l'ombre d'une trace.

« Prenez votre déjeuner, proposa Sarah. Nous avons un peu de temps. »

Atlanta décréta qu'elle n'avait pas faim.

« Je dois être rentrée mercredi après-midi. J'ai un travail à faire et mon patron me tuerait si je le laissais tomber.

– Nous aurons fini demain au plus tard.

– Avez-vous pu poser toutes vos questions à Ed ?

– Oui, mais s'il arrivait à s'échapper pour revenir sur les lieux, il pourrait nous livrer encore de précieuses informations. »

Atlanta hocha la tête.

« Vous avez un ami ? demanda-t-elle brusquement.

– Non, répondit Sarah sans réfléchir. Pourquoi ?

– Pour rien, dit-elle avec un petit sourire. Par curiosité, c'est tout. Comme vous avez fait ce long voyage jusqu'ici pour repartir aussitôt, je me disais que je n'étais peut-être pas votre seule distraction.

– Pour ce qui est du long voyage, vous avez raison. D'ailleurs, il faudrait y aller.

– C'est vrai. Excusez-moi, je ne me suis pas levée à temps.

– Ce n'est pas grave.

– Vous m'en voulez de m'être couchée tard, hier ?

– Je ne vous en veux pas du tout, corrigea Sarah en masquant sa lassitude. C'est vraiment très gentil à vous de bien vouloir nous aider.

– En fait, poursuivit Atlanta comme si de rien n'était, j'aime bien travailler la nuit. Et je vous ai fait ça. »

Elle alla jusqu'au bureau, à l'autre bout de la pièce, prendre un carnet de croquis. Elle s'installa sur le canapé et l'ouvrit.

« Qu'en pensez-vous ? » dit-elle d'un ton indifférent.

Sarah alla s'asseoir à côté d'elle. Le dessin au crayon, un mélange de traits appuyés et de méticuleuses parties ombrées, représentait, en buste, un homme d'une quarantaine d'années, aux traits lourds, aux yeux fixes et vides sous le bord de son chapeau de pêche. Il portait une veste en ciré, ouverte sur un pull de l'armée. Malgré sa large carrure, il se tenait un peu voûté.

C'était une image très forte. Atlanta avait réussi à capter le regard apathique, totalement dépourvu d'imagination d'un être humain capable d'en tuer un autre, gratuitement et de sang-froid.

Mais ce n'est pas cela qui fit frissonner Sarah. C'était le sentiment d'avoir déjà vu ce visage.

Treize

Atlanta conduisait très bien, Ed avait raison. Rouler aussi tranquillement dans les rues bordées de vidéoclubs et de diverses échoppes sans licence était un vrai plaisir. Sarah retrouvait dans la Jeep ce sentiment de sécurité et de supériorité qu'elle avait connu dans la Land Rover de son père. Il l'avait utilisée pendant des années comme seconde voiture, sous prétexte qu'il en avait besoin pour ses visites en hiver ou quand la région était inondée. C'était une très vieille chose, bruyante et inconfortable à cause des courants d'air qui s'infiltraient par les fenêtres. Rien à voir avec la douce chaleur et le silence qui régnaient ici.

Elles arrivèrent bientôt sur un viaduc, passant très haut au-dessus des habitations, et suivirent les indications des panneaux bleu ciel de l'autoroute.

« J'ai vécu ici. »

Atlanta n'avait pas beaucoup parlé depuis le départ et Sarah lui jeta un regard étonné. Son visage était impassible, concentré sur sa conduite, mais, de la main, elle montra, derrière le terre-plein brun, à la gauche de Sarah, le paysage qui défilait : un petit coin de verdure, un chantier de bois de charpente puis de grandes tours un peu plus loin.

« Hackney, précisa-t-elle. Homerton, plus exactement. Ma mère habite ici. Du côté de Morning Lane.

— Je ne connais pas Hackney, dit Sarah bêtement.

— J'allais à l'école, juste là. »

Sarah ne vit absolument rien et, quand elle tenta de se la représenter, ce furent des souvenirs de son propre lycée qui lui revinrent à l'esprit. La poussière de craie, en cours de maths, qui la faisait grincer des dents. Leur impitoyable acharnement à tourmenter Mme Chelemer, le professeur de français, stupéfiée de les voir réussir leur examen dans ce chaos. Les salles de classe provisoires où avaient lieu les cours d'histoire, toujours éclairées d'éblouissants néons, comme en plein hiver, où les vitres ne renvoyaient que leurs propres reflets, où tout le monde, M. Powlesland y compris, gardait son manteau pour se protéger du froid. Déjà sept ans ! réalisa-t-elle avec surprise.

« Était-ce une bonne école ?

— Pas mauvaise. Il y avait deux professeurs formidables en arts plastiques, surtout. J'ai eu de la chance. J'ai terminé avec un A en art, en anglais et en français.

— En français ?

— Un garçon. »

Tandis que Sarah cherchait à décrypter cette réponse mystérieuse, la route tourna et révéla un paysage ouvert, sans aucune habitation, que coupait une voie transversale sur laquelle un homme se promenait avec son chien.

« Mon frère vient toujours jouer au football ici, le dimanche. »

Quel message voulait donc lui faire passer Atlanta ? Sarah en conclut qu'elle parlait toute seule.

« Et vous ?

— Quand je peux. J'y ai toujours beaucoup de parents et d'amis.

— Ah oui ?

— Je songe à y revenir pour de bon. Nous y réfléchissons. Pour me rapprocher de ma mère. »

Sarah ne pouvait croire qu'elle abandonnerait son splendide appartement pour s'installer ici, mais, avant qu'elle n'ait trouvé une façon polie d'exprimer son étonnement, Atlanta reprit la parole.

« Vous n'êtes pas londonienne, n'est-ce pas ? lança-t-elle avec un soupçon d'ironie.

— Non, je suis du Norfolk.

— Et vous y habitez toujours ?

— Oui, à Frampton, mais j'ai grandi à la frontière du Suffolk dans une petite ville qui s'appelle Dis. »

Atlanta eut l'air de trouver cela très amusant.

« Et pourquoi êtes-vous entrée dans la police ? Vous ne ressemblez pas à l'image que l'on se fait d'habitude de ces valeureux gardiens de l'ordre.

— C'est possible.

— Pourquoi ? »

Sarah avait tant de fois répondu à cette question, et toujours de la même manière, que cela finissait par sonner presque vrai.

« Je ne voulais pas m'éloigner. Mon père était chirurgien dans la police et il y avait beaucoup d'amis ; c'était donc un milieu que je connaissais. On peut y faire une jolie carrière, surtout quand on n'a pas de diplômes.

— C'est votre cas ? Vous m'étonnez. Pourquoi ? »

Face au mutisme de Sarah, Atlanta n'insista pas.

Londres s'éloignait de plus en plus, et elles continuèrent à bavarder. Sarah apprit qu'après le bac Atlanta avait suivi un cours à mi-temps de graphisme. Elle avait l'intention d'aller à l'université mais y avait renoncé pour se préparer aux championnats européens d'athlétisme.

« On n'a pas envie de lâcher ; histoire d'éprouver sa force. Et puis on a l'impression qu'on le doit aux autres, à son entraîneur, par exemple, à son club, aux membres de l'équipe. Enfin, comme ça, j'ai pu faire les deux.

— Cela a dû être dur, dit Sarah en se souvenant de la remarque d'Ed sur sa supposée paresse.

– Je ne l'ai pas vécu ainsi. Évidemment, il y a des jours où vous en avez plus que marre mais, quand ça marche, ça dépasse tout, les sorties en boîte, les... Enfin, tout. »

Sa réserve avait un peu fondu, comme si elle oubliait que Sarah était policier. La Jeep passa devant une pancarte signalant la frontière du Norfolk et Sarah repensa au visage dessiné par Atlanta. Où avait-elle pu le voir ? N'importe où, en fait. Dans une prison, dans la rue, à la télé ou dans la presse. Elle ne pouvait s'accrocher qu'à une certitude : c'était une tête d'assassin.

« Vous avez mis du temps à faire ce portrait ?

– Pas vraiment. Deux heures, à peu près.

– Il est très bon.

– Vous ne le saurez que si vous le retrouvez.

– Ce n'est pas ce que je voulais dire. Je parlais de... de sa force. Vous savez ce que vous faites. Avez-vous déjà illustré des livres ?

– Parfois, mais c'est beaucoup moins bien payé. Et puis il faut avoir des contacts pour ce genre de boulot. Là où je suis, les commandes sont passées au patron, et moi j'exécute.

– Vous préférez ?

– Oui, pour des tas de raisons. D'abord, on est moins isolé. Même quand je dois y passer la nuit, je suis avec les autres collaborateurs et... »

Elle fut interrompue par la sonnerie du téléphone de Sarah. C'était sa mère qui l'invitait à déjeuner vendredi.

« J'attends Patrick et les petits. Essaie de venir. Tu ne les as pas vus depuis des siècles.

– Ce sera difficile avec cette affaire...

– Oh, je serais tellement triste de ne pas te voir, geignit sa mère sur ce ton amer qu'elle prenait systématiquement depuis que sa fille avait renoncé à poursuivre ses études à l'université.

– Et le déménagement ?

– C'est affreux ! Ils viennent demain emballer et je ne suis absolument pas prête. Tout est sens dessus dessous.

– Normal, non ? dit Sarah, qui se représenta sa mère en train de nettoyer et de frotter consciencieusement chaque objet destiné à être empaqueté. N'oublie pas qu'ils sont là pour trier et ranger à ta place.

– Ah, si tu savais... »

Elle entreprit de lui faire la liste détaillée des incompétences des déménageurs, heureusement interrompue par une voix qui l'appelait. Elle dut raccrocher. Sarah s'affaissa sur son siège, réalisant combien ce coup de fil l'avait tendue. Elle sentait que la conversation avait amusé Atlanta, bien qu'elle fixât la route, la mine indifférente.

« Votre mère ?

– Oui. »

Ni l'une ni l'autre n'en dit plus mais Sarah eut l'impression qu'Atlanta était de nouveau gagnée par la mauvaise humeur.

« Comment avez-vous rencontré Ed ? lui demanda-t-elle, non sans savoir que cela ne ferait que l'irriter davantage.

– Il est adorable, non ? fut la réponse.

– Que voulez-vous dire ?

– Rien. »

Elle se tut, le temps de dépasser une voiture.

« Je pensais que vous aimeriez peut-être savoir s'il a un frère. »

Sarah décida de laisser tomber la conversation.

Quelques minutes plus tard, son téléphone sonna à nouveau.

« Sarah, c'est pour tes cartons au grenier. On les a descendus mais il faut vraiment que tu décides ce que tu veux en faire.

– Je le ferai, ne t'inquiète pas.

– Si tu veux qu'on les jette...

– Non, il faut que je les regarde. »

Ils contenaient ses vieilles affaires. Des bouquins, des jeux, des jouets, des photos, des vêtements, des cassettes et autres vestiges de son enfance. Des reliques moins anciennes aussi, des souvenirs de vacances, des lettres et des cartes postales d'amis. De Tom.

À sa mort, elle était revenue un moment chez ses parents en n'emportant que ses vêtements et ses livres. Quand elle avait découvert la vérité, elle n'avait pas eu le courage de retourner dans cet appartement qu'elle avait partagé avec Tom. Son frère, Patrick, avait tout vidé, mais il ne pouvait savoir ce qui était à elle ou à lui ; de toute façon, ils avaient acheté tant de choses ensemble en fouinant dans les boutiques de Yarwell qui devaient aussi être dans les cartons du grenier !

« Ne pourrais-tu pas les emporter maintenant ? Sam et Lucie sont là. Ils ont regretté de ne pas te voir hier. Et Alex va arriver. Il te donnera un coup de main.

— Impossible, je travaille. D'ailleurs, je ne suis pas dans ma voiture.

— Ce n'est pas un problème, coupa Atlanta.

— Pardon ?

— Si vous devez aller chercher quelque chose, ça ne me gêne pas du tout. Il y a de la place à l'arrière.

— Mais il n'en est pas question, s'exclama Sarah, furieuse, priant le ciel que sa mère n'ait rien entendu. C'est à des kilomètres !

— Comme vous voulez.

— Quelle adorable proposition ! s'exclama sa mère à l'autre bout du fil. Où es-tu ?

— Vers Midenhall.

— Oh, c'est tout près. Tu sors à Thetford et tu prends l'A 1066.

— Je sais, grommela Sarah, exaspérée.

— Je vous prépare du thé et quelques sandwichs. Avez-vous mangé ?

— Oui.

– Un thé serait bienvenu », articula nettement Atlanta.

Sarah ferma les yeux en soupirant. Elle ne supportait pas de se faire manipuler et détestait tout autant mêler vie privée et vie professionnelle, fût-ce pour une demi-heure.

« C'est tout droit, au giratoire, dit-elle à Atlanta. Direction Thetford. »

Les nerfs à vif, Sarah jugea l'accueil de sa mère un peu trop démonstratif. Elle les bourra de thé, de gâteaux, de petits canapés raffinés et Atlanta lui renvoya l'ascenseur en s'extasiant sur la cheminée ancienne et en lui posant des questions sur les porcelaines du salon, avec un mélange d'enthousiasme et d'humilité très efficace. Sarah emmena les jumeaux, qui dévisageaient Atlanta, les yeux écarquillés, quasiment au bord des larmes, dans la salle à manger. Là, elle les aida à monter leur ferme miniature, apaisa une querelle à propos d'un cheval et les prit tous les deux dans ses bras quand Sam se cogna la tête en tombant.

Alex, son frère cadet, arriva et, après avoir joué un moment à courir après les jumeaux autour de la table, il profita d'une éclipse de leur mère, repartie faire du thé, pour bavarder avec Atlanta. Elle l'écoutait poliment lui raconter sa vie à Yarwell et décrire avec complaisance le port, le vieux centre ville et ce qu'il appelait les lieux de la nuit. Dans la salle à manger, Sarah s'étonna qu'il ne lui demande pas carrément son numéro de téléphone.

Il finit par venir l'aider à mettre la demi-douzaine de cartons dans le coffre de la Jeep pendant qu'Atlanta visitait le reste de la maison.

« Et elle va rester combien de temps ici, euh... Atlanta ? demanda-t-il.

– Inutile de lui poser la question.

– Je n'y pensais même pas, protesta-t-il.

– Elle a un fiancé. Grand et baraqué.

– Parfait. C'eût été dommage qu'elle soit seule. »

Beaucoup d'amies de Sarah avaient succombé au

109

charme d'Alex. Il avait un peu trop l'habitude du succès. Cela ne lui ferait pas de mal, pour une fois, de se faire moucher par une de ces répliques sarcastiques dont Atlanta avait le secret.

« Qu'est-ce qu'il y a dans ces cartons, au fait ? demanda-t-il en posant un pied dessus.

– Je n'en sais rien. Je trierai en les déballant. »

Elle en tenait un, tout gondolé, ayant dans sa jeunesse servi à emballer quarante-huit boîtes de soupe. Il était fermé mais son contenu émit le bruit nettement identifiable de cassettes qui s'entrechoquent. Tom lui avait fait plusieurs bandes de compilation qu'elles croyait perdues depuis longtemps. Elles étaient sûrement là, avec toutes sortes de petites affaires à Tom (lettres, journaux intimes)... et à Kelly, peut-être. Elle se souvint d'une fête chez le cuisinier du café qui les avait tous invités chez lui. Elle était à côté de Tom, sur un canapé, et Kelly s'était assise par terre, en tailleur. Elle tripotait ses longs cheveux bruns en faisant des mines, frôlait sa jambe avec un naturel inimitable, le tirait par le bras pour attirer son attention ou lui demander quelque chose d'une façon très possessive.

Que découvrirait-elle dans ces cartons ? Rien, sans doute. Pourquoi ne pas les jeter ? Elle s'en était fort bien passée jusque-là. Elle les mettrait dans les énormes poubelles municipales qui les engloutiraient avant d'être elles-mêmes jetées à la décharge, au milieu de sacs d'aliments pourris, de bouteilles vides, de boîtes de conserve, de journaux froissés, de vêtements déchirés – tous les déchets de l'humanité. Puis ils seraient recouverts d'un lit de terre brune qui accueillerait la couche d'ordures suivante. Oui, c'était une bonne idée. Ses souvenirs avaient été dévastés par ce qu'elle avait appris plus tard. Elle n'avait aucune envie de les faire revivre.

« Ça va, frangine ? demanda Alex d'un ton soucieux.

– Oui, oui, mais je travaille trop, en ce moment », dit-elle en faisant tomber le dernier carton dans le coffre de la voiture d'Atlanta. Il hocha la tête d'un air compréhensif.

« Ah ! je sais ce que c'est ! »

Elle en doutait : à l'université, il suivait juste assez de cours pour ne pas se faire renvoyer.

Sur la route de Norwich, Sarah s'attendait qu'Atlanta lui pose des questions ou fasse des commentaires malicieux sur sa famille. Ça ne devait pas lui être indifférent puisqu'elle lui avait proposé de passer chez sa mère. Surtout après qu'Alex lui avait tourné autour comme un chiot excité. Mais elle garda le silence jusqu'à ce que, d'une voix neutre, dépourvue de ses intonations ironiques habituelles, elle lui demande si elle avait jamais été attaquée pendant son service.

« Rarement », répondit Sarah, étonnée. Pourquoi Atlanta lui posait-elle cette question ? Sa mère lui aurait-elle parlé de son inquiétude pour sa fille, qui faisait un travail dangereux ? « Et ça ne s'est vraiment mal passé qu'une seule fois. Généralement, on arrive à se tirer d'affaire.

— Comment vous y prenez-vous ?

— Je ne sais pas. Ça dépend. Dans certaines situations, on réussit à calmer les gens en leur parlant. Dans d'autres, il faut les intimider, avec l'uniforme, les collègues. Et puis il y a des moments où rien ne marche et c'est comme ça que je me suis fait avoir. Le type m'a plaquée contre une voiture et m'a cogné la tête sur le capot, plusieurs fois.

— Mon Dieu ! Et vous vous en êtes tirée ? »

Sarah sourit.

« Vous n'imaginez pas la finesse du métal des carrosseries. J'ai eu une grosse bosse mais pas vraiment mal. Mais il ne s'est pas arrêté là ; il m'a jetée à terre et bourrée de coups. Deux côtes cassées. J'ai affreusement souffert pendant des semaines. Le pire, c'était de savoir que j'aurais pu me retrouver en bouillie. S'il s'en était pris à mon visage ou à ma tête.

– Il l'aurait fait ?

– Qui sait ? J'ai croisé son regard avant qu'il ne commence à me frapper ; ses yeux étaient complètement vitreux.

– Vous avez eu peur ?

– Tout s'est passé très rapidement mais, oui. Un moment, j'ai cru que c'était la fin. »

Quatorze

Elles arrivèrent à Frampton vers midi. Lorsque Sarah présenta Atlanta à Andy Linehan, il trahit un mouvement de surprise. Elle ne devait pas correspondre à l'image classique de la touriste qui vient passer un week-end dans le Norfolk. Mais, retrouvant aussitôt ses esprits et son charme, il l'invita à entrer dans un bureau pour lui montrer la première série de photos d'identité judiciaire.

« Il faut compter une heure. Sarah, pourrais-tu ensuite emmener Mlle Mabbott faire un tour, au cas où elle reverrait son homme ? »

Sarah estima que l'opération avait peu de chances de réussir mais il n'était pas question de mettre en doute les ordres d'un supérieur face à une personne extérieure. En tout cas, cela lui permettait de rester sur l'affaire. Dans son bureau, elle trouva David Tollington, son inspecteur, qui étudiait, sourcils froncés, un épais dossier.

« Bonjour, dit-il, surpris et content de la voir. Comment vas-tu ?

– Très bien. »

Elle laissa tomber son sac et jeta un coup d'œil sur les notes, les post-it, les messages téléphoniques accumulés. Rien d'urgent, conclut-elle.

« Alors, comment ça se passe ? »

Il s'appuya confortablement au dossier de sa chaise, comme pour savourer un récit croustillant. À quarante ans, cet ancien de la brigade urbaine avait un stock inépuisable d'anecdotes remontant à son époque de gloire et était toujours à l'affût d'informations piquantes qu'il pourrait resservir, accommodées à sa sauce.

« Bien. La routine. Un nouveau meurtre, c'est tout, dit-elle avec désinvolture.

– J'imagine que tu ne peux pas en dire plus ?

– Un sandwich ? suggéra-t-elle.

– Pas ici. »

Il y avait un café, à quelques minutes à pied. Des tables avaient envahi le trottoir, occupées par des employés de bureau au teint pâle qui frissonnaient dans le vent froid de cette fin septembre. À l'intérieur, la buée obscurcissait les vitres. Sarah renseigna Tollington à mi-voix, tandis qu'il écoutait, penché vers elle avec des allures de conspirateur. Il posa quelques questions sur les victimes, la femme qui les avait découvertes et les chances de retrouver les corps.

« Pas terribles.

– À cause du temps ?

– En gros, oui. À cette saison, par mer calme, il y a beaucoup de brouillard au large, ce qui rend les recherches difficiles. Si le vent se levait, ils seraient charriés plus loin et très difficiles à repérer. En cas de tempête, les bateaux ne sortiraient même pas et ils finiraient par s'échouer dans un état indescriptible.

– Pourquoi ?

– Plus la mer est forte, plus elle les malmène. »

Elle mima l'action des vagues avec les mains. David eut l'air écœuré.

« Parle-moi de ton témoin avant que je vomisse tout ça », bougonna-t-il en montrant ce qui restait dans son assiette.

Il s'étonna de son appétit. Elle n'avait fait qu'une bouchée de son sandwich et dégustait la crème de son cappuccino à la cuiller avant d'attaquer sa tranche de cake.

« C'est une femme complexe, dit-elle pensivement. J'ai l'impression qu'au fond d'elle-même elle considère cette histoire comme une grosse blague. Elle n'arrête pas de faire des petites remarques sarcastiques. Sa spécialité, c'est de ne s'émouvoir de rien.

— Une garce.

— Non, pas vraiment, rectifia Sarah, sans toutefois trouver un mot plus juste. Elle est aussi très drôle. Elle se fiche de moi, mais pas méchamment.

— Moi, je ne serais pas plié en quatre ! Il y a deux morts, quand même !

— Eh bien..., hésita Sarah, qui regrettait de s'être embarquée sur ce terrain, je me demande si cette attitude n'est pas en partie dirigée contre nous. Les flics. Elle est noire. Elle a dû en baver.

— Hum... À cause de la police métropolitaine ? »

Il alla commander deux autres cafés, laissant Sarah réfléchir aux préjugés dissimulés derrière cette remarque.

« Songes-tu toujours à nous quitter ? lui demanda-t-il une fois revenu.

— J'ai rempli une demande d'embauche, mais je n'en suis pas encore tout à fait sûre.

— Pour qui ?

— Un cabinet d'avocats appelé Summerton, à Peterborough. Ils ont besoin de quelqu'un qui aille voir les témoins, prenne leurs dépositions, puisse les protéger, ce genre de chose. Pas très différent de ce que je fais ici, mais cela me laisserait du temps libre pour reprendre mes études.

— C'est bien payé ?

— Non, pas vraiment. Et je devrais quitter Frampton.

— Il serait temps, non ?

— Je ne me fais pas d'illusions, continua-t-elle sans

115

relever l'allusion. Mes chances sont minimes, mais je crois que j'ai besoin de changement. »

Son regard se perdit dans le vague. Elle n'avait pas envie de mettre des mots sur ses sentiments.

« Il faut que j'y aille, dit David en finissant sa tasse, mais réfléchis. On fait souvent des erreurs quand on se sent un peu déprimé ou désemparé. Je ne voudrais pas que cela t'arrive. Alors, si tu as envie qu'on discute un de ces jours, n'hésite pas. »

Une heure plus tard, Sarah et Atlanta se dirigeaient vers la côte. À part une remarque sur la laideur des habitants du Norfolk (opinion qu'elle s'était forgée en voyant les photos des criminels), Atlanta ne desserra pas les lèvres. À Hunstanton, elles s'arrêtèrent à une station d'essence et Sarah en profita pour prendre un petit bol d'air, ou ce qu'il en restait entre les vapeurs d'essence et les véhicules. Comme Atlanta mettait un temps fou à payer, Sarah s'approcha de la clôture en bois et regarda le paysage. Il y avait un fossé où un film d'huile miroitait à la surface de l'eau et un champ, de la terre nue retournée pour les semailles. En quelques minutes, elle sentit l'humidité transpercer le cuir mince de ses chaussures et lui glacer les pieds.

Atlanta revint, un sac en plastique à la main.

« Tout va bien ?

– J'ai fait quelques courses. Il n'y a pas de magasins ouverts par ici, apparemment. »

Elle tendit la pochette à Sarah, pleine de jus de fruits, de barres chocolatées, de crackers. Elle avait même acheté un fromage.

« Mais qu'avez-vous donc contre la campagne ? demanda Sarah quand elles reprirent la route.

« C'est affreux, répondit Atlanta avec un grand rire. Je ne suis venue que pour accompagner Ed. Il s'était mis en tête d'aller voir la mer. Et de nager !

— Vous ne l'avez pas fait ?

— Bien sûr que non. On gelait. De toute manière, dès qu'on sort de Londres, on meurt de froid, vous ne trouvez pas ? À Brighton, ça va, parce qu'on est protégé par les édifices, mais, ailleurs, c'est plein de boue et ça pue. »

Devant le sourire de Sarah, elle insista.

« C'est vrai, la bouse de vache, j'imagine. Il paraît qu'on en répand partout. Et les poulaillers ! Une infection. Après, je n'ai pas mangé de volaille pendant des semaines.

— Mais le bon air ?

— Quel bon air ? Ça empeste, c'est plein d'humidité. Pas un seul endroit pour s'asseoir. Si vous voulez boire ou manger quelque chose, il faut avoir son panier à provisions car tout est fermé. Quand nous sommes venus, nous sommes entrés dans un pub, un restaurant, plutôt. Il n'était pas dix heures du soir mais ils nous ont fait toute une histoire. S'ils n'avaient pas fini par nous servir, nous serions morts de faim. Pas un seul truc ouvert à quarante kilomètres à la ronde.

— C'est vrai.

— Bon. Et c'est pareil l'après-midi, rien à se mettre sous la dent avant sept heures. J'exagère ?

— Non, je dois le reconnaître.

— Pire, il faut toujours avoir son imperméable, au cas où il pleuvrait — ce qui ne manque pas d'arriver, évidemment. Impossible d'échapper à ces horribles cirés de plusieurs couleurs, rouges, jaunes, mauves. On est empêtré là-dedans et en plus on a froid. On a l'impression de marcher sous sa tente. »

Elles retombèrent dans le silence. Le ciel était toujours couvert de nuages bas et gris. De temps en temps, un coup de vent, ou un camion passant en sens inverse, couvrait le pare-brise de gouttelettes. Sarah était contente, pour une fois, d'être confortablement installée dans une bonne voiture.

« Nous allons commencer par chercher ce pub, dit-elle

117

en sortant une carte détaillée de la côte. Après avoir quitté Hunstanton, combien de kilomètres avez-vous faits, à peu près ?

– Disons trois. Pas plus de dix minutes de route.

– Et vous rouliez à quelle vitesse ?

– Je n'allais pas vite. »

Sarah ne la contredit pas mais elle avait remarqué que, pendant tout le trajet, Atlanta avait dépassé la limite autorisée. Elle était du genre pressé. Cela n'avait pas d'importance car, d'après sa description, Sarah était presque certaine qu'il s'agissait du restaurant Les Contrebandiers, à Martlesham. Elles traversèrent Compton et s'arrêtèrent sur le parking.

Le pub ressemblait à une grosse chenille : une suite ondulante de cabanes de pêcheurs accolées, toutes biscornues, aux murs passés à la chaux, en pleine transformation. À l'intérieur, sous les plafonds bas, des meubles en bois accueillaient les arrivants. Mais le jardin d'été n'était plus qu'un chantier boueux, creusé de tranchées pour les fondations, parsemé de tas de briques et de sable. C'est là que seraient construites les nouvelles cuisines, la véranda avec la salle à manger et la terrasse. La clientèle s'était renouvelée totalement, les pêcheurs et les paysans ayant cédé la place aux retraités, aux familles bourgeoises et aux propriétaires de yachts de Fulham qui venaient passer le week-end dans leurs résidences secondaires. S'il y avait eu des contrebandiers parmi les anciens habitués, il y avait belle lurette qu'ils étaient partis, pensa Sarah.

« Oui, ça pourrait être ça », dit Atlanta en s'approchant de la porte de derrière. Sarah jeta un regard autour d'elle. Elle admira, de l'autre côté de la route, les charmants petits cottages en silex et brique rouge, comme la plupart des maisons locales, avec des fenêtres d'une éclatante blancheur. Dans l'un des jardins, une vieille dame qui les observait toutes les deux, derrière un massif de rosiers, détourna précipitamment les yeux.

« Oui, c'est bien ici, confirma Atlanta d'une voix qui résonna terriblement dans le calme environnant. Je me souviens du menu. C'est bizarre, tous les restaus du coin proposent un cocktail de crevettes en entrée. »

Encouragée par Sarah, elle fit un effort un peu théâtral pour essayer de se rappeler où ils étaient allés ensuite.

« Je dirai à gauche. Mais je n'en suis pas sûre car nous étions peut-être garés dans l'autre sens. Nous avons tourné à gauche, nous sommes tombés sur la barrière, et puis à droite. Vous voyez ?

— Oui, répondit Sarah sans savoir si elle plaisantait. Tout à fait.

— Bon, alors que faisons-nous ?

— Allons-y, nous verrons bien. »

Elles traversèrent le village, descendirent la petite route en pente et entrèrent dans Martlesham Hall où Chris Hannay et Nicola Page avaient passé la soirée avant de faire les quelques kilomètres qui les séparaient de Compton Spit. Il se remit à pleuvoir, une bruine fine. Le bruit monotone des essuie-glaces et la grisaille à perte de vue entamaient petit à petit le moral de Sarah. Il n'y avait plus personne dehors et ceux qui affrontaient le mauvais temps étaient tout emmitouflés. Inutile de songer à reconnaître quelqu'un ! Elles perdaient leur temps.

À Norton Staithe, elles restèrent dans la voiture, où l'on n'entendait que le bourdonnement du moteur et le chuintement des essuie-glaces. Quelqu'un attendait un bus, frissonnant sous l'abri en bois qui ressemblait à une sorte de cabanon coupé par le milieu. Les rues étaient vides.

« Ça peut durer longtemps ! » persifla Atlanta.

Sarah sentit qu'elle se fichait d'elle ou, du moins, s'amusait beaucoup de sa mauvaise humeur croissante.

Comme elle l'avait dit à David, Atlanta avait dû en baver avec la police ; on l'avait probablement appréhendée, interrogée, emprisonnée, même, uniquement parce qu'elle était noire. Si on ne pouvait incriminer tous les officiers, beaucoup étaient en cause. Atlanta devait donc trouver cocasse de jouer, ce jour-là, non plus le rôle du suspect mais du témoin œuvrant pour le bien public.

Quinze

Au bout d'une heure aussi pluvieuse qu'ennuyeuse, Sarah décida d'abandonner. Elles reprirent la grande route et arrivèrent aux abords de Compton. Soudain, en pleine campagne, sans se soucier des klaxons furieux d'un chauffeur de camionnette derrière elle, qui la dépassa en l'agonisant d'injures, Atlanta freina brutalement

Dans l'un des jardinets, un homme en veste verte et chapeau plat leva la tête, étonné, une poignée d'herbes dans une main. Elle le dévisagea d'un air soupçonneux.

« Je suis désolée. Il avait le même genre de veste.

– C'est le cas d'une personne sur deux, par ici. »

La pluie tombait sur la voiture immobile. Atlanta regardait fixement devant elle.

« On continue ? dit Sarah.

– Comme vous voulez. »

Sarah la dirigea dans Compton et elles se garèrent dans la grande rue, non loin de l'unique boutique du village et du pub. Atlanta se cala contre son dossier en soupirant. Les minutes passaient mais les rues restaient vides. Une vieille dame avec un chien décharné traversa pour aller à l'épicerie.

« J'ai vu une photo de la fille que vous cherchez, dit

Atlanta. Une affiche au poste de police. Elle a l'air très jeune.

– Une vingtaine d'années.

– Comment est-elle morte ?

– Nous l'ignorons, pour dire la vérité. » Surprise par le ton sérieux d'Atlanta, elle ajouta : « Je crois qu'elle ne s'est rendu compte de rien.

– Ah ? C'est déjà ça. Les histoires d'accident d'avion me rendent malade. On sait qu'on va mourir, c'est atroce. Je me souviens d'un crash où l'appareil a explosé à des kilomètres d'altitude, avec des centaines de personnes à bord. Elles ont dû mettre deux ou trois minutes pour tomber. Largement le temps de comprendre ce qui vous arrive ! Pouvez-vous imaginer pire ? »

Non, Sarah, ne pouvait pas, et elle fut contente qu'Atlanta se taise et la laisse à ses propres pensées. Tom avait dû vivre quelque chose de ce genre sur son banc de sable tandis que la marée montait. Il avait perdu pied, s'était mis à nager. À un moment, sentant son corps se refroidir, la fatigue l'envahir, il avait dû comprendre que les secours n'arriveraient pas à temps. Quelle horreur ! Lui qui n'avait jamais connu la peur.

Un jour, ils avaient pris le bateau et le hors-bord avait lâché. Dans la haute mer, sous le vent, l'embarcation s'était mise à tanguer follement et à prendre l'eau. Terrorisée, Sarah ne pouvait plus faire un geste. Tom, lui, trouvait l'aventure amusante. Avec le plus grand calme, il avait entrepris de réparer le moteur, nettoyant un cylindre, remplaçant une pièce, tout en fredonnant *Heartbreak Hotel*, un peu faux. En quelques minutes, ils avaient pu repartir et étaient rentrés au port sans encombre.

« Je meurs de faim », dit Atlanta sous le col de son manteau.

Sarah aurait parié qu'elle avait déjà grignoté à la station-service, mais elle n'allait pas discuter.

122

« Allons à Hunstanton. Nous trouverons forcément quelque chose d'ouvert. »

En fait, presque toute la ville était fermée, sauf les galeries de jeux et les *fish and chips* presque déserts autour de la pelouse communale. Aucun n'était attirant. Dans l'une des échoppes, une famille grassouillette mâchonnait sa portion de cabillaud et de frites en regardant la bruine par la fenêtre d'un air morose.

« Ah, j'avais oublié cette atmosphère ! soupira Sarah en évitant une flaque d'eau.

— C'est ici que vous allez me faire dormir ? » demanda Atlanta. Emmitouflée dans son long manteau noir, elle jetait des regards furibonds aux conducteurs qui, en passant, ralentissaient pour la regarder.

— Non, à Yarwell. Un petit port qui a beaucoup de charme. J'y ai habité. Je vous ferai visiter, si vous avez le temps.

— Un hôtel cinq étoiles, j'espère ?

L'Oak avait-il des étoiles ? Sarah n'arrivait pas à s'en souvenir.

« C'est le meilleur de Yarwell, répondit-elle avec franchise.

— Je suis mal barrée, alors ! »

Elles longèrent la promenade qui menait à la vieille ville et arrivèrent devant un phare abandonné qui restait vaillamment debout sur la falaise presque entièrement érodée. Derrière, il y avait un parking et une petite bâtisse blanche avec un café et une boutique vendant des cartes postales, des journaux et des jouets de plage. Loin dans le brouillard, une corne de brume retentit.

Dégoulinantes de pluie, elles s'immobilisèrent un instant pour contempler le décor de pur style années 1950, avec un mobilier en plastique clair aux pieds maigrelets. De grandes baies donnaient sur la mer — ou ce que le crachin permettait d'en voir. Deux tables seulement étaient occupées. Derrière le bar métallique trônait une femme rousse ; Sarah alla lui commander de quoi manger pendant qu'Atlanta étudiait le menu plastifié. Quand les sandwichs arrivèrent, très bien garnis, accompagnés d'une salade fraîche, Atlanta commença à se dégeler.

« J'aime bien, ici. La machine à café est superbe. Tout est en Formica. Ed adorerait, c'est un monument historique. À Londres, un lieu comme ça ferait un tabac.

– Ils ont augmenté leurs prix.

– Dommage que nous ne soyons pas venus ici le week-end dernier !

– Où êtes-vous allés ?

– Oh, on a un peu tourné dans la ville mais rien ne nous plaisait. Nous ne voulions pas entrer dans un pub.

– Pourquoi ? Que leur reprochez-vous ? »

Atlanta ne lui répondit que par un regard dédaigneux.

« Et la plage ? insista Sarah, un peu blessée de son mépris. Ou le Old Town ?

– Vous feriez une bonne commerciale, vous savez.

– Non, pas vraiment.

– En fait, nous n'avions aucune idée de ce qui nous attendait par ici. De toute façon, ce n'est pas notre truc et je ne serais jamais revenue si vous ne me l'aviez pas demandé.

– Puis-je vous poser une question ?

– Bien sûr. Que faites-vous d'autre, d'ailleurs ?

– Non, sérieusement. » Sentant qu'Atlanta souriait de son embarras, elle détourna les yeux sur les buissons qui bordaient la falaise. « Je veux dire... Enfin, je me demandais si les gens d'ici vous ont maltraités.

– Parce que nous sommes noirs ?

– Oui, parce que... »

Atlanta éclata de rire.

« C'est trop mignon ! Vous voulez vraiment savoir ? Eh bien, allons-y ! dit-elle tranquillement en se penchant vers Sarah. Nous nous sommes promenés dans la ville, n'est-ce pas ? Eh bien, partout où nous sommes passés, les gens nous ont dévisagés. Pourquoi ? À cause de notre couleur de peau, évidemment. Si j'étais entrée dans un de ces pubs dont vous parliez, il y aurait eu des regards en coin, des chuchotements. Avec Ed, cela aurait même pu aller plus loin. Un type qui passe, nous bouscule, nous accuse d'avoir renversé son verre ; un groupe se forme, et lui, seul en face. Il a été à l'armée, d'accord, mais il ne fait pas forcément le poids... Bref, ce n'est pas ce que j'appelle de la détente. Tout cela ne m'atteint pas, mais c'est présent tout le temps.

– Je sais. Hunstanton peut être dur. Pourtant, il y a quelques magnifiques villages, un peu plus loin sur la côte. »

Atlanta était toujours amusée, mais dans sa voix perça une pointe de colère.

« Écoutez, nous avons justement traversé un de ces villages et nous avons vu un magasin d'antiquités. Nous sommes entrés y jeter un coup d'œil et j'ai remarqué une affichette à propos d'une maison de vacances à louer. J'ai demandé à la femme à qui il fallait s'adresser. Devinez sa réponse. Madame ne pensait pas que cela me conviendrait. Mot pour mot. Que voulez-vous que j'en conclue ? »

Sans lui laisser le temps de répondre, elle lança, les yeux brillant de fureur :

« On ne veut pas de nous ici. Personne, insista-t-elle en fustigeant du regard un couple de retraités, assis côte à côte, qui contemplaient la mer sans se douter qu'ils étaient mis en accusation. Pas même vous. »

Elle se cala sur sa chaise et fixa, elle aussi, la brume derrière les vitres. Sarah préféra garder le silence pour ne pas empirer la situation. Heureusement, la femme vint débarrasser leur table.

« Tout s'est bien passé ?

– Oui, répondit Atlanta.

– Souhaitez-vous autre chose ? Dehors, ce n'est pas vraiment attirant, dit-elle en pointant la fenêtre du menton.

Nous avons un bon crumble aux pommes et au cassis. On a envie de manger chaud par un temps pareil.

— C'est tentant, murmura Atlanta en souriant. Bon, alors deux cafés et deux crumbles. »

La femme acquiesça et retourna derrière son comptoir.

« Exactement ce qu'il me faut : sucres et graisses. »

Elle s'étira, les bras au-dessus de la tête, en un geste machinal de détente.

« C'est vous qui lui avez soufflé, n'est-ce pas ? Vous êtes de mèche, toutes les deux.

— Je ne l'ai jamais vue de ma vie, se rebiffa Sarah, qui avait du mal à suivre ses sautes d'humeur.

— Mon œil ! lança-t-elle en riant. Mais j'aime bien cet endroit. » Elle prit ses aises, les pieds posés sur la chaise voisine. « Ça a du style. Rétro.

— À mon avis, ils n'ont jamais rien changé.

— Quoi qu'il en soit... » Pour la première fois, elle avait un air vraiment joyeux. « Les cafés... ils sont pour moi, cette fois. »

Pendant qu'Atlanta s'éclipsait aux toilettes, Sarah composa le numéro du cabinet de son frère Patrick. Il répondit sur un ton contrarié mais quelque chose dans la voix de Sarah le força à mettre son irritation de côté.

« Non, tu aurais pu tomber plus mal. Que se passe-t-il ?

— Il y a quelque chose qui me préoccupe depuis hier. Ce Diazépam, combien faut-il en prendre pour être complètement assommé ?

— Sincèrement, je ne sais pas. Il faut que je vérifie. C'est très puissant.

— Je suppose que les effets varient d'une personne à l'autre.

— Oui.

— Quels sont les symptômes ?

— Ceux de tous les sédatifs. Tu as sommeil au bout de dix ou vingt minutes ; plus rapidement si tu es fatiguée ou si tu as bu. Puis tu t'endors profondément quelques heures. Tu te réveilles groggy et un peu confus.

— Une sorte de coma ?

— Cela dépend. Certaines personnes sombrent dans une profonde torpeur ; tu as beau les secouer, les gifler, tu n'obtiens pas de réaction.

— Et quand on prend de l'alcool ou d'autres médicaments avec, cela doit jouer, non ?

— Oui. L'alcool est aussi une sorte de sédatif ; les effets peuvent se cumuler.

— Et en cas de problèmes rénaux ? »

Le silence de Patrick lui fit croire qu'il avait mal entendu ou qu'il devait faire patienter un malade nerveux.

« Pat ?

— Oui, écoute, mieux vaut en parler une autre fois, tranquillement. Tu ne me feras pas critiquer les prescriptions d'un confrère sans éléments précis.

— Ne t'en fais pas, dit-elle amèrement, le confrère en question est mort. »

Il marqua une pause.

« D'accord. Après une infection rénale ou avec des reins en mauvais état, l'absorption de sédatifs est risquée. Le corps a du mal a nettoyer le sang. Si, en plus, la personne a bu ou a pris une autre substance, alors ça peut aller très mal.

— Mal comment ?

— Des réactions très graves. Nausées, évanouissements, coma. Dans certains cas extrêmes, cela peut être fatal. »

Quand elle eut raccroché, Sarah tourna et retourna cette dernière phrase dans sa tête. Avec ces comprimés, Nicola avait pu perdre connaissance. Après avoir fait ce qu'il avait à faire, Hannay l'aurait laissée, endormie, près de la jetée puis se serait fait agresser, d'une manière ou d'une autre.

Quand Rosemary l'avait découverte, Nicola était peut-être dans le coma. Et non pas morte. L'effet conjugué des médicaments, de l'alcool et du froid sur la jeune femme, restée couchée sur la plage toute la nuit, l'avait induite en erreur. Puis Rosemary était rentrée et la marée haute l'avait emportée. Mon Dieu, pourvu qu'elle ne se soit pas réveillée ! pensa Sarah.

Seize

Sarah n'ouvrit pas la bouche en retournant à Compton. Son humeur avait si visiblement changé qu'Atlanta lui jeta deux ou trois coups d'œil intrigués. Elles passèrent devant l'église et s'engagèrent sur la petite rue boueuse bordée de limes qui la longeait. Arrivées devant la clôture en bois d'une ferme, elles durent s'arrêter. Au-delà, un sentier menait à travers champs jusqu'aux pins qui marquaient le début de la langue de sable de Compton Pit.

« Avez-vous l'impression de reconnaître quelque chose ?

— Difficile à dire. S'il faisait nuit...

— Ed a parlé d'un chemin menant à la mer mais fermé par une barrière.

— Oui, c'est possible, dit Atlanta, visiblement désireuse de l'aider, mais franchement je n'en sais rien.

— Voulez-vous que nous marchions un peu ?

— D'accord. »

Elles sortirent de la voiture et se mirent en marche en évitant les touffes d'herbe détrempées et les ornières boueuses. Sarah était toujours préoccupée. Fallait-il transmettre les informations de Patrick à Morton, à Andy Linehan, voire à Rosemary ?

« Je regrette d'avoir été un peu dure, au café, dit soudain Atlanta.

– Ce n'est pas grave, marmonna Sarah pour masquer sa surprise.

– Je ne supporte pas que les Blancs demandent aux Noirs de leur raconter leur vie. J'ai l'impression qu'ils veulent se valoriser en nous écoutant égrener nos malheurs. Vous me comprenez ? Ils se disent : "Les pauvres. C'est affreux. Moi, je ne ferais jamais ça. Moi, je ne suis pas une ordure." Je déteste jouer à ce jeu. Mais je regrette de vous avoir malmenée, parce que je sais que ce n'est pas votre cas.

– Non, je... »

Les explications et les questions se bousculèrent dans la tête de Sarah, mais, ne sachant par où commencer, elle préféra se taire. Elles traversèrent la passerelle métallique en regardant couler en dessous le ruisseau assombri et épaissi par les premières pluies d'automne. Beach Road semblait déserte. Les haies et les peupliers ployaient sous le vent.

« Qu'est-ce que je vous disais sur la campagne ? demanda Atlanta en montrant un des cottages. Franchement, comment peut-on avoir envie de vivre ici ?

– On peut. »

Elles cheminèrent tranquillement et Sarah s'arrêta devant la maison de Rosemary. Allait-elle entrer et tenter d'éclaircir ses soupçons ?

« Puis-je vous abandonner dix minutes, Atlanta ? Je dois parler à l'autre témoin.

– Bien sûr, dit Atlanta en sortant son téléphone cellulaire et un petit agenda noir. Prenez votre temps. J'ai des coups de fil à passer. Je vais en profiter pour voir la mer, cette fois-ci ! »

Rosemary semblait aller beaucoup mieux que la veille. Elle avait retrouvé toute sa confiance et ce caractère presque impérieux que Sarah devinait sous son affabilité.

Quand elle la félicita de s'être aussi vite remise, la vieille dame parut un peu contrariée.

« Eh bien, oui, la journée d'hier a été un choc pour moi, reconnut-elle, debout devant la cheminée du salon, pendant que Sarah s'asseyait, un peu mal à l'aise. Cela m'a fatiguée. Mais pas question de me laisser entamer si je veux continuer à vivre ici. Or, je n'ai pas l'intention de quitter ma maison.

— Vous avez raison, dit Sarah, débordée par les deux chiens qui jappaient et s'excitaient à ses pieds. Il est très improbable qu'il soit toujours dans les parages ou ait l'intention de revenir. Ce serait de la folie.

— Peut-être. Mais je ne vous dirai pas que j'ai parfaitement dormi cette nuit. J'ai demandé à mon fils, Christopher, de venir passer quelques jours ici ; davantage pour lui que pour moi. Il travaille énormément ; un peu de repos lui ferait du bien. Je n'ai pas le choix, en réalité, car j'ai décidé, il y a longtemps, de rester dans cette maison tant que ce sera possible. »

Elle vint enfin s'asseoir, les yeux fixés sur l'âtre, grattant l'oreille d'un chien, puis de l'autre. Sarah se demanda si elle n'était pas plus perturbée qu'elle ne voulait l'admettre.

« Je sais trop bien comment l'on traite les personnes âgées dans les hôpitaux et les maisons de retraite. Penser que je pourrais terminer ma vie dans un de ces endroits m'angoisse. »

Elle finit par s'arracher à ses pensées et proposa un thé à Sarah, en refusant poliment son aide. Il ne restait plus à Sarah qu'à observer la pièce et le jardin étonnamment bien entretenu où survivaient encore quelques fleurs. Elle avait l'impression d'être chez sa mère dans cette pièce élimée mais confortable, avec les livres entassés en désordre, les gravures et les tableaux accrochés n'importe comment, les vieux meubles robustes couverts de chintz imprimé. Ou, plutôt, comme ce serait chez sa mère dans dix ou vingt

ans, quand le fouillis se serait accru, la poussière accumulée, le tissu des accoudoirs et des repose-tête complètement déchiré, et que le feu crépiterait sur les cendres de
la veille.

Rosemary rentra avec un plateau. C'était pour la vieille
dame une telle fête de lui verser une tasse de thé et de
lui offrir une tranche de cake superflue que Sarah fit taire
son impatience. Elle connaissait la vertu apaisante de ces
rituels. Comment imaginer que ce paisible salon et sa char-
mante et courageuse propriétaire puissent être menacés ?
Pourtant, elle avait vu tant de personnes charmantes et cou-
rageuses brisées par des agressions ou des accidents de la
route ! Tant de demeures paisibles et douillettes mises à
sac !

« Cela vous ennuierait-il que nous reparlions d'hier ? »
Rosemary se rassit en souriant.

« Je suis convaincue que vous ne me le demanderiez
pas si ce n'était pas nécessaire, ma chère. » Elle posa sa
tasse et regarda par la fenêtre un moment comme pour rassembler ses forces. Elle avait dû raconter son histoire
quatre ou cinq fois déjà. Non seulement à la police, mais
à son fils, à ses amis. Ses voisins avaient dû la harceler
de questions.

« D'abord, j'ai cru que c'était un sac ou une bûche.
C'est seulement en m'approchant que j'ai réalisé que
c'était un corps. Il avait les yeux ouverts, la bouche aussi. »
Rosemary n'avait pas besoin de se concentrer pour se
remémorer la scène. Elle était là, bien nette. « J'ai tout de
suite compris qu'il était mort. »

Rosemary tourna à nouveau son regard vers la fenêtre.
Cela ne devait pas être facile d'habiter une maison aussi
isolée, toute seule, loin des secours. Même avec les rondes
de surveillance, ce n'était sûrement pas rassurant. Que
serait-ce plus tard, dans les semaines à venir, quand les
jours raccourciraient, que les orages se mettraient à ton-

ner, que la police l'aurait depuis longtemps abandonnée à son sort ? Alors, elle tremblerait que l'assassin ne revienne.

« J'ai scruté la plage, elle était déserte ; il y a rarement du monde, à cette heure-là. Un peu plus loin, les pêcheurs se rassemblent la nuit avec des torches, des réchauds à gaz et tout leur bazar mais, quand il ne fait pas beau, on ne voit pas un chat. Sauf les gens qui viennent observer les oiseaux, ce qui ne peut se faire qu'en plein jour, non ? »

Elle se pencha pour prendre un cendrier sur la table qu'elle plaça bien en équilibre sur l'accoudoir puis, lentement, sortit une cigarette d'un paquet et l'alluma.

« J'ai appelé mes chiens. Ils étaient très excités et couraient dans tous les sens en reniflant comme des fous. Comme Daisy ne voulait pas m'obéir, je suis allée la chercher. Voilà comment j'ai trouvé la jeune fille.

— Nicola Page. » Enfin, on en arrivait au moment important. « Était-elle dans l'eau ?

— Non, à quelques centimètres du bord.

— Pouvez-vous me décrire sa position ?

— Bien sûr. » Elle fit tomber la cendre de sa cigarette d'une main un peu tremblante. « Elle était allongée face à la jetée, un bras tendu, la tête posée dessus, le visage tourné vers le sable. »

Allait-elle lui poser la question qui l'obnubilait ? Oui, il fallait qu'elle sache.

« Hier, vous m'avez dit qu'elle avait l'air endormie.

— En effet. Il y avait de quoi hésiter. Elle n'avait aucune marque suspecte ; en revanche, elle était livide.

— Et vous m'avez dit qu'elle était couchée en chien de fusil, comme lorsqu'on s'endort ?

— Oui, comme si elle avait rendu l'âme dans son sommeil. »

Elle écrasa sa cigarette et voulut en tirer une autre du paquet mais ses mains tremblaient trop ; elle les reposa et serra l'extrémité des accoudoirs. Laissant à Rosemary une minute pour se reprendre, Sarah regarda les rayonnages de vieux livres de poche, les innombrables photographies encadrées posées sur le manteau de la cheminée et les tables basses. Elle remarqua la fine couche de poussière sur les plinthes, l'auréole grisâtre autour des interrupteurs. Rosemary n'était pas le genre de femme à s'accommoder de la saleté et Sarah pensa soudain qu'elle avait peut-être une mauvaise vue.

« Était-elle froide ?

– Oui, très. Toute bleue autour de la bouche.

– Lui avez-vous pris le pouls ?

– Évidemment », répliqua-t-elle avec un ton sec d'infirmière en chef qui donna à Sarah l'impression d'avoir dit une bêtise. Ses soupçons n'étaient peut-être au fond que de macabres imaginations.

« Et elle ne gisait pas dans l'eau ?

– Non. »

Il lui restait encore une question à poser.

« Puisqu'elle était morte, pourquoi l'avez-vous couverte de votre ciré ? »

Rosemary la regarda avec l'air de vouloir comprendre ce qu'elle sous-entendait puis haussa les épaules, comme si cela lui était indifférent.

« Elle était si jeune, dit-elle doucement en regardant le feu, et elle semblait avoir si froid, avec son cou et ses bras nus. C'était absurde, évidemment, et je le savais, mais j'ai voulu le faire quand même. Pourquoi leur fermons-nous les yeux ? Pourquoi remontons-nous le drap sur leur visage ? Que de fois ai-je accompli ces gestes sans avoir pourtant de réponse ! Pour eux, peut-être ; pour nous, sûrement. Un peu de respect, une dose de superstition. Et surtout parce qu'on l'a toujours fait. On a toujours couvert le visage des morts. Et je ne vois pas pourquoi je décréterais que tous ceux qui l'ont fait avant moi avaient tort. »

Sarah dut ravaler une larme en pensant à Nicola Page et à sa triste fin. Pour ne pas révéler son trouble, elle baissa la tête et gribouilla quelque chose dans son carnet.

« Voulez-vous une autre tasse de thé ?

— Non, merci, il faut que j'y aille, dit Sarah en évitant toujours de la regarder en face. Je vous ai assez ennuyée. »

Elle ne voulait pas s'avouer qu'elle se sentait coupable, comme si elle avait trahi un secret. Elle se leva et échangea une poignée de main avec la vieille dame, la gorge nouée.

Arrivée au sommet de la dune, elle aperçut Atlanta, un peu plus loin, presque à mi-chemin de la Maison-Rouge, silhouette noire découpée sur le gris du ciel et de la terre. Au lieu de la rejoindre, elle s'arrêta à l'endroit où Rosemary avait vu Nicola Page. La mer avait rongé le flanc est de la jetée, emporté les galets alentour et creusé une large cuvette de sable lisse. Une flaque d'eau s'étalait juste au pied de la structure en bois, mais elle découvrit avec soulagement, quand elle s'y allongea, que la cavité était simplement humide et non détrempée.

Elle chercha, comme Nicola avait pu le faire, une position confortable. Elle remonta ses genoux sous elle, posa la tête sur son bras tendu. Le sable céda un peu, épousant sa forme. Elle se sentit bercée par le bruit de la mer et la vibration des vagues propagée par le sable, gagnée par le sommeil. Par une belle nuit chaude, après avoir bu quelques verres, rien ne devait être plus facile que de s'abandonner à sa fatigue.

Oui, cela avait pu se passer ainsi. Mais Nicola aurait dû se réveiller bien avant l'aube, toute raide et endolorie. Pourquoi n'était-elle pas partie ? Peut-être parce qu'elle était droguée (par Hannay) et incapable de bouger. Elle serait restée là, malade mais vivante, jusqu'à ce que les eaux la prennent.

Soudain, derrière le murmure de l'océan, elle entendit des pas et rouvrit les yeux. Atlanta se tenait devant elle avec une expression indéchiffrable.

« C'est ici que cela s'est passé ? demanda-t-elle d'une voix assourdie par le col de son manteau.

– Oui, exactement. »

Sarah sauta sur ses pieds et frotta son jean plein de sable. Sans mot dire, évitant avec prudence les flaques, Atlanta s'approcha du bord de l'eau. Chaque vague étalait, en mourant, un tapis d'écume presque à ses pieds.

« Vous continuez à les chercher, n'est-ce pas ? dit-elle quand Sarah la rejoignit.

– Oui.

– C'est vraiment horrible. »

Atlanta détacha les yeux de l'horizon pour les poser sur le varech et les déchets rejetés par la marée. Du bout de sa botte, elle retourna délicatement une bouteille en plastique vide dont s'écoula un liquide brunâtre.

« Allez-vous les retrouver ?

– Probablement. »

Atlanta lui lança un regard insondable puis, sans rien dire, repartit vers la dune si rapidement que Sarah dut presque courir derrière elle.

Dans la voiture, il y avait un message lui demandant d'appeler Andy Linehan. Un yacht avait signalé la découverte d'un corps et le bateau de sauvetage allait partir à sa recherche. Quand Atlanta mit le contact et le chauffage, Sarah remarqua qu'elle frissonnait.

« Ne m'en veuillez pas, dit-elle. Je sais bien que c'est encore plus difficile pour vous. »

Elle jeta un dernier regard sur le village, les arbres, le clocher de l'église.

« Je ne vous envie pas de faire ce métier.

– Non », reconnut Sarah.

Dix-sept

La station de sauvetage se trouvait à Yarwell Point, à quelques minutes de route. Elles se garèrent près du camping, de l'autre côté de la digue. Sarah suggéra à Atlanta de rentrer à l'hôtel car elle en avait bien pour une heure, ou plus, mais elle préféra rester.

« Prenez votre temps. Je ferai quelques croquis, dit-elle en reprenant son ton habituel de détachement amusé.

— Des croquis ? De quoi ?

— Comment le saurais-je ? »

Elle s'arc-bouta pour ouvrir son sac, sur la banquette arrière, et en sortit un carnet et une trousse à crayons en fourrure synthétique orange.

« J'en avais une comme celle-ci, à l'école.

— Ah oui ? » dit Atlanta avec l'air de s'en moquer comme de l'an quarante, et continuant à fouiller à la recherche d'un pull. Les vêtements volèrent les uns après les autres.

« Vous ne mettez jamais autre chose que du noir ? lui lança Sarah, piquée.

— Qu'est-ce que vous reprochez au noir ?

— C'est déprimant. Comme les enterrements.

— Peut-être n'allez-vous pas aux bons enterrements. »

Atlanta trouva enfin son pull qu'elle leva à la lumière pour l'examiner.

« C'est là que j'ai rencontré Ed, vous savez, à un enterrement. J'étais triste, nous sommes allés prendre un verre, et les choses se sont enchaînées. »

Sarah se tut. Elle pensa à l'enterrement de Tom. Debout, tous habillés de noir sous le ciel d'un bleu implacable, ils étouffaient, attendant avec impatience d'entrer dans l'église fraîche.

Atlanta prit le sentier de la plage, son carnet de croquis dans une main, son manteau lui battant les mollets, évitant soigneusement les flaques.

Le camping était installé un peu en retrait, caché par des arbres, mais la station de sauvetage se trouvait au fond, dans un espace ouvert, exposé au vent et aux vagues par mer forte. La structure métallique, peinte en blanc avec un toit rouge vif, se dressait sur un large bloc de béton pourvu d'une rampe pour mettre les bateaux à l'eau et les ramener au sec. Ce n'était pas à la grosse vedette que Sarah s'intéressait mais au canot pneumatique, mieux adapté à la navigation côtière puisqu'il se faufilait plus aisément entre les bancs de sable et les criques. Deux sauveteurs, toujours vêtus de leurs combinaisons orange et portant leurs casques rouges et leurs gilets, s'affairaient aux préparatifs. Étaient-ce eux qui étaient partis à la recherche de Tom puis de son cadavre ? Elle se souvint qu'elle était restée ici, le regard fixé sur la mer, attendant des nouvelles, tournant et retournant dans sa tête la seule question qui la préoccupait. Non pas « est-ce qu'il vit ? », car elle avait su immédiatement qu'il était mort, mais « que faisait-il sur le bateau avec Kelly Newsom ? ».

Kelly, qui avait finalement réussi à gagner le rivage et donné l'alarme. Kelly, qu'il avait connue au lycée. Une vieille copine. Kelly qui flirtait avec lui, même en sa présence, au point qu'il en était un peu gêné, hésitant entre l'indifférence et le rire – au risque de provoquer la colère de l'une, de l'autre ou des deux.

Sarah, alors, aurait voulu le rassurer, lui dire que cela n'avait pas d'importance, qu'elle savait qu'il ne la trahirait jamais, fût-il entouré d'une centaine de Kelly le regardant, comme elle, avec des yeux enflammés, prenant des poses dans sa robe légère, lui demandant d'avoir la gentillesse d'aller lui chercher un autre verre, s'asseyant à côté de lui sur le canapé et riant à gorge déployée à la moindre de ses plaisanteries, l'effleurant un peu trop, faisant semblant d'être plus pompette qu'elle ne l'était. Non, tout cela n'avait pas d'importance car elle avait confiance en lui.

Tous s'étaient montrés si discrets, si évasifs sur la raison de la présence à bord de Kelly. Pourquoi Tom ne lui avait-il pas dit qu'il allait lui donner un cours de voile ? Qu'avait-elle besoin d'un cours de voile, d'ailleurs ? Non, ça ne collait pas. Quelqu'un (elle ne savait plus qui, cette journée s'était totalement brouillée dans sa mémoire) avait raconté qu'ils avaient souvent fait du bateau ensemble. Un autre, en évitant son regard, avaient marmotté qu'ils étaient très proches.

Cet après-midi-là, elle avait senti sa vie se briser lentement. Elle avait essayé de se convaincre qu'il était trop bon marin pour s'être blessé, que la mer était calme et chaude, qu'il ne pouvait se perdre dans ces eaux bien connues, qu'il y avait beaucoup d'hommes à sa recherche, qu'on le ramènerait bientôt enveloppé dans une couverture, souriant piteusement, gêné d'avoir provoqué un tel remue-ménage.

Elle s'était imaginé leurs retrouvailles, ensuite, dans le lit ; elle le redécouvrirait, le caresserait, le serrerait si fort qu'il ne pourrait plus jamais la quitter. Mais rien de tout cela n'était arrivé. Le jour avait faibli, la nuit était tombée, l'espoir habitant les uns et les autres s'était petit à petit évanoui. Les sauveteurs qui restaient avaient l'air lugubre, des gens étaient partis, d'autres, un peu honteux de leur macabre curiosité, s'étaient rassemblés sur la digue, derrière elle. Quand elle croisait un regard, il se détournait aussitôt.

Et, plus tard, la vérité même lui avait paru improbable. Elle collait si peu avec l'image qu'elle avait de Tom. Combien de temps lui avait-il menti ? Impossible à savoir. Depuis le début, peut-être. Il connaissait Kelly depuis plus longtemps qu'elle.

Sarah eut soudain envie de bouger au lieu de rester là à ruminer. Elle s'approcha d'un pas vif du bâtiment principal. D'un cabanon dont la porte était ouverte, juste à côté, un homme sortit et vint à sa rencontre. Elle reconnut son visage ridé, ses yeux bruns, son sourire rassurant. Il avait une boutique de souvenirs dans la vieille ville où Tom aimait bien flâner. Les années ne l'avaient pas trop changé malgré sa barbe grisonnante. Sans hésiter, il lui tendit une main ferme.

« Jim Steward. C'est gentil d'être venue, dit-il en l'introduisant dans un bureau encombré. Je crains que ce ne soit pas le corps que vous recherchez, à supposer qu'il s'agisse bien de cela. L'information nous a été transmise par un yacht baptisé le *Salamander*, à cinq kilomètres de la côté. Droit au nord, d'ici. »

Sarah avait très clairement en tête la carte de la région.

« Vers Sheep Sand ?

— Oui, répondit-il, un peu surpris. Ou juste à côté. Un banc appelé le Knock.

— J'en ai entendu parler.

— Oui ?

— L'agent de police Delaney est très souvent montée dans le dinghy », expliqua Nick, qui fit une apparition inattendue. Il avait sa combinaison orange, son casque et son gilet de sauvetage sous le bras. Elle avait oublié qu'il participerait aux recherches.

« Mais je n'y suis jamais allée, reprit-elle.

– Tant mieux pour vous, grogna Jim. C'est assez vicieux, par tous les temps. Bien sûr, il vaut mieux une mer calme, comme aujourd'hui, mais on n'y voit goutte, en général.

– On va bientôt s'en rendre compte », dit Nick en fourrant des équipements dans son sac. Puis il se retourna vers Sarah, comme s'il venait d'avoir une idée : « Si tu veux venir, tu es la bienvenue. »

Elle n'en avait aucune envie. Elle n'était pas montée sur un bateau depuis la mort de Tom. D'ailleurs, sa présence n'aurait aucun d'intérêt. Ils n'avaient vraiment pas besoin d'elle pour connaître les horaires des marées, les courants et repérer un banc de sable presque invisible. Et elle avait mille choses à faire au bureau.

Mais elle sentit dans la voix de Nick une sorte de défi qui la décida.

« Si tu es sûr que je ne vous gênerai pas.

– Absolument, répondit-il avec le plus grand naturel.

– Vous savez, remarqua Jim, un peu hésitant, ce ne sera pas joli à voir... si on pêche quelque chose. Enfin, vous devez être habituée, dans votre métier. »

Ils lui trouvèrent une combinaison, un gilet de sauvetage, un casque et ils descendirent sur la rive où le bateau les attendait. Ils l'aidèrent à grimper sur l'échelle puis à sauter à bord. Nick donnait quelques directives – en fait, de purs commentaires sur les manœuvres déjà entreprises par l'autre marin, Ray Hall. Jim, assis sur l'étrave, se contentait de les regarder. Il n'était donc qu'un passager, lui aussi. D'habitude, Nick et Ray partaient seuls. Elle se mit dans un petit coin et les observa larguer les amarres, laisser le courant les entraîner puis mettre le moteur en marche. Le canot tourna sur toute sa longueur avant de pointer son nez vers le large.

Ils avaient quitté le bassin et franchissaient la passe quand Nick rompit le silence.

« Du nouveau dans l'enquête ? »

Elle lui aurait bien répondu, mais pas devant les autres. Elle marmonna qu'il n'y avait rien d'important.

« J'ai entendu dire qu'ils ont été poignardés », dit Ray comme s'il trouvait cela assez savoureux. Sarah ne s'en étonna pas. Ray était un petit homme arrogant qu'elle voyait souvent, avec ses collègues, quand on les appelait pour une dispute domestique ou une bagarre dans un pub. De tempérament violent, il provoquait souvent des rixes, aimait s'en mêler ou, à défaut, en parler. Pourtant, il se trouvait là, dans le bateau de sauvetage, donnant de son temps, risquant sa vie pour aider des inconnus !

« L'homme, oui, mais pour la femme, nous ne savons pas. C'est pourquoi nous sommes impatients de retrouver les corps.

— Des gens d'ici, n'est-ce pas ?

— De Norwich.

— Ah ! »

Norwich n'était pas loin, mais assez, sans doute, dans son esprit, pour expliquer pas mal de comportements excentriques — y compris celui de se faire assassiner.

« Vous croyez que c'était son amant ?

— Vous vous souvenez de l'affaire de l'an dernier ? lança Jim. L'homme a tué sa femme quand il a découvert qu'elle le trompait, puis il s'est suicidé. Ça pourrait y ressembler, non ?

— Pas très joli, tout ça, dit Nick. À mon avis, c'est plutôt une histoire de rôdeur, non ? Un cinglé qui passait par là. »

En écoutant leur bavardage, Sarah se demanda si les enquêteurs en savaient plus qu'eux. Tout le monde tournait autour des mêmes hypothèses évidentes, sans rien connaître encore des acteurs du crime et de leurs motifs.

« Nous serons à Sheep Sand dans une quinzaine de minutes, reprit-il. Je ne peux pas aller plus vite avec cette visibilité. Franchement, je ne comprends pas comment ce yacht a pu repérer quelque chose dans ce brouillard.

– C'est peut-être un peu plus dégagé au large, suggéra Jim. Ça arrive, parfois. »

Ils continuèrent à parler de tout et de rien. À un moment, Ray demanda à Jim s'il achèterait une camionnette sans certificat de contrôle technique. Lui, il était tenté. Sarah aurait préféré ne rien savoir de ses magouilles manifestement délictueuses.

Le silence retomba. Le rideau de grisaille ondoyante qui s'ouvrait indéfiniment devant eux avait des effets presque hypnotiques. Il semblait fait de matière solide et Sarah tressaillait presque quand ils traversaient des nappes plus épaisses. Enfin, ils finirent par retrouver la lumière du jour. Nick, qui n'avait pas hésité une seule fois sur son cap, mit les gaz avec un grommellement de satisfaction.

« Où sommes-nous maintenant ? hurla-t-elle pour couvrir le grondement terrible du moteur.

– À trois kilomètres au nord de Yarwell, à peu près. Nous allons bientôt reprendre vers l'est. »

Bien que la mer fût calme, Sarah commençait à comprendre pourquoi il y avait des tapis de mousse. À chaque fois que le canot heurtait une vague, elle sentait le choc. Une heure dans ces conditions devait être épuisante ; deux, une vraie torture.

« Ces canots peuvent naviguer des heures, s'il le faut, lui dit Jim quand elle eut exprimé tout haut sa pensée. Trois ou quatre, facilement.

– Je connais un type qui a mis sur le sien des moteurs puissants, dit Ray. Il prétend pouvoir aller jusqu'en Hollande, d'ici.

– Peut-être, n'empêche que j'aimerais bien voir ça ! commenta Jim aigrement. Ces pneumatiques sont parfaits pour faire du cabotage, ajouta-t-il à l'intention de Sarah, mais au large ils se retournent en un rien de temps.

– Nous ne sortons jamais au-dessus d'une force six, précisa Nick en souriant. Au-delà, nous laissons travailler Jim avec son bateau Tous Temps. Ou les hélicoptères.

143

Il ralentit et se dirigea vers une bouée, au loin.

« Le yacht était sur la voie de navigation médiane quand il a heurté quelque chose. Si cela s'était passé par ici, ils auraient été plus précis. »

Ils allaient si lentement qu'elle avait l'impression non d'avancer mais de monter et de descendre doucement d'une vague sur l'autre. La brume ondulait en fils arachnéens, dégageant parfois une plate étendue de mer grise.

Son regard s'arrêta sur la main de Nick, posée, doigts écartés, sur la coque lisse de l'embarcation. *Tiens, c'est bizarre,* pensa-t-elle. *Il se ronge les ongles.* Lui qui semblait si détendu, si ouvert, si sociable. Et courageux aussi. Il lui en avait fallu du cran pour lui annoncer la disparition de Tom !

Repensait-il à cette époque ? Les sauveteurs avaient dû faire les mêmes manœuvres, avancer dans le brouillard, tendre l'oreille à l'affût d'un cri de détresse, scruter la grisaille dans l'espoir d'apercevoir une forme plus sombre, une tache orange ou jaune. Mais, alors, ils avaient encore l'espoir de le retrouver vivant.

Elle faillit lui prendre la main. Pour l'encourager. Mais il risquait de mal interpréter son geste.

Tout le monde se taisait. On n'entendait que le clapotis de l'eau contre la coque en caoutchouc, le cri d'une mouette. Jim avait les yeux fixés droit devant lui, prêt à réagir à la moindre alerte. Nick regardait sur sa droite. Tous écoutaient.

S'ils trouvaient un corps, ce serait celui de Hannay. Les pensées de Sarah étaient revenues aux deux victimes. Nicola Page, elle ne pouvait se la représenter qu'étendue sur le sable, apparemment endormie, comme si elle allait bientôt se réveiller, s'étirer, jeter autour d'elle un regard étonné. Hannay, lui, n'était plus qu'un cadavre pourrissant, enveloppé de vase, boursouflé, cloqué, les yeux vitreux. Qu'il puisse apparaître soudain à la surface de l'eau la fit frissonner d'horreur.

Nick fit pivoter le bateau de quelques degrés et, bientôt, elle distingua, derrière le ronflement du moteur, un étrange et lugubre son de cloche, comme si une vache perdue sur une île, prisonnière de la marée montante, tournait tristement la tête en faisant tinter sa clarine.

« La bouée à cloche de Sheep Sand, expliqua Jim. Une vieille. La plupart sont à sifflet, aujourd'hui. »

Quelques minutes plus tard, ils la virent osciller sur les vagues. Sa peinture vert clair d'origine, avec un énorme H blanc, s'écaillait et prenait des tons marronnasses autour de la ligne de flottaison. Une mouette passa. Soudain, des voix retentirent, apparemment proches.

« Hello ! hurla Jim d'une voix tonitruante, Hello, le *Salamander* ?

Sarah entendit leur réponse sans repérer d'où elle venait, mais Nick se dirigea vers la gauche, sans hésiter. Ils se trouvèrent bientôt près d'un long yacht à coque blanche, dérivant sur le courant, ses voiles flasques dans l'air immobile.

Le capitaine, penché sur la rampe, cria qu'ils avaient perdu le corps (si c'en était bien un) avant même de pouvoir le hisser à bord. Avec son visage bien nourri, sa peau douce, il avait l'air d'un agent de change de la City, déguisé en marin de grand luxe, sur son bateau dernier cri. Il voulait jouer au professionnel, maître de son équipage, mais sa voix trahissait son énervement.

Maintenant qu'ils approchaient du but, Sarah ne se sentait plus très bien. En un sens, mieux vaudrait que ce soit Nicola. Cela mettrait un terme à l'insoutenable attente de sa famille et de ses amis pour lesquels elle éprouvait de la sympathie. Toutefois, l'idée de voir ce qu'il restait du jeune visage aux traits fins lui était odieuse.

Ils se mirent à tourner lentement autour du yacht, le regard aux aguets, élargissant les cercles à chaque fois. En quelques minutes, le *Salamander* fut noyé dans le brouillard et ils se retrouvèrent seuls sous l'oppressante couverture de brume.

« Avons-nous une chance, Nick ? demanda-t-elle

— Tu sais, ils ont pu tomber sur n'importe quoi, répondit-il d'un ton songeur. Ray, te souviens-tu de la fois où on a trouvé une vache ?

— Ah, c'était infect ! »

Le rire de Ray ressemblait à un aboiement.

« Je suis resté sous la douche une demi-heure sans pouvoir me défaire de l'odeur.

— C'était la tienne, mon vieux !

— Très drôle.

— Si c'était un cadavre, ils auraient pu le monter à bord ! maugréa Jim. Ça nous aurait épargné le voyage. Je parie qu'ils n'imaginent même pas à quoi ça ressemble, ni combien ça pue.

— Ils l'auraient laissé à la mer ? s'étonna Sarah.

— Oh, ça s'est déjà vu ! Un vrai marin ne le ferait pas, mais ces types en week-end... Ils ont peur de salir leur peinture. C'est un boulot infernal de tout nettoyer, après. »

Rien n'avait changé, ni le roulis des vagues, ni le son du moteur, ni l'épaisseur du brouillard, mais les mouettes volaient en nuées plus denses. Certaines frôlaient avec désinvolture la surface de l'eau, les fixant de leurs yeux durs, d'autres criaient au-dessus de leurs têtes, pattes déployées, prêtes à plonger.

Bientôt, ils aperçurent une sorte de ballot d'un noir luisant, à fleur d'eau. Ray saisit une gaffe et le piqua. La forme floue fit un demi-tour sur elle-même puis remonta à la surface dans une effroyable puanteur d'eau croupie et de chair pourrie qui frappa Sarah avec la force d'une gifle.

« Bon Dieu ! »

La peau avait pris l'aspect du cuir, d'une couleur bleu encre inimaginable. *Je ne dois pas crier, je ne dois pas vomir*, pensa-t-elle.

Alors, la chose roula à nouveau, dégageant un bras atrocement court. La nageoire d'un phoque mort ! La queue

146

apparut, puis une sorte de tête de chien, à demi dévorée par les créatures marines.

Il ne leur fallut qu'une vingtaine de minutes pour atteindre la barre du port de Yarwell. Le vent qui soufflait de l'avant était bienvenu, dissipant l'odeur persistante du phoque, leur donnant l'impression d'avoir enfin un but, après cette vaine sortie.

Le canot tangua en passant la barre, malmené par les vagues qui se rompaient sur l'amas de sable, en dessous, puis il s'engagea dans la passe. Malgré son moteur qui tournait à plein régime, il eut du mal à lutter contre la force conjuguée de la marée descendante et de l'embouchure de la rivière. Habitué, Nick resta sur le côté du chenal, suivant consciencieusement la ligne des balises en plastique rouge.

« Il faut prendre large si on ne veut pas passer la journée ici, dit Jim, oubliant qu'elle connaissait le port. Si tu navigues au milieu, tu fais du surplace. »

Le bateau entama son virement de bord pour traverser le flot contraire mais, malgré sa vitesse, il fut déporté d'une centaine de mètres. Sarah pensa à tous les panneaux du port qui signalaient le danger des baignades. Les eaux de l'Ash et le jusant laissaient peu de chances aux nageurs de regagner la rive. Quelqu'un s'était noyé l'année précédente. Le canot de sauvetage ne manquait pas de travail. L'été, il ne se passait pas un week-end sans qu'il doive aller secourir une personne tombée dans le bassin du port, surprise par la marée sur les plates étendues de sable au-delà du raz, ou poussée vers le large, accrochée à son matelas pneumatique.

Ray sortit un téléphone portable et composa un numéro.

« On arrive. Des messages ? »

Doucement, l'embarcation s'échoua sur le sable, juste sous la station de sauvetage. Instinctivement, Sarah sauta par-dessus bord pour aider à l'amarrer, comme elle le fai-

147

sait du temps de Tom. L'image du phoque lui revint dans toute son horreur, et elle fut prise de nausée. Il avait fallu dix jours pour retrouver le corps de Tom. Elle ne l'avait pas vu, mais elle se doutait qu'il ne devait pas y avoir une grande différence.

Atlanta était dans sa voiture, sur le siège du passager repoussé au maximum, les pieds sur le tableau de bord. Elle lisait son livre avec une telle concentration qu'elle sursauta quand Sarah ouvrit la portière.

« Alors ? demanda-t-elle

– Rien. »

Elles reprirent la route. Atlanta se mit à lui raconter pourquoi son livre la passionnait mais le mutisme de Sarah, qui regardait obstinément par la fenêtre, finit par la décourager. Après l'enterrement, elle avait cru qu'il lui serait facile d'oublier tout ce qui la rattachait à Tom. Elle avait quitté l'appartement pour revenir habiter chez sa mère. Elle avait travaillé dans une usine d'électronique à Diss, soudant des claviers sans savoir à quoi ils servaient, écoutant Radio One ou le bavardage des autres femmes de la chaîne, la tête lourde, assommée par ses journées besogneuses et ses nuits sans sommeil.

Elle se rappelait les effluves de soudure, l'odeur pénétrante et douceâtre des solvants utilisés pour le nettoyage, les exclamations de ceux des équipes qui avaient terminé, qui se donnaient rendez-vous dans tel bar, tel pub, comme s'ils n'en avaient pas assez de se voir.

Et elle était entrée dans la police. Trois ans de formation, de morne routine quotidienne, parfois rompue par quelques rares moments d'excitation ou de peur. La lente prise de conscience qu'elle n'était pas faite pour ce métier. Elle abordait maintenant le dernier virage avant de le quitter. Elle était revenue à Yarwell ; à nouveau, elle cherchait un cadavre. Bien que Tom l'ait trahie deux fois, par son infidélité et sa mort, elle était toujours liée à lui.

Dix-huit

Au commissariat, Morton n'était pas à l'étage. Ses collègues se turent en voyant Sarah passer avec Atlanta. Les mains dans les poches de son manteau, un masque impassible sur le visage cachant sans doute son irritation, celle-ci la suivit en évitant de croiser les regards insistants. Sarah se souvint de ce qu'elle lui avait dit sur les pubs de Hunstanton.

« Morton ? Il est à la cantine, lança Linehan. Venez nous rejoindre. »

Sarah n'ayant nullement l'intention d'aller là-bas, elle le pria de l'informer qu'elles l'attendaient dans son bureau.

« D'accord », répondit-il, un peu surpris.

Atlanta en profita pour téléphoner à Ed, et Sarah pour prendre quelques notes, ne sachant toujours pas si elle devait faire part à Rosemary de son hypothèse sur la mort de Nicola. Elle imaginait déjà la consternation de la vieille dame si elle apprenait qu'elle avait laissé celle-ci vivante près de la jetée. Non, inutile de lui en parler avant d'en être absolument sûre. Et, d'ailleurs, à quoi cela servirait-il ? Au fond, mieux valait laisser filer.

Elle se surprit en train d'écouter la conversation d'Atlanta, non tant les détails que le tour ironique de son récit. Elle entendit deux éclats de rire dans le combiné.

« Oui, elle a été formidable... », dit Atlanta en lui souriant. Elle m'a supportée toute la journée et m'a même offert le déjeuner.

— ...

— Non, mais j'ai vu l'endroit, dit-elle en changeant de ton. Tout cela est horrible.

— ...

— D'accord. Demain soir ou après-demain. »

Morton entra, manifestement étonné de voir Atlanta les pieds étalés sur ses dossiers, mais il la salua poliment. Au lieu de proposer à Sarah de rester, il lui demanda d'aller leur commander du thé, ce qui l'étonna.

Elle finit par se retrouver dans le bureau de transmission où elle dut répondre à des questions plus ou moins subtiles sur son témoin. Qui était-elle ? Qu'avait-elle vu ? Que faisait-elle dans le Norfolk la nuit du crime ? Vite lassée, Sarah remonta et s'assit tristement à sa table. Il y avait deux enveloppes dans sa boîte à courrier qu'elle ouvrit pour se changer les idées. La première était une note de frais qui lui était retournée impayée, avec un mot expliquant qu'il manquait un reçu.

« Merde », grommela-t-elle. Elle comptait sur ces remboursements pour éviter un débit sur son compte bancaire.

« On jure toute seule, lança David en poussant la porte du pied, un gobelet de thé dans une main, une pile de dossiers dans l'autre. Premier signe de démence.

— Ils me renvoient ce formulaire alors qu'il est parfaitement rempli.

— Passe un coup de fil.

— À cinq heures dix ? Il n'y a plus personne depuis longtemps. »

Néanmoins, elle composa le numéro du poste et attendit.

« Comment va l'affaire ?

— Je te raconterai plus tard. Il faut d'abord que je trouve une caméra. Tu n'en aurais pas une par hasard ?

150

– Moi ? Non. Mais je suis sûr qu'Alice en a. Tu sais, au bureau de presse.

– Parfait.

– Oh, j'ai quelques messages pour toi. J'en suis réduit à ça, en ce moment. L'un de ton ami Nick Walton, l'autre d'un certain Alban. Comment peut-on s'appeler Alban ? Il a laissé son numéro de téléphone. »

Sarah hocha la tête, attendant toujours qu'on décroche à l'autre bout du fil.

« Je m'étonne que tu aies du temps pour la faribole en pleine enquête criminelle ! ironisa David, qui l'observait d'un air amusé.

– Tu parles ! Je donne dans la promenade touristique et la recherche de cadavre. Ce n'est pas comme cela que j'imaginais les choses, dit-elle en raccrochant brutalement.

– Aimes-tu travailler avec Morton ?

– Je ne le vois pas beaucoup. Il a l'air bien. Pourquoi cette question ? ajouta-t-elle en lui lançant un regard aigu.

– Pour rien.

– Non, allez !

– Oh, des cancans.

– Quels cancans ? insista-t-elle.

Il eut l'air un peu gêné.

« Dissensions au sommet. Des doutes sur la gestion de l'affaire par Morton. Ce genre de chose.

– Moi, je ne vois rien à lui reprocher.

– C'est vrai, ironisa David, tu es de l'intérieur, maintenant !

– Qu'est-ce qu'on raconte, David ? »

Il se remit face à son écran d'ordinateur, regrettant manifestement d'avoir parlé.

« Rien de grave. Morton est seul contre tous à penser que c'est quelqu'un du coin. Et puis il y a cette histoire de pièce à conviction manquante.

– Quoi ?

– Tu n'es pas au courant ? Des objets trouvés sur le

151

lieu du crime ont été envoyés au labo de Huntingdon pour analyse, mais ils ne sont jamais arrivés. Un sac de voyage et quelques autres bricoles. On a tout fouillé, là-bas et ici, en vain.

– Peut-on en accuser Morton ? »

David se contenta de hausser les épaules.

– Bien sûr. Personne ne s'en privera. Et si l'affaire allait au tribunal, tu imagines l'aubaine pour la défense ! »

Alice Perryman tapait sur le clavier de son ordinateur, un café et un sandwich grignoté à côté d'elle. Elle écarta des papiers pour laisser à Sarah un coin de bureau où s'asseoir.

« Il paraît que vous travaillez sur l'affaire Compton, dit-elle en balayant d'une main des miettes éparpillées sur sa jupe.

– Vaguement.

– Pour moi, c'est du bon pain, c'est clair. Je n'ai presque rien à faire, pas d'avis d'appel à témoins à lancer. Vous n'imaginez pas comme c'est ennuyeux. Quand la mer est pleine de médecins et d'infirmières assassinés, les journalistes s'intéressent à l'affaire. Le EDP va nous sauter dessus dès demain matin, la BBC songe à mettre une équipe pour le bulletin de ce soir et les quotidiens nationaux sont déjà là à renifler. Je les comprends, il y a tous les ingrédients voulus : du mystère, du sexe, un lieu du crime pas très loin de Londres avec des hôtels corrects pour y passer la nuit. »

Elle s'arrêta pour reprendre son souffle et Sarah en profita.

« J'ai une vidéocassette qui appartenait à l'infirmière. J'aimerais la visionner, est-ce possible ? »

Elle lui tendit la pochette en plastique dans laquelle on mettait les pièces à conviction. Alice hocha la tête.

« Pas de problème. »

Elle se dirigea vers un magnétoscope, à l'autre bout de

la pièce, alluma l'écran du téléviseur et transféra le film dans une cartouche plus grande qu'elle glissa dans l'appareil. Au bout de quelques secondes de noir apparut un groupe de six ou sept personnes d'une vingtaine d'années, vêtues de vêtements décontractés. Elles marchaient sur une plage, chargées de sacs, de couvertures, de chaises pliantes et d'équipements de sport. Au premier plan, un homme brun tenait une batte de criquet avec laquelle il donnait de temps en temps des coups dans le sable ou qu'il levait bien haut au-dessus de la tête, comme un étendard pour entraîner les autres. Une femme retira ses chaussures et se mit à patauger avec délice dans les flaques d'eau. Au fond, un homme (Alban, peut-être, mais elle le voyait mal) se battait avec une caisse de bière qu'il portait alternativement sur une épaule et sur l'autre.

« Qui est la victime ? demanda Alice.

— Là, en arrière-plan, il me semble. Celle qui parle à la fille en T-shirt blanc. Oui, c'est elle.

— Et l'homme ?

— Je ne le vois pas. Il ne doit pas être là. »

Sarah reconnut Amina, l'infirmière qu'elle avait rencontrée à l'hôpital, et Suzy, qui était entrée dans la chambre de Nicola pendant qu'elle y était. Le groupe marchait toujours. Un barbu brun au sourire lunatique ramassa une algue qu'il agita sous le nez d'une femme qui s'enfuit en criant. Il la poursuivit. Leurs rires et leurs hurlements étaient curieusement assourdis.

« Ce n'est pas très net », commenta Alice alors que débutait une autre séquence. Ils étaient en cercle, en train de pique-niquer. Une femme et l'homme à la batte était assis, dos à dos, mais, sinon, il était impossible de déceler les couples et les célibataires. Nicola, accroupie, face à la caméra, regardait la mer.

« Oui, je suis déçue par la qualité », dit Sarah.

Elles continuèrent la projection. C'était à la fois horrible et fascinant de regarder quelqu'un qui venait de perdre la vie. Comme s'il devait être marqué d'un signe prémonitoire. Que la scène se passe sur une plage rendait la chose encore plus troublante. Dire que l'une de ces personnes qui se détendaient si innocemment au soleil, au milieu des provisions de pain, de fromage, de salades et de canettes de bière, était peut-être le meurtrier !

Nicola était maintenant seule sur la plage avec un jeune homme blond et mince d'une vingtaine d'années. Le soleil s'était caché. Impossible de savoir si cela se passait un peu plus tard, le même jour ou à un autre moment. Nicola portait un chemisier en soie ; il devait faire froid parce qu'elle avait l'air frigorifiée. Le vent agitait l'étoffe de son pantalon large et ses manches recouvraient complètement ses mains. Son ami la tenait par le cou, assez maladroitement, et tous les deux dessinaient dans le sable avec un bâton.

Il y avait dans leurs mouvements, dans leur façon d'être ensemble, lui, expliquant ses gribouillages, elle, toujours prête à éclater de rire malgré le froid, quelque chose qui attrista terriblement Sarah. Ils étaient tellement tournés l'un vers l'autre ! Vraiment amoureux, aurait dit sa mère. Mais voilà, Nicola était morte.

« C'est elle ?

— Oui, Nicola Page, avec son ami, je pense.

— Ce n'est pas l'autre victime ?

— Non. »

La caméra tourna autour d'eux puis, par-dessus leurs épaules, filma les lignes tracées dans le sable qui, pour Sarah, n'évoquaient rien de précis.

« Qui tient la caméra ?

— Ah, dit Sarah, bonne question ! »

En attendant que Morton la rappelle, elle parcourut les rapports des équipes de recherche et des garde-côtes. Ils ne contenaient aucun résultat substantiel bien que, dans un coin du bureau de transmission, le tas d'objets tamponnés ou enfermés dans des sacs ne cessât de croître – vieilles chaussures, bouts de tissu, peignes, lunettes cassées et autres résidus en tout genre. Les chances pour que l'un d'eux ait le moindre rapport avec son affaire étaient minimes.

« Du nouveau ? »

C'était Andy Linehan.

Elle secoua la tête.

« Et de votre côté ?

– Rien. Nous avons pris contact avec la famille de Hannay. Elle réside dans le Surrey ; elle viendra demain. Les parents de Page sont à l'étranger, au Canada, tu imagines ? Et ils n'ont pas laissé d'adresse aux voisins. Il y a un frère et une sœur ; nous les cherchons. À part cela, rien. »

Il avala une gorgée de café et bâilla.

« Tu sais, je crois que notre bel espoir s'est envolé.

– Que veux-tu dire ?

– Le troisième cadavre. Celui qui aurait tué les deux autres, aurait pris la fuite puis se serait suicidé.

– "Celui" ?

– Oui, c'est toujours un *il*. Il les suit, les tue dans un accès de fureur puis réalise les conséquences de son crime. Incapable d'affronter la situation, il ne voit qu'une issue, se faire sauter la cervelle. S'il est un peu trouillard, il bricole son pot d'échappement, et voilà !

– Mais vous n'avez rien ?

– Non, à moins qu'il ne soit dans un garage quelque part, ou dans un bois. C'est drôle, ils choisissent toujours ce genre d'endroit. Bref, cela signifie une chose : à toi de jouer, maintenant !

– Comment cela ?

– Il faut régler l'affaire coûte que coûte, ce qui veut dire retrouver un corps – ou deux. C'est ton boulot, non ?

Dix-neuf

Ils avaient réservé une chambre pour Atlanta au Royal Oak, dans le haut de Yarwell. C'était un vieux relais de poste qui se dressait sur une place, avec une façade géorgienne, simple mais belle, et, à l'intérieur, un dédale de couloirs.

« C'est propre et bien chauffé, dit Sarah tandis qu'elles traversaient le hall, mais pas très animé.

— Je vois », dit Atlanta en regardant les tapis aux couleurs passées, les photos de paysages et les piles de fascicules qui vantaient les séjours exaltants dans le nord du Norfolk. Tout était silencieux, la réception déserte, malgré le clignotement d'un écran d'ordinateur incongru. Sarah signala leur présence tandis qu'Atlanta, jetant son sac sur un fauteuil, s'asseyait d'un air blasé. Une fille entra, toute souriante et d'une incompétence manifeste. Elle tapota sur le clavier sans succès avant de trouver enfin ce qu'elle cherchait dans un grand registre à l'ancienne, rangé sous le comptoir.

« Voilà, mademoiselle Mabbott. Vous avez la chambre 314.

— Merci, répondit Sarah en prenant la clé. Mlle Mabbott est là », corrigea-t-elle en désignant Atlanta.

Son étonnement se mua presque en désarroi quand

157

Atlanta lui décocha un sourire qu'elle s'obligea à lui rendre.

« Troisième étage, à droite. Si vous avez besoin de quoi que ce soit, appelez-moi. »

La chambre les surprit agréablement, non seulement propre et bien chauffée, comme promis, mais spacieuse, avec une jolie vue sur la ville et la mer. Atlanta se laissa tomber sur un des deux lits et s'allongea, les mains sous la tête.

« La route m'a épuisée. Je ne suis pas habituée à conduire autant.

— Vous serez d'attaque pour ressortir tout à l'heure ?

— Oui, mais il me faut un bain, d'abord. Et peut-être une sieste. Quelque chose à manger, en tout cas.

— Il y a un restaurant dans l'hôtel.

— Oh, je vois ça d'ici ! Atmosphère typique et carte soignée, c'est cela ?

— Voulez-vous que nous allions faire un tour en ville voir ce que l'on peut trouver ?

— Oui, approuva-t-elle avec enthousiasme en se redressant. Du côté de ce joli port dont vous m'avez tant parlé ? »

Elles repartirent aussitôt, laissant la clé sur le comptoir de la réception à nouveau déserte, et traversèrent la ville si familière à Sarah. Sans réfléchir, elle tourna dans Quay Street, une ruelle bordée de vitrines et de porches qui menait droit au port. Au bout, derrière un alignement de cottages blanchis à la chaux, on entrevoyait une bande de sable doré. Tout était bien comme dans ses souvenirs, sauf que la boulangerie s'était agrandie et que la boutique de vêtements démodés pour vieilles dames avait été remplacée par un magasin de sport.

Atlanta s'arrêta devant la devanture d'un marchand de tableaux.

« Vous avez vraiment vécu ici ?

— Oui. Un peu plus loin dans la rue à gauche, juste après la galerie. »

La façade était semblable à elle-même, aucune couche de peinture ni de plâtre ne l'avait rafraîchie. Les vitres de l'appartement étaient un peu plus sales, les châssis des fenêtres plus écaillés. Combien de temps était-il resté vide ?

« Pourquoi êtes-vous partie ?

– Besoin de changement. »

Arrivée sur le quai, elle s'accouda à la balustrade. Elle se souvint de la première fois où elle s'y était appuyée, sentant le soleil lui chauffer le visage, écoutant le moteur d'un bateau en partance, le murmure des touristes dans son dos, les cris des mouettes, s'imprégnant de l'odeur de sel, de poisson, de bois, observant les bateaux amarrés en dessous avant de laisser errer son regard, au-delà des bancs de sable, sur l'infini de la mer.

Un jour, Tom et elle s'étaient réveillés à six heures du matin, avaient sorti le bateau au changement de marée et, utilisant la force des courants, s'étaient aventurés très loin, jusqu'à Coldharbour Sand, en suivant les balises qui indiquaient les voies maritimes aux grosses embarcations. Avec le reflux, le paysage s'était transformé en un dédale de bancs de sable et de chenaux dans lesquels ils s'étaient faufilés pour finir par trouver un petit coin de terre propre, sans algues ni boue. Après avoir jeté l'ancre et affalé la voile, ils s'étaient couru après comme des enfants, bousculés, fait tomber.

Cela avait été magique de se retrouver allongés dans une nappe d'eau salée, sur ce lit de la mer du Nord qui serait, quelques heures plus tard, à nouveau recouvert de huit mètres d'eau. Au soleil, le sable séchait si vite qu'ils purent y étendre une couverture, déballer le panier à pique-nique et manger des sandwichs, un fruit, du chocolat, en buvant de grands verres d'eau pure, si précieuse. Un caboteur suivait tranquillement son chemin vers le golfe de Wash. Ils avaient fait l'amour à l'ombre du bateau solitaire puis s'étaient assoupis, n'ouvrant un œil que pour sur-

159

veiller le ciel. Quand le jusant avait réduit leur île à une étroite lanière assiégée par les eaux, ils étaient remontés à bord et, sous un vent constant, avaient rapidement regagné Yarwell, en deux heures, sans avoir besoin d'orienter les voiles. Une journée fantastique, comme il n'en arrive que rarement, surtout pendant le long hiver.

Le jour mourait sous l'assaut des lumières artificielles du quai. Sarah reconnut les bouées rouge et verte marquant la passe vers le large. Il faisait froid.

Pendant des années, par un réflexe de défense, elle s'était interdit de penser à Tom. Au début, tout la ramenait à lui, la vue du chantier naval, le cri d'une mouette, la brise salée, mais, avec le temps, les rappels s'étaient faits moins pressants et avaient presque fini par disparaître. Elle avait une autre vie, de nouveaux amis. Pourtant, par moments, il continuait de lui manquer terriblement. Après cette journée chargée d'appréhension et de tristesse et sa sortie en mer, elle aurait tant voulu être soutenue par lui. Par quelqu'un comme lui. Par quelqu'un, tout simplement.

« Ça va ? demanda Atlanta, qui l'avait rejointe.

– Très bien, dit-elle en se redressant brusquement. Venez. »

La marée descendait. Les bateaux amarrés le long du quai touchaient presque le fond et l'air sentait le poisson. Les galeries du front de mer étaient ouvertes, une scintillante oasis de lumières, mais, à part un ou deux vigiles à la mine peu engageante, déserte. Un peu plus loin, deux enfants assis sur un banc grignotaient des chips. Avec Atlanta à ses côtés, Sarah se félicita qu'il y ait aussi peu de monde. Elle n'était pas d'humeur à se faire remarquer. Cela lui rappela sa gêne quand elle était venue faire sa première ronde à Yarwell, immédiatement après être entrée dans la police. Les gens, y compris ceux qu'elle connaissait de près ou de loin, avaient changé d'attitude envers elle à cause de son uniforme. Cela continuait. Elle qui, enfant, cherchait à passer inaperçue, à gommer tout trait

160

remarquable, toute différence ! Et qui en avait honte, en plus !

Au bout du quai, elles se retournèrent d'un même mouvement pour regarder le port à la lueur du soleil couchant filtrant à travers les nuages. Son reflet sur le macadam humide donnait au site une beauté inattendue que Sarah trouva presque poignante mais qui sembla laisser Atlanta indifférente.

« C'est *vraiment*, *vraiment* charmant ! lança-t-elle avec une ironie appuyée.

– Vous devriez voir ça au printemps.

– Je vous assure, j'adore. Ça me fait penser au sud de la France ; à Saint-Tropez, par exemple. »

Elles passèrent devant le chantier naval aux portes ouvertes. À côté s'étendaient la marina, et, au fond, les écluses de la rivière Ash. Sarah ne vit personne dans la cour pourtant allumée où stationnaient deux voitures, devant les cabanons. À l'étage d'une de ces maisonnettes, Nick avait un appartement qui surplombait la mer. Sarah se souvint des moments qu'elle y avait passés, après la mort de Tom, allongée sur un canapé, à écouter les disques qu'il aimait, à parler de lui.

Elles grimpèrent sur le môle en bois, au centre du port. Les piliers faits d'énormes poutres étaient couverts de berniques et d'algues, comme à Compton Spit. À leurs pieds, l'eau d'un calme inhabituel, fût-ce dans un port aussi bien abrité, était quasiment immobile. Une nappe d'algues et de feuilles flottait, languissante, emprisonnant une canette de Coca rouge vif.

Enfant, Sarah aimait nager dans les vagues mais les piscines lui faisaient peur. Elle n'avait toujours pas totalement surmonté sa gêne face à ces nappes d'eau dormant entre les lisses parois de béton. La mer qui clapotait mollement, avec un petit bruit de succion, contre le bois doux et glissant de l'embarcadère lui rappela ses angoisses de petite fille. Elle frissonna.

Elles se remirent à marcher d'un même pas, Atlanta emmitouflée dans son manteau, Sarah offrant son visage au crachin. Dans la marina, quelques douzaines de bateaux étaient amarrés – des petits yachts, surtout, les plus gros étaient ancrés plus bas, dans l'estuaire. L'embarcadère était semé de ceintures de sauvetage et de panneaux d'avertissement. La rivière, qui coulait d'écluse en écluse, débouchait juste en dessous. Atlanta s'arrêta pour lire une pancarte : DANGER ; COURANTS FORTS ; BAIGNADE INTERDITE

« Vous parlez d'un délicieux port de plaisance ! On n'a même pas le droit de nager. »

Sarah sentit monter une bouffée de colère contre Atlanta qui ricanait bêtement, alors qu'à quelques kilomètres au large des hommes continuaient à chercher deux corps.

« Quelqu'un s'est noyé ici, l'an dernier, annonça-t-elle froidement. C'est fréquent. Les gens se croient plus forts que tout. Ils plongent, la nuit, après avoir bu quelques verres, et, trois jours plus tard, on retrouve leurs cadavres échoués sur la côte, à quinze kilomètres.

– Ne vous inquiétez, dit Atlanta en riant. Même complètement ivre, cela ne me viendrait pas à l'esprit. »

Elle fit demi-tour et reprit la direction du centre ville.

« Je dois vous abandonner un moment, Atlanta. Saurez-vous vous débrouiller seule ?

– Aucun problème. Je vais à l'hôtel. Un petit somme sera bienvenu.

– On se retrouve là-bas à huit heures, alors. »

En rentrant chez elle, Sarah trouva Rachel, avec qui elle partageait son appartement, assise sur le canapé, une tasse de thé à la main, en train de regarder le journal régional.

« On vient juste de parler de ton affaire, dit-elle en baissant le son et en lui faisant de la place. C'était assez vague. De quoi es-tu chargée ?

– Oh, rien de palpitant ! répondit Sarah en s'installant confortablement, jambes étendues. J'ai passé la journée

162

dans une bagnole avec le témoin principal, dans l'espoir de repérer le prétendu assassin en train de flâner dans les rues. Une perte de temps pure et simple.

— Raconte.

— On a attendu deux heures à Compton, et on a vu passer six personnes au maximum. Je crois que le patron n'a pas bien réfléchi à son affaire, mais c'était difficile de le lui dire. En plus, nous n'étions pas vraiment discrètes ; on s'est promenées dans sa grosse Jeep parce qu'il n'y avait pas de voiture banalisée disponible. Un engin de presque deux mètres de haut conduit par la seule femme noire qu'on puisse voir par ici, à des kilomètres à la ronde. Par-dessus le marché, elle ne s'habille qu'en noir, des pieds à la tête !

« Qu'est-ce que tu as contre ? demanda Rachel en allant à la cuisine.

— J'imagine qu'elle en fait une sorte de point d'honneur : pull noir, jupe noire, collants noirs, bottes noires, chapeau noir.

— Veux-tu un verre de vin ?

— Non, merci. Je ressors.

— Tu ne dînes pas ici ?

— Non, je mangerai quelque chose dehors. »

Sarah décida de se changer mais se retrouva sur son lit, dans l'obscurité. C'était idiot de s'énerver contre Atlanta et contre Morton, elle s'en rendait compte. En fait, elle était épuisée, anxieuse, pas certaine d'être à la hauteur. Et puis le rendez-vous avec Nick l'angoissait un peu. Mais, surtout, elle en avait assez d'être poursuivie par le souvenir de Tom.

Pourquoi ne pas tout laisser tomber, rester dans son lit ou regarder une idiotie à la télé ? Mais elle était trop curieuse de savoir pourquoi Nick l'avait invitée.

Elle mit un peu plus de temps que d'habitude à choisir sa tenue, un haut blanc à manches longues et une robe tablier bleu marine qu'elle n'avait pas portée depuis des lustres. Elle voulait se sentir à son avantage sans que cela se devine et sans lui envoyer les mauvais signaux – à supposer qu'elle en ait conscience.

« Tu y vas ? »

Enseignante au collège de Frampton, Rachel avait posé, comme souvent en fin de trimestre, sur la table basse un tas de copies à corriger et une bouteille de vin.

« Oui. Je rentrerai tard, probablement.

– Et je suis censée croire que c'est pour ton boulot ? dit-elle en examinant ses vêtements d'un œil amusé.

– Oh, il n'est pas obligatoire de porter l'uniforme pour faire la liaison avec les témoins. Au contraire ! Ils sont moins intimidés, paraît-il.

– Bien. Je ne t'attendrai pas. Passe une bonne soirée. »

Vingt

Tandis que la Jeep s'enfonçait dans l'obscurité croissante, Sarah se dit qu'il y avait longtemps qu'elle n'avait pas connu un brouillard aussi persistant. Avec le manque de visibilité, Atlanta était obligée de rouler lentement, si bien qu'une voiture les rattrapa et resta collée derrière elle. En pestant à mi-voix, elle tripota le rétroviseur et frôla la haie, à gauche.

« Il y a bien un truc pour ne pas être éblouie, non ?

— Voulez-vous que j'essaie ? proposa Sarah.

— Oui, merci. Je ne suis pas habituée à conduire dans le noir.

— Laissez-le passer s'il vous gêne. »

À peine arrivée sur un tronçon de route droite, Atlanta suivit son conseil, et l'autre les dépassa.

« Un jeune qui s'excite au volant, sans doute. Par ici, quand on a dix-sept ans, il n'y a pas grand-chose d'autre à faire.

— Ah oui ? Vous étiez comme ça à dix-sept ans ? »

Elles traversèrent Compton puis descendirent la route de la plage, plus ténébreuse encore entre ses rangées d'arbres bas. Le bruit des pneus sur le gravillon couvrait le doux ronronnement du moteur. Atlanta dut ralentir en passant devant l'église tant le passage était étroit puis elle

165

atteignit la barrière devant laquelle elle freina. À la lumière
des phares, le paysage avait l'étrangeté onirique d'un néga-
tif photo. Atlanta les éteignit et elles ne virent plus que
les voyants du tableau de bord.

« C'est ici que nous nous sommes arrêtés, dit-elle. Je
me souviens de cette barrière. »

Sarah écouta la mer, au loin, et les faibles bruits noc-
turnes. Elle s'imagina seule ici, dans cet lieu si sombre,
si isolé.

« Êtes-vous sortie ?

— Une minute.

— Voulez-vous que nous jetions un coup d'œil ? »

Sarah l'observa faire quelques pas précautionneux, jetant
autour d'elle des regards circonspects.

« De quel côté Ed est-il parti ?

— Vers la plage. »

Sarah enjamba la barrière et se retourna vers Atlanta, qui
l'imita de mauvais gré. Elles descendirent ensemble le chemin, pour la seconde fois de la journée, Sarah, les yeux
levés vers le ciel nuageux où luisaient une poignée d'étoiles,
Atlanta, tête baissée pour éviter de marcher dans la boue.

Elles traversèrent la passerelle métallique et se dirigèrent
vers Beach Road où, bien qu'il fût encore tôt, régnait un
silence absolu, les maisons, les arbres et les dunes étouffant le bruit de la mer. Sarah se demanda si des résidents
avaient quitté les lieux en attendant que l'assassin soit
arrêté. Cela ne devait pas être drôle d'habiter ici avec
l'angoisse de se faire agresser par un psychopathe. De fil
en aiguille, elle s'avisa qu'il n'était pas très prudent de se
promener dans le coin à une heure pareille. Elle ignorait
s'il y avait des rondes de surveillance et elle avait laissé
sa radio sur le siège arrière de la Jeep.

Elles passèrent devant la maison de Rosemary Aylmer ;
une fenêtre était allumée au rez-de-chaussée. Que faisait-
elle en ce moment ? Son fils était-il arrivé ? Sinon, avait-
elle mis la radio ou la télé pour se donner l'illusion d'une

compagnie ou avait-elle renoncé à ce chimérique réconfort ? Elle l'imagina, interrompant sa lecture près de la cheminée pour attiser le feu avec un tisonnier qui pourrait éventuellement lui servir d'arme.

Quand Sarah se retourna vers Atlanta pour lui dire qu'elle aimerait téléphoner à Rosemary, elle avait disparu. Elle courut aussi vite que le lui permettait sa robe et finit par distinguer, à la lueur des étoiles, sa silhouette élancée au sommet de la dune. Sarah n'en revenait pas. Pour une fille des villes, elle n'avait vraiment pas peur ! Elle finit par la rattraper sur la plage, où elle contemplait les vagues qui venaient mourir doucement à ses pieds ou s'écraser sur la jetée la plus proche en jets d'écume phosphorescent.

« C'est beau, non ? »

Mais Sarah, taraudée par l'idée que l'assassin risquait de revenir, n'était pas d'humeur à apprécier les merveilles de la nature. Il avait pu apprendre, d'une manière ou d'une autre, qu'il y avait un témoin qui était à sa recherche. Les rumeurs circulent vite, certains de ses collègues n'étaient pas des modèles de discrétion. Rien de plus facile que de retrouver leur trace. Il suffisait qu'il ait entendu des bavardages imprudents dans un pub ou, tout simplement, qu'il sache qu'il s'agissait d'une Noire.

La dune semblait déserte mais cela ne la rassura pas. Il avait pu les suivre (dans la voiture qui les avait doublées, par exemple) et s'être garé plus loin, toutes lumières éteintes, se doutant du but de leur promenade.

Ramassant un galet, Atlanta le lança dans le noir et tendit l'oreille.

« Rentrons, maintenant », souffla Sarah à mi-voix.

Atlanta acquiesça d'un signe de tête, s'essaya à un ricochet, laissa tomber les deux cailloux qu'elle avait dans la main et suivit Sarah en souriant.

« C'est incroyable ce silence.

— Il est plus tard que je ne le pensais.

– Bien, mais c'est dommage de partir. »

C'était une belle nuit. Le ciel s'éclaircissait et, dans le vent léger, dansaient encore quelques notes estivales. Sans doute Hannay et Nicola étaient-ils morts par une nuit semblable, une nuit qui incite à se promener sur la plage, à contempler les étoiles, à lancer des cailloux dans l'eau paisible. Cependant, l'attitude détendue d'Atlanta continuait de surprendre Sarah. Après tout, c'était elle qui avait vu l'homme dont elle avait si bien rendu l'allure menaçante par son dessin ! Elle qui avait été glacée de terreur ! Et la voilà qui flânait maintenant dans ce lieu désert sans la moindre appréhension. Agacée, Sarah eut envie de crever cette bulle d'indifférence.

« J'en connais qui mourraient de peur.

– Pourquoi ?

– Parce qu'il pourrait apparaître.

– Qui ?

– L'homme au chapeau !

– Lui ? Oh, ça m'étonnerait, dit Atlanta en riant. Remarquez, je vous le souhaite. Vous lui mettriez la main au collet. Quoique, dans cette robe... »

Elles étaient arrivées à la barrière.

« Avez-vous peur, vous ? » ironisa-t-elle en grimpant par-dessus.

En la voyant aussi forte et équilibrée, Sarah voulut croire que rien ne pouvait leur arriver, qu'elles étaient toutes les deux immunisées contre les horreurs de la maladie, de la déchéance, de la mort. Mais plus vite elles seraient parties d'ici, mieux ça vaudrait.

Atlanta sauta à terre légèrement et regarda Sarah soulever sa robe et escalader avec plus de précautions.

« Allons-y ! C'est l'heure de dîner ! »

Mais, à peine remontée en voiture, Sarah reçut un coup de fil du bureau de transmission. Elle devait assister à une réunion extraordinaire. Le temps d'aller à Frampton et de revenir, Nick serait parti depuis longtemps. Elle n'était pas très sûre d'avoir envie de le voir, mais, maintenant, elle était furieuse de savoir sa soirée fichue.

« J'avais un rendez-vous, expliqua-t-elle à Atlanta, qui souriait de sa déception manifeste.

— Désolée, je ne pouvais pas le savoir. »

Ce fut tout ce qu'elle trouva à répondre.

« J'aimerais aller m'excuser auprès de mon ami, dit Sarah en entrant dans Yarwell. Je n'ai pas son téléphone.

— Bien sûr. Indiquez-moi le chemin. »

Un moment plus tard, elles entraient dans le pub. Nick bavardait au bar.

Il salua Atlanta et les conduisit toutes les deux vers une table tranquille, écoutant d'une oreille les explications de Sarah.

« Vous avez le temps de prendre un verre, quand même ? »

Oui, si elle ne s'attardait pas. Après avoir passé la commande, Nick s'enquit de leur journée.

« Je vous ai vues, vous savez, juste avant le déjeuner. Vous traversiez Martlesham à toute allure. Jamais je n'aurais cru ça de toi, Sarah ! Un officier de police !

— Que veux-tu que je te dise ? » soupira-t-elle, l'esprit ailleurs.

Pendant que Nick et Atlanta babillaient avec animation — elle lui racontant ses impressions, lui, prêt à lui montrer que la ville n'était pas aussi sinistre qu'elle le prétendait —, Sarah se demandait pourquoi Morton avait subitement convoqué tout le monde.

« Tant que vous n'aurez pas mangé des huîtres qui viennent d'être ramassées, affirmait Nick, calé sur sa chaise avec suffisance, les mains derrière la tête, vous ne saurez pas ce que se régaler veut dire.

— Eh bien, j'essaierai, répliqua Atlanta en riant, mais je n'apprécierais pas qu'elles soient pleines de sable.

— Je prends le risque. »

Il était temps pour Sarah de partir. Les deux autres resteraient, c'était inévitable, puisqu'elle lâchait Nick et qu'Atlanta ne connaissait personne. Mais elle avait beau se raisonner, elle trouvait injuste que sa soirée soit encore gâchée, et insupportable de voir Nick et Atlanta s'entendre si bien. Elle fut donc un peu soulagée quand il lui dit combien il regrettait son départ et l'obligea à lui promettre de lui téléphoner.

Finissant son verre d'une main, enfilant son manteau de l'autre, Sarah dut admettre qu'elle était jalouse, tout bêtement. Atlanta avait droit à un moment de détente après une journée pénible. C'était une belle femme. Ils avaient envie de passer un bon moment ensemble, voilà tout. D'ailleurs, Nick n'était rien pour elle. Tout au plus une vieille connaissance.

Vingt et un

Quand Sarah arriva, Morton avait déjà commencé son exposé. Elle se glissa sur une chaise, au fond de la salle, espérant ne pas se faire remarquer. Elle comprit très vite qu'il était en train de révéler ce que les enquêteurs avaient appris sur Chris Hannay.

« Il ne s'agit peut-être que de rivalités professionnelles, mais deux personnes nous ont laissé entendre qu'il trafiquait des prescriptions, ce qui serait une cause possible de son départ de Saint Mary, il y a deux ans. Il aurait fait des ordonnances pour des patients qui n'existent pas et serait allé chercher les médicaments en leur nom. Nous pouvons donc supposer qu'il a volé des produits à l'hôpital, avec l'aide de Page. Il faut vérifier si elle avait accès aux médicaments. J'entends, savoir ce qui se passait réellement, et non se contenter de ce qu'ils voudront bien vous raconter sur les procédures en vigueur. Vous savez très bien que personne ne respecte le règlement et, si vous en doutiez, pensez aux facturations d'heures supplémentaires que vous nous présentez. »

Il y eut quelques rires sous cape. Une ou deux personnes remuèrent sur leurs chaises, mal à l'aise.

« Dines, Peterson et Ross s'attaqueront à ça. Passez-y toute la journée si c'est nécessaire. Il serait aussi intéres-

171

sant de parler avec quelques collègues de Page quand elles ne sont pas en service. Les confidences sortent plus facilement lorsqu'on n'est pas sur son lieu de travail. »

Morton déclara ensuite qu'on leur avait signalé la présence d'un personnage suspect sur le lieu du crime ; un portrait-robot allait bientôt être mis en circulation mais Sarah eut l'impression qu'il ne souhaitait pas donner d'importance à cette information. Morton jugeait-il maintenant sans pertinence le témoignage d'Atlanta ? Voyait-il là une fausse piste ou n'avait-il pas confiance dans la discrétion de ses officiers ?

Une fois son communiqué achevé, Morton demanda à Sarah de le suivre dans son bureau. Dans le couloir, il l'interrogea distraitement sur sa journée, comme pour meubler le silence. Sans doute préférait-il réserver les vraies questions pour le moment où la porte se serait refermée derrière eux.

« Alors, votre témoin ? Lui faites-vous confiance ?

– Comment cela ?

– Impossible de ne pas s'interroger sur les raisons de leur présence à tous deux, ce soir-là, à la plage. Il se trouve qu'Ed Denton est connu de la police métropolitaine. Il n'a pas de casier judiciaire mais a fréquenté quelques personnes louches, dont deux gros trafiquants de drogue arrêtés pour port d'armes, vol à main armée, etc.

– Je l'ignorais.

– Je ne vois pas comment vous l'auriez su. Pour être franc, "fréquenter" ne signifie pas grand-chose, mais on doit se demander ce qu'ils fichaient sur le lieu du crime.

– Nous n'allons pas les suspecter, pas si nous voulons leur aide !

– Je sais bien, mais je veux simplement que vous envisagiez toutes les possibilités. Sans préjugés.

– Certainement. Mais que soupçonnez-vous ? »

Elle connaissait sa réponse mais voulait l'entendre de sa bouche.

« Une histoire de drogue, liée à Hannay. La cocaïne dans la boîte à gants n'était peut-être qu'un échantillon. Ils ont pu repartir avec une grosse livraison.

– C'est assez invraisemblable, non ? Il aurait fallu que Page soit dans la combine, sinon, elle n'avait aucune raison d'être là. Même chose pour Mabbott, me semble-t-il.

– Certes, soupira Morton d'une voix où perçaient à la fois la lassitude et l'exaspération. Je n'affirme rien, il ne s'agit que d'une hypothèse. Mais allez parler à Ross. Elle a quelques renseignements ; cela vaudrait la peine que vous compariez vos notes.

– Vous pensez que Mabbott était mouillée aussi ?

– C'est elle qui nous intéresse le plus, en fait. Denton est propre, comme je vous l'ai dit, mais Mabbott a un casier.

– Quoi ?

– Les chefs d'accusation ont été retirés, il n'y a pas eu de suites judiciaires ; elle s'en est sortie avec une mise en garde du juge.

– Accusation de quoi ?

– Possession avec intention de revente. »

Dans la salle principale du commissariat, Lisa Ross saisissait des données. Brune, mince, plutôt tendue, à peu près du même âge que Sarah, elle était très douée pour naviguer sur Internet, cultiver la sympathie de ses supérieurs et faire accuser les autres de tout ce qui clochait. Pourtant, elle s'était débrouillée pour être une des personnes les plus appréciées du service. Bien que Sarah n'ait jamais été la victime des aspects les plus désagréables de son caractère, elle ne lui faisait pas confiance. Même son accueil cordial ne réussit pas à l'amadouer.

« Morton m'a dit de venir vous voir », lança sèchement Sarah, regrettant aussitôt sa brusquerie. Elles étaient collègues après tout.

« Oui, en effet, dit Lisa en pivotant sur son fauteuil. Rien d'extraordinaire. Cela concerne le passé de votre témoin.

Prenez une chaise, je vais vous montrer ce que j'ai trouvé. »

Lisa programma un tirage papier et tendit à Sarah les feuilles, une à une, au fur et à mesure qu'elles sortaient de l'imprimante.

« J'ai entrepris des recherches sur elle et son compagnon, et comme j'ai trouvé pas mal...

— Oui, Jeremy m'a mise au courant, coupa Sarah. Mais pourquoi ? C'est cela qui m'échappe.

— Que voulez-vous dire ?

— Eh bien, si vous aviez des soupçons, pourquoi ne pas m'en avoir parlé ?

— La routine, c'est tout.

— Mais vous deviez bien avoir des doutes, sinon, vous n'auriez pas entrepris ce travail.

— Et j'ai bien fait, non ? Tous les deux sont fichés.

— D'accord, mais vous n'avez pas vérifié le passé de..., mettons, Mme Aylmer ?

— Non. Où voulez-vous en venir ? »

Devant son regard vide, Sarah se demanda si elle avait d'extraordinaires talents d'actrice ou si elle était complètement idiote.

« Aucune importance. Alors, qu'a-t-elle fait ?

— Détention de stupéfiants. Il y a presque exactement deux ans, à Londres. Comme elle n'a pas été condamnée mais a seulement reçu une réprimande, le dossier ne comporte aucun détail. Je n'ai pas encore pu joindre l'officier qui l'a arrêtée pour en savoir plus.

— Et qu'en concluez-vous ?

— Eh bien, qu'il peut y avoir un lien entre Mabbott, Denton, Hannay et peut-être Page.

— Que voulez-vous que je fasse ?

— Pardon ?

— Voulez-vous que je leur en parle ? S'il s'avère qu'ils n'ont rien à voir dans notre affaire, ils refuseront de nous aider à identifier le coupable, non ?

174

— Ce n'est pas à moi de vous dire ce que vous avez à faire.

— Cela y ressemble, pourtant. »

Elle savait qu'elle devait arrêter là. L'officier le plus proche avait cessé de faire semblant de taper sur son clavier. Bien qu'il fût caché par l'écran de son ordinateur, Sarah entendait ses oreilles frémir.

« C'était à vous de vous renseigner, au fond ! lança Lisa, sur la défensive.

— Ce ne sont pas des suspects.

— Croyez-vous vraiment qu'ils n'ont rien à voir là-dedans ? »

Sarah se figea. Les autres enquêteurs étaient-ils arrivés à la même conclusion ?

« Oui.

— Eh bien, vous vous trompez lourdement, répliqua Lisa d'une voix plus assurée. Réfléchissez. Que faisaient-ils là ?

— Ils se promenaient. Une journée à la mer.

— C'est absurde. Combien de Londoniens comme eux viennent ici pour la journée ?

— Vous voulez dire des Noirs ? »

Sarah entendit sa propre voix trembler de colère.

— Mettons. »

Sarah dévisagea sa collègue. Devant son visage fermé et ses yeux durs, elle ne sut que répliquer.

« Inutile de jouer les "politiquement corrects", poursuivit Lisa, sans l'ombre d'un remords. Mieux vaudrait se demander ce qui paraît le plus vraisemblable : un cinglé errant sur la plage, qui poignarde les gens, qui ne vient de nulle part, ne va nulle part, ne laisse aucune trace et n'a aucun motif ? Ou un deal qui a mal tourné ?

— Il n'y a aucune preuve, ni dans un sens ni dans l'autre.

— Vous faites erreur. Hannay avait des drogues. L'infirmière pouvait s'en procurer. Denton a été très lié à un trafiquant arrêté. Mabbott a échappé de peu à une condam-

175

nation pour détention et vente. Tout cela me semble un peu lourd pour une pure coïncidence.

— Ce n'est qu'une hypothèse.

— Que faisaient-ils par ici ? »

On en revenait toujours là et Sarah n'avait pas de réponse. Elle ne l'aurait jamais avoué, mais elle n'était pas convaincue par leur histoire de balade à la mer. Ce n'était pas leur genre. Faire une aussi longue route pour ne pas même rester une nuit n'avait pas de sens. Atlanta et Ed n'étaient pas à court d'argent, les hôtels ne manquaient pas. En outre, la seule partie de leur histoire qui sonnait juste était celle où Atlanta racontait comment ils s'étaient sentis déplacés dans le Norfolk.

« Rien ne m'oblige à entendre ça ! gronda Sarah en sortant.

— Ça veut dire quoi ? »

Lisa, qui l'avait rattrapée dans le couloir, parla à voix basse mais ses yeux brillaient de fureur. Sarah ne voyait pas comment s'en sortir. Tout ce qu'elle aurait pu répondre n'aurait fait qu'aggraver la situation et son silence même pouvait être pris pour une provocation.

« Je sais très bien ce que vous avez en tête, poursuivit Lisa en agitant l'index. Eh bien, je vais vous dire quelque chose. Qu'est-ce qui vous permet de porter de tels jugements ? Vous vous croyez rationnelle et intelligente mais le problème, c'est que c'est vous la raciste ! Pourquoi les traiterions-nous différemment parce qu'ils sont noirs ? Pour moi, c'est ça, le racisme. »

Sarah s'assit à son bureau, malade de colère, peaufinant toutes les bonnes répliques qui lui venaient trop tard à l'esprit. Bien, Ed connaissait des gens douteux (sans doute d'anciens camarades de classe, de vieux amis qu'il ne pouvait laisser tomber pour la simple raison qu'ils étaient passés de l'autre côté), mais cela ne faisait pas de lui un criminel. Quant à Atlanta, elle s'était fait prendre avec de la drogue, d'accord, mais avoir la malchance de se faire arrêter quand on a un ou deux sachets sur soi ne signifie pas qu'on est un trafiquant. Et encore moins un assassin.

En un sens, s'être fait accuser de négligence lui était le plus insupportable. Sans doute parce que c'était justifié. Si elle n'avait pas songé à vérifier leur passé, c'est parce qu'elle avait la tête prise par ses souvenirs et aussi, il fallait le reconnaître, parce qu'elle aurait bien aimé arrêter le coupable avec l'aide du témoin principal.

« J'ai entendu parler de ta prise de bec avec Lisa, dit Andy Linehan en entrant, un grand sourire aux lèvres. Assez amusant, d'après ce qu'on en dit. Je regrette de ne pas y avoir assisté.

— Oh, je t'en prie, Andy !

— Je ne fais que passer, dit-il en s'asseyant en face d'elle. Mais tu dois admettre qu'elle a marqué un point.

— Ne commence pas !

— Non, écoute-moi, s'il te plaît. Il n'est pas question de racisme mais de méthode.

— J'ai cru bien faire. J'étais censée rechercher un suspect.

— Allez, Sarah, ne joue pas les naïves ! Si des gens se trouvent sur le lieu du crime et que leurs motifs semblent un peu flous, tu vérifies. Nous le faisons tous.

— D'accord.

— Quand Morton dit qu'il faut envisager toutes les possibilités, sans préjugés, cela signifie d'une part que tu ne dois pas prendre ce qu'ils te racontent pour argent comptant, de l'autre qu'il n'est pas question de les décréter coupables d'emblée. Bref, si on te demande d'essayer de la faire parler un peu, j'espère que ça ne te posera pas de problème.

— Non, marmonna-t-elle d'un air renfrogné.

— Parfait. Ce n'est pas toujours facile, ce genre de chose, mais je suis sûr que tu t'en tireras bien. »

Il lui décocha un sourire encourageant et sortit.

Dehors, sous le ciel clair, la lune brillait. Ses pas résonnèrent étrangement fort quand elle traversa la place du Marché. Les rues étaient calmes, bien que tous les pubs et restaurants soient éclairés, bruissants de voix et de musique. Que faisaient Nick et Atlanta ? Il était trop tard pour aller les rejoindre à Yarwell et, de toute façon, vu son humeur, elle ne serait pas d'une compagnie très agréable.

En rentrant chez elle, elle décida de prendre un bain, aussi chaud que possible, mais elle s'effondra sur le canapé, les yeux fixés au plafond. Les bruits du café en dessous – le bourdonnement des conversations, le cliquetis de la vaisselle, quelques éclats de rires – qui la rassuraient d'habitude ne firent qu'accroître son sentiment de solitude. Elle regretta que Rachel soit sortie.

Le plafond avait besoin d'un coup de peinture. Le blanc s'était terni, et il y avait un halo gris autour du lustre qu'elle n'avait jamais remarqué. Les murs, autrefois peints d'un joli ton crème, avaient pris une horrible couleur mastic. Elle se demanda comment elle avait pu supporter cet affreuse suspension, avec son globe poussiéreux, plein de taches brunes qui devaient être des mouches mortes. Elle l'aurait bien enlevé immédiatement (une ampoule nue serait préférable à cette chose répugnante au-dessus de sa tête), mais cela demandait trop d'efforts.

Cette nuit-là, elle rêva qu'elle se réveillait en pleine mer, incapable de voir quoi que ce soit tant les vagues étaient hautes. Elle se réveillait pour se noyer. Elle n'avait même pas la force de se laisser flotter. Pas de gilet de sauvetage. Des rouleaux se fracassaient continûment sur un banc de sable quelque part. L'eau l'aspirait, la recouvrait, la submergeait. Elle n'arrivait plus à respirer. Elle hurla.

Dans son lit, couverte de sueur, sentant encore l'odeur de la mer, elle crut être dans l'appartement de Yarwell, sous les combles. Elle tendit le bras pour chercher Tom. Elle était seule.

Vingt-deux

Le lendemain matin apporta un vent cinglant du sud qui faisait filer les nuages et dégageait des coins de ciel bleu. S'il ne pleuvait pas, ce pourrait être une belle journée. La tristesse de Sarah s'était dissipée avec le brouillard. Elle s'habilla en fredonnant et apporta au lit une tasse de thé à Rachel, qui ne partageait pas sa bonne humeur.

« Je laisserai mes cartons dans l'entrée, tout à l'heure. Ça ne te dérangera pas trop ?

— Non, grommela Rachel en émergeant de dessous sa couette. Ça s'est bien passé, hier ?

— Le désastre absolu, dit Sarah d'une voix claire. J'ai dû retourner au travail, et il est sorti avec mon témoin. »

Elle sourit en repensant à ses craintes concernant Nick et Atlanta. Non qu'elle fît confiance à Nick, bien au contraire (ce qui, en un sens, ajoutait à sa séduction), mais elle avait vu Ed et Atlanta ensemble. Leur relation excluait les passades, les aventures d'un soir. Il n'y avait qu'une conclusion à en tirer : son travail la fragilisait.

« Dur, dur, commenta Rachel avec un bâillement.

— Oh, pas vraiment. Je peux revoir Nick n'importe quand. D'ailleurs, cela m'amusera de savoir ce qu'elle pense de lui. Elle peut être très acerbe, très drôle.

– Alors vous allez passer la journée à papoter, toutes les deux ?

– Oui. »

Sarah jeta un coup d'œil à sa montre. Il ne fallait pas qu'elle perde trop de temps avec ses cartons mais elle se doutait qu'Atlanta n'était pas une lève-tôt.

« J'y vais. »

La route de Yarwell était dégagée. Après s'être garée près de la pelouse communale, elle entra chez Costcutters et acheta le journal du matin et un sandwich pour plus tard. Les meurtres, toujours à la une, n'occupaient plus qu'une seule colonne. Le dessin d'Atlanta n'apparaissait pas. Morton avait sans doute décidé de ne pas le diffuser.

Le hall de l'hôtel était vide, sans un seul signe de présence humaine si ce n'est le bruit lointain d'un aspirateur. Elle monta donc directement. En poussant la porte coupe-feu du couloir, elle aperçut Nick Walton qui sortait de la chambre d'Atlanta.

Il referma doucement la porte, jeta un ou deux coups d'œil autour de lui puis se dirigea rapidement vers l'escalier de service.

Sarah, gênée, brûlante de rage, essaya désespérément de trouver une autre explication que celle qui lui giflait le visage. Elle descendit au rez-de-chaussée, se précipita aux toilettes et s'aspergea les joues d'eau jusqu'à ce qu'elle se sente un peu mieux. Il n'y a rien entre moi et Nick, se répéta-t-elle. S'il s'était passé quelque chose, des années plus tôt, c'était bien fini.

Au fond, de la part de Nick, il n'y avait pas de quoi s'étonner. Cela faisait partie de son charme, ce mélange d'égotisme un peu enfantin, d'irresponsabilité et de soif de vivre. Comme son incorrigible habitude de ne jamais rendre ce qu'on lui prêtait, de casser ou de donner à d'autres les objets qu'on lui avait confiés. Mais jamais elle n'aurait cru Atlanta capable de passer la nuit avec un type qu'elle ne connaissait que depuis deux heures. Elle s'était trompée, voilà tout.

Atlanta parut sincèrement contente de la voir. Elle s'excusa d'être en retard et pas encore complètement habillée. Sarah remarqua que le deuxième lit n'était pas défait.

« Avez-vous bien dormi ? demanda-t-elle, regrettant aussitôt ses mots qui résonnèrent à ses propres oreilles comme chargés d'amertume. Mais, prenant sa question au pied de la lettre, Atlanta répondit simplement qu'elle avait passé une mauvaise nuit. Elle semblait fatiguée, non de la satiété des lendemains, mais lasse, anxieuse, presque malade.

« Je n'étais pas très rassurée. C'est tellement calme, ici. »

Sarah ne trouva rien à répondre.

« Je ne serai pas longue, dit-elle en sortant ses bottes de l'armoire.

– Avez-vous pris votre petit déjeuner ? » demanda Sarah en cherchant les traces d'une collation. *Quelque chose de copieux, pour les remettre en forme après une nuit épuisante.*

« Il reste du thé, si vous voulez, mais j'ai mangé tous les biscuits. »

Elle se mit à enfiler ses bottes. Sarah ne put s'empêcher d'imaginer la scène de la veille, Atlanta assise au même endroit, Nick, agenouillé devant elle, tirant sur ses bottes avec impatience avant de la renverser sur le lit.

Elle alla à la fenêtre, ouvrit le rideau en résille et regarda le mur nu, en face. Atlanta se douterait qu'elle lui en voulait puisqu'il n'y avait rien à voir. Elle comprendrait pourquoi.

Ils avaient peut-être fait ça par terre. Le tapis aux motifs rouges, jaunes et bruns paraissait fait pour que les taches ne se voient pas, mais Sarah repéra des marques, des auréoles, des salissures accumulées au fil des ans, de mille façons imaginables, auxquelles elle préférait ne pas penser.

« Je suppose que vous êtes pressée, dit Atlanta en se battant avec le lacet de sa botte.

– Ça va.

– Je vais me laver les dents. »

Sarah en profita pour observer la chambre avec une précision professionnelle. Elle prit note des meubles, tous à leur place, de la serviette froissée par terre, du sac d'Atlanta, plein de vêtements noirs, ouvert sur le deuxième lit. Au chevet du sien, une tasse de thé, ses clés de voiture et *La Maison déserte*, de Dickens. Le signet était à peu près au milieu. Qu'y avait-il d'étonnant ? Que savait-elle, au fond, d'Atlanta Abbott ? Rien.

« Prenez quelque chose. Le plateau est sur la fenêtre », cria-t-elle.

Dessus étaient posées une bouilloire, une coupe de sachets de thé, de café et de sucre et une tasse propre – humide au toucher : Nick devait l'avoir rincée et reposée. Quelle discrétion superflue ! L'Oak avait sûrement l'habitude des liaisons illégitimes.

Renonçant au thé, elle arpenta à nouveau la chambre et remarqua un minuscule cadre en argent, près du lit. Il s'ouvrait en trois. La première photo représentait une femme âgée, la deuxième, deux petites filles, et la troisième, Ed souriant dans son uniforme militaire. Sarah n'en revint pas.

Comment Atlanta avait-elle pu coucher avec Nick devant la photo d'Ed ? Mais qu'y avait-il d'étonnant, au fond ? Tout arrive... Comment Tom avait-il pu emmener Kelly pour la baiser sur un banc de sable alors qu'il était avec elle ?

Atlanta ressortit de la salle de bains, toute souriante, dans un pull blanc.

« On y va ? »

Elles reprirent la route en passant par la ville et le port. Sarah savait, par un de ses collègues, que les gens du voyage qu'ils avaient expulsés dimanche s'étaient installés sur le parking du quai, mais elle ne s'attendait pas à voir leurs voitures et leurs caravanes garées en cercle, à la manière d'un camp retranché.

« Ils se croient malins mais ils vont le payer cher, marmonna Sarah.

— Pourquoi ? demanda Atlanta innocemment.

— D'abord, parce qu'ils n'ont pas le droit de stationner ici. L'emplacement est réservé aux visiteurs ; il n'y en aura plus beaucoup quand on saura que c'est devenu un lieu de rassemblement de gitans. Mais surtout parce que, demain soir, à la grande marée, ils seront sous plusieurs mètres d'eau.

« Comment cela ?

— Le front de mer est toujours inondé, à ce moment-là. Mais... Pourquoi vous arrêtez-vous ?

— Ne voulez-vous pas les prévenir ?

— Moi ? Il n'en est pas question. Ils sont au courant, d'ailleurs, mais ils s'imaginent toujours qu'on leur raconte des histoires pour les faire partir.

— C'est abominable. Faites quelque chose !

— Quoi ? répondit Sarah, de plus en plus sur la défensive. Vous pensez bien qu'ils ne me feront pas confiance. Je suis policier.

— Essayez. Il faut éviter cette catastrophe. Cela n'a rien de drôle.

— Je ne peux rien faire. Je vous l'ai dit, ils ne...

— Demandez à Nick de les avertir. Il est sauveteur, ils le croiront, lui.

— Ne dites pas de bêtises ! lança Sarah avec une âpreté qui la fit tressaillir, mais sans qu'elle puisse la maîtriser. Vous ne le connaissez pas. Quand la marée montera, il rigolera comme tout le monde. »

Sauf, pensa-t-elle, s'il avait assez envie d'impressionner Atlanta pour jouer la comédie.

« Il ira les secourir mais, après, au pub, il rira plus fort que tout le monde. »

Elle s'attendait à une réplique mais Atlanta se contenta de lui lancer un regard surpris puis redémarra sans mot dire.

Dans la voiture, malgré le soleil, l'atmosphère manquait de chaleur. Sarah prit un plaisir amer à sentir Atlanta troublée par sa mauvaise humeur. Elle songea à lui parler de Nick pour voir comment elle réagirait, à lui dire clairement qu'il l'avait invitée, elle, la veille au soir, qu'ils étaient autrefois sortis ensemble. Mais c'était trop gênant. Et puis elle ne devait pas oublier son travail. Si elle indisposait Atlanta, elle n'aurait plus envie de coopérer.

« Ed a l'intention de venir demain, lança Atlanta joyeusement au bout d'un moment. À moins que nous n'ayons fini aujourd'hui. »

Sarah la dévisagea, ébahie, mais Atlanta, qui fixait la route, n'eut pas l'air de s'en apercevoir.

« Il pourra rester à l'hôtel, n'est-ce pas ?

— Bien sûr », s'entendit-elle répondre.

Sarah commença à se demander si elle n'avait pas fait une terrible erreur. Et si Nick avait été la voir pour une raison parfaitement innocente ? Pour lui rapporter son sac oublié au pub, par exemple ? Quelque chose de tellement banal qu'il ne lui était même pas venu à l'esprit d'en parler ?

Elle finit presque par s'en convaincre. Mais pourquoi Atlanta n'avait-elle pas fait la moindre allusion à la soirée ? Elle aurait dû en dire quelques mots, ne fût-ce que pour regretter son absence.

Et puis, songea Sarah, l'estomac noué, si elle pouvait mentir et tromper son ami avec un tel aplomb, conduire si calmement après ce qu'elle avait fait, elle devait être capable de bien pire.

Devant chez elle, Sarah eut toutes les peines du monde à persuader Atlanta de se garer correctement sur la place du Marché et non devant la porte, en double file. Elle n'avait pas l'intention d'expliquer à un collègue ce qu'elle faisait là, dans la voiture du témoin dont elle avait la garde.

Bizarrement, alors qu'elle avait été si serviable chez sa mère, Atlanta refusa de porter un seul carton. Elle la suivit, en traînant les pieds, avec deux petits sacs à la main. Une fois dans l'appartement, elle ne proposa pas de l'aider. Dans la tête de Sarah, les deux images d'Atlanta, l'athlète et la paresseuse, ne coïncidaient pas.

En remontant, les bras chargés d'un carton de livres dont le fond menaçait de céder, Sarah trouva Atlanta en train de regarder sa collection de CD.

« Vous cherchez quelque chose de précis ?

— Non.

— Il y en a qui vous plaisent ?

— Non, répondit Atlanta sans s'embarrasser. Je jette un coup d'œil. »

À son troisième voyage, Atlanta avait préparé du thé. Allongée sur le canapé, elle feuilletait les guides *Lonely Planet.*

« Vous êtes allée en Inde ?

— Oui, il y a deux ans.

— Partout ? insista-t-elle en désignant la collection d'un geste du menton.

— Presque.

— C'est incroyable. »

Elle avait l'air vraiment impressionnée mais, pour Sarah, ses voyages et ses livres n'évoquaient rien d'agréable. Elle avait fait le tour du monde, passé plusieurs mois en Inde, quelques semaines en Thaïlande, en Australie avant de rentrer, via San Francisco. Elle n'avait rencontré que des touristes ou des gens travaillant pour l'industrie du tourisme. Au retour, déprimée par l'aventure, elle s'était rendu compte qu'elle n'était pas partie pour les bonnes raisons.

« Celles-ci, vous ne les écoutez plus ? »

Atlanta avait trouvé une poignée de vieilles cassettes. Avec un serrement de cœur, Sarah reconnut l'écriture de

Tom, des compilations qu'il avait faites pour elle. Chacune captait l'humeur d'un moment, chacune enfermait son bouquet de souvenirs. Elle avait un jour voulu les réécouter, retrouver l'homme qui était derrière, mais elle y avait renoncé en pensant qu'il en avait peut-être fait des doubles pour Kelly.

« Cela vous embête si j'en emporte quelques-unes ? Il y a des trucs fantastiques là-dedans.

Sarah haussa les épaules. Tout ça n'avait plus aucun sens.

« Gardez-les. »

Sarah devait rencontrer une des équipes de recherche à Blundell Beach, mais elle était déjà en train de tout remballer quand elle arriva avec Atlanta. Elle connaissait leur chef, le sergent Kevin Sands, parce qu'ils avaient suivi ensemble un stage d'entraînement à Ashford. S'il avait grossi, ses cheveux peignés en arrière et son sourire n'avaient pas changé.

« Ils vont envoyer un hélicoptère, expliqua-t-il. Dommage. C'était le jour idéal pour une promenade sur la plage. »

Ses hommes étaient déjà dans la voiture mais lui, une main sur la portière, parut ravi de cette occasion de bavarder.

« Alors, où est-ce qu'on vous a affectée ? demanda-t-il.

— Comme vous, en gros. Support tactique.

— Ah oui, on n'y coupe pas », dit-il d'un air absent en jetant par-dessus son épaule un regard affamé de fox-terrier qui vient d'apercevoir un lapin. Elle se retourna et vit Atlanta qui approchait, enveloppée dans son manteau, avec son carnet de croquis et sa trousse de crayons.

« C'est elle, votre témoin ? demanda Kevin d'un ton indifférent. Alors, vous avez une identification ?

— Non, rien. »

186

Sarah s'étonna qu'il soit au courant. Les bavardages allaient bon train, apparemment.

« Oui, c'est le problème, avec cette affaire. Beaucoup de "rien".

— C'est encore tôt, non ? »

Dans le fourgon, les autres policiers dévoraient Atlanta des yeux. Derrière la vitre, l'un d'eux dit quelque chose (elle n'eut pas de mal à imaginer quoi), et les autres éclatèrent de rire.

« J'ai vu Blake, ce matin au poste, dit Kevin. D'après lui, ça avance. Ils ont reçu des informations. La situation va peut-être se débloquer. Ce n'est pas trop tôt ! »

À côté d'eux, Atlanta, qui cherchait son téléphone dans son sac, laissa tomber sa trousse de crayons. Elle jura, se baissa pour la ramasser et la frotta contre sa manche sous le regard de Kevin, qui n'avait pas fait un geste.

« Quel gentleman ! s'exclama-t-elle avec une ironie qui ne manqua pas de le faire rougir. Je peux la faire retomber, au cas où vous auriez un remords ! »

D'autres rires fusèrent du fourgon. Quelqu'un se mit à klaxonner. Kevin leur fit à toutes deux un signe de tête en souriant et monta dans le véhicule, lequel fit aussitôt demi-tour et partit en trombe dans un nuage de gravillons.

« Ils ne fouillent pas la plage ?

— Inutile. L'hélicoptère le fera beaucoup plus vite. Allez, venez ! ajouta Sarah en se dirigeant vers la Jeep. On retourne au commissariat.

— Vous plaisantez ? C'est la première belle journée, nous sommes à la plage et vous voulez partir !

— Nous n'avons plus rien à faire ici.

— Non, attendez ! dit Atlanta, une main sur le front, comme une voyante en représentation. Je me souviens de quelque chose... Oui, cela me revient. Allons voir, c'est important. »

Sarah la suivit en soupirant. Après tout, elle était censée être en congé aujourd'hui et, au poste, on se fichait éperdument de ce qu'elle faisait. Elles prirent un chemin sablonneux qui serpentait entre les ajoncs et les fougères. L'épais tapis de sable et d'aiguilles de pin cédait souplement sous leurs pas. Seul le vent animait le paysage désert, sans un oiseau, sans un être humain.

« Quel calme ! » s'exclama Atlanta.

Elles franchirent deux dunes et, au sommet de la troisième, Atlanta s'immobilisa, stupéfaite. La plage s'étendait sur toute sa longueur, à perte de vue. Une vaste bande de sable, bordée d'un feston d'arbres.

« Mais où est la mer ?

— Environ à un ou deux kilomètres, expliqua Sarah en montrant du doigt une ligne gris foncé, au loin.

— C'est fou ! souffla Atlanta avec une nuance admirative dans la voix.

— On tourne souvent des films, ici, qui sont censés se passer aux Caraïbes.

— Vraiment ? »

Atlanta reprit sa marche et Sarah, jetant un coup d'œil à sa montre, la laissa s'éloigner.

« Je vous rejoins. J'ai un coup de fil à passer. »

Nick était bien au chantier naval mais l'homme mit un bon moment pour le trouver. Sarah attendit, avec, au bout du fil, les bruits de fond qui étaient restés si présents dans sa mémoire, des coups sourds, des stridulations de perceuse, le bourdonnement de Radio One.

« Salut, Sarah ! Dommage pour hier, hein ? Une autre fois, j'espère. Pourquoi pas ce soir, d'ailleurs ? »

L'assurance de Nick l'ébranla. S'était-elle trompée ? Quelle importance, d'ailleurs ? Elle se fichait pas mal de ce qui avait pu se passer entre lui et Atlanta.

« Peut-être... On verra.

— Ça manque un peu d'enthousiasme mais, bon... Que puis-je pour toi ?

— Je me demandais si tu serais libre, tout à l'heure.

– Je crains que non. Je dois emmener un groupe en plongée. J'étais justement en train de réunir les équipements. Pourquoi ?

– On organise une séance d'identification, cet après-midi, pour Atlanta, mais je n'ai pas l'impression qu'elle ait envie de traîner à mes basques. Je ne veux pas la laisser seule, alors je me demandais si tu avais du temps pour...

– Elle peut venir plonger, dit-il en riant, mais je ne crois pas que ce soit son truc, hein ?

– Non. »

Il lui posa quelques questions sur l'enquête auxquelles elle répondit distraitement. Il lui facilita la tâche en lui demandant finalement :

« Que puis-je faire d'autre ?

– Écoute, cela concerne les gitans sur le quai. Tu les as vus ?

– Oui. Et alors ?

– Ne pourrais-tu pas aller leur expliquer qu'à la prochaine grande marée ils vont être inondés ? Je sais bien qu'ils n'ont pas le droit d'être là-bas et, franchement, je comprendrais que tu refuses. Enfin, ils auraient pu s'installer sur votre parking, ou n'importe, mais bon... Avec ta tenue de sauveteur de la Royal Navy, au moins, toi, ils te croiront.

– J'ai compris. Tu as raison. J'irai leur dire un mot plus tard.

– Je te remercie.

– Et maintenant, tu me dois un verre. Peut-être après-demain, si tu es prise ce soir. Et tu m'expliqueras tout ça. »

Vingt-trois

Cachée dans les dunes, Atlanta était couchée sur son manteau, le visage au soleil, les bras le long du corps, paumes vers le ciel, paupières closes.

« Génial, non ? » dit-elle sans ouvrir les yeux.

À nouveau, Sarah s'étonna de la maîtrise d'Atlanta. N'importe qui aurait pu être là, à sa place. L'assassin, par exemple. Pourtant, elle restait allongée comme un chat heureux.

« Des nouvelles ? demanda-t-elle, toujours sans la regarder.

– Non. »

Sarah s'assit à côté d'elle. Il fallait reconnaître qu'on se sentait bien dans cette cuvette naturelle, abritée par les épis d'oyats. On n'entendait que le vol des oiseaux et le frisson du vent sur le sable. Imitant Atlanta, elle se coucha par terre, s'imprégnant de la beauté des frondaisons qui redessinaient la lumière, de l'odeur des pins. Mais la détente n'était pas parfaite. Elle n'arrivait pas à oublier ce que lui avaient dit Lisa et Andy la veille.

« Atlanta, commença-t-elle prudemment, êtes-vous certaine d'avoir vu cet homme, l'autre soir ?

– Évidemment.

– Mettons qu'Ed et vous soyez venus à la plage pour

191

une raison ou une autre, n'ayant rien à voir avec les meurtres mais... euh... illégale, que vous préférez nous cacher... »

Le mutisme d'Atlanta donna à Sarah l'impression qu'elle faisait vraiment fausse route, mais elle décida d'aller jusqu'au bout.

« Si c'était le cas, il vaudrait mieux nous en parler dès maintenant. M'en parler. Ce serait pire si on le découvrait plus tard.

— Vous me traitez de menteuse ? demanda Atlanta avec un calme inquiétant.

— Non, je n'en sais rien. Mais vous ne m'avez pas dit la vérité, pas toute la vérité. »

Atlanta la regarda droit dans les yeux puis se rallongea, offrant à nouveau son visage au soleil.

« Qu'avez-vous découvert ?

— Le passé d'Ed et de certains de ses amis. Des inculpations, des condamnations...

— N'importe quoi ! lança Atlanta rageusement. Ed n'a jamais rien fait de mal. Ce n'est pas son genre. D'accord, il connaît depuis des années, depuis l'école, quelques personnes qui vivent autrement. Impossible de leur dire qu'il ne veut plus les revoir, vous êtes d'accord ?

— Admettons, mais vous imaginez bien que nous nous posons des questions.

— Qui, "nous" ? aboya-t-elle. En ce moment, c'est avec vous que je parle, je vous signale. Vous qui m'accusez de mentir, vous qui suggérez qu'Ed est un gangster, que j'ai tout inventé. De quel droit ?

— Vous ne...

— Ça suffit ! cria-t-elle, furieuse, en se redressant. Vous et moi, nous roulons depuis deux jours, nous bavardons, nous nous entendons bien. Et pendant tout ce temps-là, vous pensiez : *Cette Noire et son mec, ils sont dans le coup, c'est sûr !*

— Non, je...

– Et je vais vous dire autre chose. Quand vous...

– Vous allez la fermer, oui ? Pour une fois dans votre vie ! »

Sous le coup de la surprise, Atlanta se tut.

« Je n'y ai jamais cru, continua Sarah, au bord des larmes. Ils ont commencé à lancer des insinuations, entre autres, que votre présence ici était suspecte. J'ai répondu que si nous avions un témoin blanc nous n'aurions même pas songé à aller fouiller dans son passé.

– Je ne vous le fais pas dire !

– Toutefois, il y a les dossiers. Vous avez été arrêtée pour détention de drogue et suspicion de trafic. Vous vous en êtes sortie avec une simple mise en garde. Je suis désolée, mais que dois-je en conclure ? »

Atlanta la dévisagea intensément, le buste penché, les yeux mobiles, comme pour comprendre ce qui se cachait derrière sa mine attentive.

Soudain elle sourit.

« Si c'est ce qu'on vous a dit, alors je vous pardonne. »

Ignorant l'expression déconcertée de Sarah, elle se rallongea sur le sable chaud.

« Il y a trois ans, environ, j'ai vécu avec quelqu'un (je ne vous dirai pas son nom) qui se droguait. Pas du tout un gros poisson. Il en consommait et en filait éventuellement à quelques copains. Il m'a promis de ne jamais en apporter chez moi. Oh, il m'arrivait bien de fumer un joint de temps en temps, mais pas quand je m'entraînais. Et je n'ai jamais touché à autre chose. Un jour, j'ai été cambriolée. La porte a été défoncée, on m'a pris la caméra vidéo, l'ordinateur et d'autres trucs. Quand je suis rentrée, les flics étaient déjà là. Très gentils, ils m'ont proposé de me faire du thé. Et devinez ce qu'ils ont trouvé dans le buffet ? Un sachet de cocaïne.

« La tension est montée en un clin d'œil. Ils m'ont gardée au poste pendant des heures. Ils étaient prêts à croire que je n'y étais pour rien mais ils voulaient que je leur lâche le nom de mon ami. Pendant qu'ils me cuisinaient, j'espérais qu'il me sortirait de là, qu'il prendrait ses responsabilités, qu'il avouerait. J'ai fini par lui téléphoner. Il m'a dit "j'arrive". Évidemment, il n'est pas venu.

« Je n'avais plus qu'une solution, admettre que c'était à moi. En fait, c'était une sorte de marché passé avec les flics. Vous savez comment ça se passe. "Avouez et vous vous en sortirez avec une simple mise en garde du juge." Voilà, mais les journaux se sont emparés de l'affaire et le comité d'athlétisme m'a menacée de suspension. J'ai perdu mon sponsor. Cela a été la fin. »

Sarah réfléchit.

« C'est la raison pour laquelle vous vous êtes débarrassée de toutes vos médailles ?

— Oui, dit Atlanta, apparemment surprise de sa perspicacité. Je n'ai rien voulu conserver. J'ai tout jeté.

— Et lui ? Qu'est-il devenu ?

— Il a disparu. J'ai balancé ses affaires et j'ai déménagé. Il fallait que je refasse ma vie. Je me suis lancée dans le design, j'ai aussitôt accepté quelques travaux en free-lance. Ça a bien marché. J'ai resserré les liens avec ma famille et j'ai revu Ed qui rentrait du service militaire. Nous nous connaissons depuis l'école. Et je me suis attachée à lui... »

Elle se perdit dans la contemplation du ciel tandis que Sarah, glacée à l'intérieur, se demandait que faire. Elle avait l'impression de s'être engagée dans une impasse. Atlanta continuerait-elle à coopérer ? Que dirait Morton ?

« Mais pourquoi me faites-vous parler de cela ? demanda Atlanta en reprenant son ton détaché et ironique.

— Comment ?

— C'est pourtant simple. Si vous me soupçonniez de faire du trafic de drogue, ou d'être coupable, pourquoi ne pas m'avoir arrêtée ?

— Je ne sais pas, avoua Sarah. Parce que je ne vous voyais pas mêlée à cette histoire, j'imagine. Cependant, je

194

craignais que vous n'ayez été embarquée dans un truc pas net. »

Ce fut au tour d'Atlanta de réfléchir.

« Vous êtes adorable. Peut-être que si... Enfin, ce qu'il faudrait... »

Elle fut interrompue par le téléphone de Sarah, qui décrocha, sans quitter des yeux le visage soucieux d'Atlanta. Mais l'appel l'en détourna. Le bureau de transmission l'avertissait qu'ils avaient retrouvé un corps.

En quelques minutes, elles furent sur les lieux et se garèrent au bout du sentier qui reliait la route côtière à la mer. Une équipe de recherche, en gilets fluorescents, attendait l'ambulance. Sarah proposa à Atlanta de patienter dans la voiture, se disant qu'elle préférerait fuir une situation aussi pénible, mais, à son grand étonnement, Atlanta insista pour l'accompagner.

La plage était vide, à l'exception d'une lointaine tache orange – le policier qui montait la garde devant le cadavre. Sarah eut peur, peur de ce qu'elle allait découvrir, peur de sa propre réaction. Pour meubler le vide, elle lança une banalité.

« Vous serez contente de retrouver Londres, après tout ça.

– Oh oui !

– Ce soir, tout sera fini. Demain matin, au plus tard.

– Peu importe. »

Le soleil s'était caché derrière de lourds nuages et Sarah regretta de n'avoir pas mis son manteau. En arrivant au bord de l'eau, elle était gelée. L'homme en tenue orange, lui aussi frigorifié, leur adressa un imperceptible signe de tête, comme s'il craignait d'offrir sa nuque à la morsure de la bise. Atlanta se tint un peu à l'écart.

Le spectacle était horrible. Un visage méconnaissable, un corps atrocement boursouflé, meurtri, amputé de certaines parties qui avaient dû être dévorées, auquel s'accrochaient des lambeaux de vêtements noirs ou blancs. Quand

195

la peau n'était pas contusionnée ni arrachée, elle était atrocement livide. Sarah n'aurait pu le toucher.

« C'est lui ? » demanda l'agent d'une voix étouffée par son col remonté jusqu'au nez.

Sarah hocha la tête.

« Je crois. »

Impossible d'en être sûre avec cette figure en bouillie, et sans papiers d'identité. Mais les bouts d'étoffe ressemblaient assez aux restes d'une tenue de soirée.

Sarah se sentit envahie non par la tristesse (comment en éprouver, s'il avait été ce qu'on soupçonnait de lui ?), mais par la consternation. Impossible de souhaiter à quiconque de finir dans cet état de pourriture.

Le vent tournait, soulevant un voile de sable, saupoudrant la dépouille de grains dorés, montant une ligne de minuscules dunes, à côté. Chaque bourrasque décollait un morceau de chemise qui révélait, au-dessus du cœur, une hideuse plaie noirâtre au centre béant.

Un bruit de moteur fit lever les yeux à Sarah. C'était le fourgon de la police. Elle doutait fortement que Morton fasse effectuer des expertises ; l'eau salée aurait tout effacé alentour, mais une chose était sûre : comme l'avait dit Mme Aylmer, le Dr Hannay avait été poignardé.

Il se mit à pleuvoir. Atlanta s'était écartée et avait pleuré un peu pendant que Sarah aidait ses collègues à transporter le corps dans un sac en plastique noir. Sous prétexte qu'elle était fatiguée, elle pria Sarah de prendre le volant. Recroquevillée sur le siège du passager, elle resta silencieuse, perdue dans ses pensées. Quand Sarah lui demanda si elle tenait le choc, elle lui répondit par un grognement avant de se réfugier à nouveau dans le mutisme.

Dans Yarwell, juste devant la pancarte signalant la direction à prendre pour l'hôtel, Sarah voulut savoir si Atlanta souhaitait se reposer, se détendre seule un moment. La jeune femme secoua la tête sans mot dire. Atterrée par son visage ravagé et ses yeux rougis, Sarah s'arrêta sur un dégagement. On entendait la pluie tambouriner sur le toit, le glissement des voitures qui passaient.

« Est-ce que... Est-ce que ses parents devront le voir ? demanda finalement Atlanta d'une voix incertaine.

– Pas forcément. Une autre personne peut procéder à l'identification. À la morgue, ils font souvent des miracles, mais pas cette fois-ci.

– Allez-vous retrouver l'autre ? L'infirmière.

– Je ne sais pas.

– Dans le même état ? »

Sarah haussa les épaules et se mit à tripoter une des cassettes sur le tableau de bord. Elle mit un certain temps à comprendre que c'étaient les siennes, les compilations de Tom qu'Atlanta avaient empruntées. L'écriture manuscrite, précise et stylisée, lui parut incroyablement familière, bien qu'elle ne l'ait pas revue depuis trois ans. Elle en prit une qu'elle tourna et retourna jusqu'à réchauffer le plastique aussi lisse qu'un galet.

« Nick m'a parlé de votre ami, dit Atlanta. Celui qui s'est noyé. »

Sarah fut submergée d'une terrible fureur en les imaginant tous les deux au lit, en train de parler d'elle, d'échanger des confidences. Mais sa rage redescendit aussi vite qu'elle était montée. Trop lasse, trop fatiguée. Depuis ce dimanche matin où on l'avait envoyée à Compton, elle avait, au fond, envie de confier à quelqu'un ce qu'elle avait sur le cœur.

« Tom, dit-elle calmement. Il s'appelait Tom Strete. Nous étions ensemble depuis trois ans. Un jour, il est parti au large, à quelques kilomètres de la côte. Il a dû commettre une erreur de navigation, et il a heurté un banc de sable qui porte un nom prédestiné, Dead Sand. Incroyable, non ? Le bateau s'est retourné. Il n'y avait que quelques centimètres d'eau.

– Comment est-ce possible ?

197

– La mer est si peu profonde, par endroits, qu'à marée basse vous pouvez mettre pied à terre. Bref, une fois échoué, il a attendu, mais l'eau est remontée et a fini par tout recouvrir. Il s'est noyé. »

Atlanta garda le silence un moment.

« Vous n'étiez pas avec lui, n'est-ce pas ?

– Non. Il était avec une autre fille, Kelly Newsom. Elle avait son gilet de sauvetage. Comme Tom s'était cassé le bras au moment du choc en manipulant la rame, elle l'a laissé là-bas et est revenue à la nage chercher du secours. »

Moi, je ne serais pas partie, se dit Sarah. *Je serais restée, j'aurais attendu de l'aide avec lui.*

« Mais c'était trop tard. Le brouillard était trop épais pour envoyer un hélicoptère. Quand les sauveteurs sont arrivés, ils ont trouvé le bateau mais pas lui.

– Nick prétend que Tom avait son gilet de sauvetage, mais pas Kelly. Il lui aurait donné le sien. C'est un geste formidable. Vous devriez être fière de lui.

– Pas vraiment. C'est déjà assez pénible de savoir que votre ami vous trompe, mais si, en plus, on se dit qu'il est mort pour une garce... C'est un sentiment qui vous dépasse, je suppose, ajouta-t-elle aigrement.

– Qui était au courant pour Kelly ? demanda Atlanta, ignorant la remarque.

– Personne ne m'en a parlé, en tout cas. Je le comprends, d'ailleurs. J'étais censée être son amie. Le reste, c'était son affaire. En admettant que quelqu'un l'ait su, pourquoi m'enfoncer davantage en dévoilant le pot aux roses alors qu'il venait de mourir ?

– Mais elle, elle vit, non ?

– La version officielle est qu'il lui donnait un cours de voile.

– Ce n'était pas vrai ?

– Non, il sortait avec elle depuis des mois.

– Comment le savez-vous ?

– Je le sais. »

Atlanta la regarda droit dans les yeux.

« L'a-t-on retrouvé ?

— Une semaine plus tard. Je ne l'ai pas vu. Il a été enterré à l'église de Compton. Je suis allée aux obsèques, mais ensuite j'ai rompu tous les liens.

— Et comment se fait-il qu'on vous ait désignée pour cette affaire ? Ils ne sont pas au courant ?

— Non, je ne leur raconte pas ma vie. On m'a fait travailler sur une histoire similaire l'année dernière. Une femme a été tuée et jetée dans la rivière. La marée a emporté son corps dans la mer et j'étais présente quand on l'a retrouvée.

— Alors, vous savez à quoi ça ressemble.

— Oui, dit-elle, la gorge serrée. Je sais. »

Elle sourit tristement. Elle qui avait l'intention de remonter le moral d'Atlanta, voilà qu'elle avait envie de pleurer, de se laisser aller, d'épancher toute cette souffrance enfouie en elle !

« Il vous manque, n'est-ce pas ?

— Oui. »

Elle mit le contact et vérifia dans le rétroviseur que la route était dégagée.

« Allons-y. »

Vingt-quatre

Avertie qu'une réunion commençait, dès son arrivée au poste, Sarah laissa Atlanta à sa séance d'identification. La salle était pleine à craquer, une vingtaine de flics de la police judiciaire et d'officiers en uniformes. Ceux qui n'avaient pas trouvé de chaise s'étaient assis sur des coins de table. Préférant passer inaperçue, Sarah se mit au fond.

Ce n'était plus du tout l'atmosphère détendue de la veille. Certains affichaient l'air suffisant de ceux qui sont dans le secret des dieux, d'autres trahissaient leur excitation par des bavardages et des rires intempestifs. Tous surveillaient d'un œil la porte du fond par laquelle Morton devait apparaître.

Son retard ne faisait qu'accroître le suspense. Sarah se demanda s'il le faisait exprès. Il n'était pas sans savoir qu'une certaine mise en scène l'aiderait à dissiper les rumeurs qui couraient sur son compte.

« Que se passe-t-il ? demanda-t-elle à Kevin Sands, adossé au mur, à côté d'elle.

— Aucune idée », répondit-il avec un haussement d'épaules.

Un policier qu'elle ne connaissait pas se tourna vers eux.

« Nous avons enfin une identification : ce type que la Noire a vu. Il vit à Compton.

— Comment l'avez-vous retrouvé ?

— Comme d'habitude. Un appel téléphonique. Un contact de Blake, je suppose.

— C'est du solide ?

— On n'en sait rien encore mais il ressemble beaucoup au dessin fait par le témoin. On a été cherché dans les fichiers et ça colle. Ce gars, Ronald Ellis, a eu des ennuis il y a quelques années pour port d'arme illégal. Il a gardé son revolver malgré le durcissement de la loi, après le massacre des gosses à Dunblane. D'ailleurs, il n'en faisait pas mystère. Il s'est fait prendre avec son revolver (une délation de voisin, je crois) et a écopé de six mois avec sursis.

— Mais quel est rapport ?

— Eh bien, ils supposent... »

L'entrée de Morton le fit taire. Il était toujours aussi alerte et élégant, dans un costume gris clair à double boutonnage. S'il avait un visage impénétrable, Andy Linehan, derrière, souriait. Oui, ils avaient certainement du nouveau.

« Pour commencer, sachez que ce que je vais vous dire ne doit pas sortir d'ici. Pas un mot à l'extérieur. »

Derrière son ton sévère pointait un sourire.

« Nous avons enfin une piste : un nommé Ellis, qui vit à la sortie de Compton, connu pour être un fou de la gâchette. Il habite chez sa mère et a bien le profil d'un homme sujet à des accès de violence incontrôlé. Depuis hier, nous le surveillons et enquêtons discrètement. Je ferai circuler des photos plus tard. Si quelqu'un le connaît, croit l'avoir croisé ou en a entendu parler, qu'il m'en fasse part immédiatement.

Morton énuméra les renseignements obtenus sur les origines sociales, la situation économique, les ennemis éventuels du suspect, les menaces, agressions et comportements étranges qu'on lui prêtait. Il s'interrompit et échangea quelques mots avec Linehan pendant que son public, un peu détendu, s'agitait en chuchotant. Une piste ! Ce n'était pas trop tôt !

« Nous avons l'intention de l'interroger dès que possible et de le faire participer à une séance d'identification. Mais continuez à envisager toutes les possibilités sans préjugés, recommanda Morton. L'affaire est loin d'être résolue. L'équipe de Bill s'occupe de lui, cependant, à l'heure actuelle, aucune autre hypothèse ne doit être exclue. »

Dans le couloir, l'inspecteur Blake indiqua à Sarah d'un signe de tête qu'il souhaitait lui parler en privé. Il avait l'air encore plus désabusé que d'habitude mais elle n'aurait su dire si c'était à cause d'elle ou du monde en général.

« Je sais que vous vous occupez de notre témoin principal, lui dit-il en jetant un regard morose sur deux de ses collègues qui passaient.

— En effet, répondit-elle prudemment.

— Comment cela se passe-t-il ? » s'enquit-il avec une espèce de sourire.

Elle devinait qu'il avait tiré de son métier de policier bien plus de satisfactions qu'elle. Pour un flic comme Blake, les femmes n'étaient capables que de filer les suspects du sexe faible ou de ramener les enfants perdus à leurs parents.

« Très bien, sauf que la plupart des gens ici voient en elle la coupable idéale.

— Ah oui ? fit-il, railleur. Parce qu'elle est... afro-caribéenne, j'imagine ?

— Je vous le demande ! lança-t-elle en regrettant aussitôt son impertinence.

— Je n'aime pas cela, dit Blake beaucoup plus sérieusement. Qu'en pense Jeremy ?

— Il m'engage à envisager toutes les possibilités, sans préjugés.

— Ah, mais c'est un très bon conseil ! Quant à moi, je

vous en donnerais bien un autre, plus concret. Si quelqu'un se permet une remarque de ce genre, avertissez-moi aussitôt. Vous me prenez sûrement pour un dinosaure, mais jamais je n'ai laissé les préjugés racistes perturber notre travail. Et ce n'est pas maintenant que ça va commencer !

— Entendu, dit-elle, étonnée par sa véhémence.

— Bravo. Il va falloir que nous ayons une petite conversation, tous les deux. J'ai entendu dire que vous n'étiez pas contre la perspective d'une promotion. »

La formulation était pour le moins curieuse, dans la mesure où il avait tout fait pour la descendre lorsqu'il siégeait à sa commission.

« Ça vous ferait du bien de passer un an ou deux à la brigade des stups. Il se peut qu'un poste se dégage bientôt. C'est le conseil qui décide, évidemment, mais cela vaudrait la peine que vous postuliez », conclut-il avec un clin d'œil.

Sarah fut complètement déconcertée. Jamais elle n'aurait songé à travailler avec lui, convaincue qu'il n'avait aucune estime pour elle. Elle se félicita de n'avoir pas posté sa demande d'embauche au cabinet Summerton qui dormait toujours dans un tiroir de son bureau.

« Vous passerez, n'est-ce pas ? Nous discuterons autour d'un verre. J'aime bien Jeremy, vous savez. Il fait du bon boulot. Aujourd'hui, il faut des gestionnaires ; on n'y coupe pas. Or, c'est un bon gestionnaire.

— C'est vrai, reconnut-elle en se demandant où les menait ce changement de sujet.

— Mais les vieilles valeurs se perdent. S'intéresser aux personnes qui travaillent pour vous, par exemple. »

Il remua sa masse impressionnante, prit appui sur son autre jambe, se pencha vers elle.

« Vous étiez la première sur le lieu du crime, dimanche, n'est-ce pas ? Je le sais car il se trouve que j'étais au bureau de transmission. Et vous vous occupez du témoin

204

principal. Je suis certain que vous vous débrouillez pour lui faire cracher pas mal d'informations supplémentaires – entre femmes, n'est-ce pas ? Mais j'espère que l'on vous en remercie. Vous n'ignorez pas qu'il y a des gens ambitieux qui pourraient tenter d'en tirer un bénéfice personnel. Pas moi, souvenez-vous-en. Donc, s'il se passe quelque chose qui vous tracasse, appelez-moi. À toute heure du jour et de la nuit, d'accord ? »

Elle fit un signe d'acquiescement, se demandant toujours ce que cachait ce discours.

« Bravo, vous êtes formidable », dit-il en lui tapotant l'épaule.

Il n'aurait pu mieux faire pour la confirmer dans son sentiment qu'il n'était qu'un macho paternaliste. Songeuse, elle le regarda s'éloigner, sifflotant avec désinvolture.

Atlanta était libre jusqu'à la séance d'identification qui se déroulerait tard dans l'après-midi. Sarah la reconduisit à son hôtel dans une voiture de patrouille. Après avoir marmonné qu'elle était épuisée, elle resta recroquevillée sur son siège pendant tout le trajet, ouvrant à peine la bouche, les yeux dans le vague. Quand elle déclara ne pas avoir envie de déjeuner, Sarah craignit qu'elle ne soit malade.

« Non, ça va. Fatiguée, c'est tout, dit-elle sèchement.

– Je pensais que...

– Ça va, répéta-t-elle avec irritation. On ne va pas rester là-dessus des heures ! »

Sarah attendit, au volant, qu'Atlanta rentre dans l'hôtel. Elle remarqua alors que le chauffeur d'un fourgonnette de livraison, garée en face, devant la pharmacie, l'observait monter l'escalier, son manteau s'ouvrant sur sa jupe courte et ses longues jambes. Quand Atlanta disparut, le regard du chauffeur resta fixé sur la porte comme s'il était encore empli de son image, mais avec une telle intensité qu'elle finit par se poser des questions. Qui était cet homme ? Pourquoi était-il là exactement ? À nouveau l'inquiétude

James Humphreys

s'empara d'elle. Tenter de repérer l'assassin en utilisant Atlanta était risqué. Ses collègues étaient beaucoup trop bavards. Ils avaient pu raconter à leur femme, leur mari, leur compagne, leur amant, leurs copains qu'Atlanta avait vu un suspect et était en mesure de l'identifier. Rien n'était plus facile que de retrouver une Noire à Yarwell. Atlanta ne passait pas inaperçue. Pour aller à la chasse, c'était gênant. Mais pas pour être chassée.

Vingt-cinq

Sarah surveillait toujours le chauffeur de la camionnette, qui s'était mis à manger un sandwich en lisant son journal, quand Alban téléphona.

« J'ai appris aux informations que vous aviez retrouvé un corps », dit-il précipitamment.

Merde, pensa-t-elle. Elle lui avait promis de le tenir au courant.

« C'est vrai ; à Blundell.

— Savez-vous... Enfin, qui est-ce ?

— Non. Pas avec certitude. »

Son silence fut si long qu'elle crut à une coupure de communication.

« Puis-je te parler ? Très vite. »

Elle soupira. Elle n'en avait aucune envie.

« Je ne te le demanderais pas si ce n'était pas important, insista-t-il.

— Je sais. Où es-tu ?

— À Compton. Près de la plage. On se voit là-bas ?

— D'accord. »

Sarah avait décidé d'informer Alban, mais elle commença par lui expliquer qu'il ne devait rien révéler avant que le corps ne soit formellement identifié.

« Ne t'inquiète pas. Je ne voudrais pas te causer d'ennuis et, de toute façon, cela ne changera rien, n'est-ce pas ?

— Que veux-tu dire ?

— Ils sont morts tous les deux, expliqua-t-il, prosaïque. Morts. Que vous retrouviez ou non les corps n'a pas d'importance.

— Si, cela en a. Et il faut savoir ce qui s'est passé. »

Ils avaient franchi la dernière ligne de dunes. La mer, gonflée par le vent, montait à l'assaut de la plage.

« Comme était-ce quand ils ont ramené Tom ? »

Il avait posé la question avec un tel naturel qu'elle s'assit à côté de lui et lui répondit du même ton détaché, comme distanciée d'elle-même.

« Tout le monde a été soulagé qu'on le retrouve, pour l'enterrer et faire le deuil. Pas moi.

— Je ne l'ai pas vu.

— Personne ne l'a vu. Il ne devait plus y avoir grand-chose à voir. »

Ils contemplèrent les vagues qui venaient mourir presque à leurs pieds.

« Je ne t'ai jamais remercié de m'avoir soutenue à l'enterrement.

— Je t'en prie.

— Tu es parti aussitôt après, n'est-ce pas ? »

— Oui. »

Ils s'étaient retrouvés au Mariners, à Yarwell, puis étaient allés chez quelqu'un. Elle avait beaucoup bu sans que cela ait le moindre effet. À la fin, elle était aussi lucide qu'au début, assez lucide pour comprendre que Nick lui cachait quelque chose, assez lucide pour le faire parler. Ils avaient marché sur le quai et elle avait réussi à lui soutirer ce qu'il savait sur Kelly.

« C'est la dernière fois que je t'ai vue », dit Alban.

Assez lucide pour savoir pourquoi elle avait raccompagné Nick chez lui. Toute cette tension accumulée depuis la disparition de Tom jusqu'à son enterrement, en passant par les dix longs jours de recherches, fit qu'en quelques minutes elle s'était retrouvée par terre, dans l'appartement de Nick, surplombant le slip du chantier naval.

La tension s'était dissipée, mais non la rage. Baiser avec Nick l'avait aidée. Elle se souvenait encore du sentiment de revanche victorieuse qui l'avait envahie, allongée avec lui, au-dessus de la mer. Déménager l'avait aussi aidée, jeter quelques affaires dans un sac et partir. Mais sa rage, elle l'avait assouvie en rompant avec les amis et la famille de Tom, en ignorant leurs coups de fil, en leur renvoyant leurs lettres sans les ouvrir. Puisqu'elle ne pouvait plus faire de mal à Tom, elle en faisait à ses proches. À ceux qui savaient ce qu'il trafiquait dans son dos.

« Tu as froid », remarqua Alban. Elle ne s'en était même pas rendu compte. Était-ce le souvenir de sa haine qui la faisait trembler ? Cette violence, cette dureté avaient-elles été vraiment nécessaires ? N'avait-elle réussi à extirper sa douleur qu'en faisant souffrir les autres ?

« Rentrons.

— Que voulais-tu me dire ?

— C'est à propos de Chris et de Nicola. J'ai réfléchi. Tes collègues m'ont interrogé et je sais ce que vous pensez : qu'ils avaient une liaison et qu'on les as tués à cause de cela. C'est stupide, poursuivit-il en retrouvant ce ton acerbe qu'elle lui avait connu autrefois. Il faut être débile pour croire à ces âneries. Ça ne se passe pas comme ça !

— Parfois, si. Et ils ont bien été assassinés.

— Je sais, répondit-il calmement, voilà pourquoi je voulais te parler. Il y a un an, je suis allé à une fête à l'hôpital et j'ai rencontré Nicola. Nous avons bavardé ; je savais qu'elle avait un ami mais, il n'empêche, elle me plaisait beaucoup.

— Oh, mon Dieu, Alban ! Je suis désolée. Je n'imaginais pas que... »

Elle se reprocha de n'avoir rien deviné, trop préoccupée par ses petits problèmes.

209

« Oh, personne n'était au courant, sauf elle, bien sûr. D'ailleurs, je n'ai fait que lui envoyer une carte postale avec une phrase banale, du genre : "Si jamais tu changeais d'avis..."

– Ce qui ne s'est pas produit.

– Si. Quelques mois plus tard, j'en ai reçu une où il était écrit : "Peut-être". C'est tout. J'ai appris ensuite qu'elle était lasse de ne jamais voir son ami. Il lui avait promis de venir pour l'été mais y avait renoncé sous prétexte qu'il ne pouvait se le permettre. Ç'a été la goutte d'eau qui a fait déborder le vase. Elle s demandait s'il espérait la faire craquer ou s'il lui cachait une liaison. Bref, elle m'a fait quelques confidences.

– Et Hannay ?

– Justement ; il lui tournait autour depuis quelques mois. Elle m'amusait car elle ne le prenait pas du tout au sérieux. Néanmoins, j'ai voulu savoir et je l'ai interrogé.

– Ça a dû être terrible pour lui.

– Pas vraiment. Je le voyais assez souvent. Nous sortions en groupe avec d'autres gens de l'hôpital. Il m'a répondu franchement qu'il s'était, en effet, intéressé à elle mais que c'était fini. Il m'a souhaité bonne chance. C'est rigolo, non ?

– Alors, pourquoi sont-ils allés sur la plage ?

– Je n'en sais rien. J'imagine qu'il avait envie de marcher au bord de la mer, sous le ciel étoilé, avec quelqu'un qu'il aimait bien. Sans plus. »

Leurs regards se perdirent sur les vagues. Que devait-elle penser de tout cela ? Cette facette inconnue de la personnalité d'Alban la surprenait. Ce n'était pas quelqu'un de gentil – sauf avec ses proches, peut-être. Que se serait-il passé s'il lui avait annoncé l'infidélité de Tom, à la place de Nick ? Ils n'auraient certainement pas couché ensemble, même si elle l'avait désiré. Mais, pour commencer, il ne lui aurait rien dit.

« Te souviens-tu d'une certaine Kelly ?

– Kelly Newsom ? Elle était avec Tom quand... Pourquoi ?

– Savais-tu qu'ils sortaient ensemble ?

– En es-tu sûre ?

– Oui.

– Ah ; je l'ignorais.

– Aucune importance. »

Elle avait vécu quatre ans sans savoir comment ils s'étaient rencontrés ni combien de temps ils avaient passé ensemble. Cela pouvait continuer.

« Elle a quitté la région, dit Alban. Je pensais que tu aurais la même réaction.

– Je l'ai eue. Un moment. »

Elle avait froid, malgré son manteau remonté jusqu'au menton.

« Si on rentrait ?

– Qui t'a parlé de Kelly ? demanda-t-il quand ils redescendirent la dune.

– C'est sans intérêt. Il y a si longtemps. Pourquoi ?

– Je trouve cela abominable.

– Vraiment ?

– Oui. Un vieil adage dit qu'il ne faut pas calomnier les morts. Si on découvre qu'ils vous ont fait du mal, on ne peut plus faire la paix avec eux. Et puis il est impossible de connaître leur version des faits.

– Quelle version ? "Je t'ai trompée parce que..."

– Sans doute. »

Ils rejoignirent la voiture en silence.

« Je serai discrète, compte sur moi », lui dit elle. Alors, impulsivement, elle l'embrassa. « Si tu as envie de parler, appelle. »

Il hocha la tête. Elle aurait voulu l'enlacer, l'aider à pleurer mais c'était trop tard. Déjà il s'était détourné et s'éloignait.

En revenant vers Compton, Sarah sortit la bande de Tom de sa poche, la glissa dans le lecteur de cassettes et, sur un coup de tête, prit la route du village. Elle passa devant l'église et s'engagea sur le sentier plein d'ornières en bordure du cimetière, à l'ombre des limes épais. En coupant le moteur, elle arrêta la musique. Dans le calme soudain, elle se souvint d'Ed, dans la cuisine, devant son bol de céréales, souriant au souvenir du moment passé ici même avec Atlanta. Il n'avait pas été vraiment explicite, mais ils avaient dû être sensibles à l'appel de cette belle nuit chaude qui avait attiré Hannay et Page sur la plage. Ils n'avaient sûrement pas fait ça dans la voiture, ils n'en étaient plus là, mais en plein air. L'habitation la plus proche était au moins à trois cents mètres. Sous le ciel, dans l'herbe douce et tendre, abrités par l'ombre épaisse, ils avaient dû être heureux.

L'enterrement lui revint en mémoire. La chaleur avait réussi à pénétrer dans l'église, d'ordinaire si fraîche. Ils suffoquaient en attendant le cortège, à l'extérieur, sans savoir que faire. Aucun des amis de Tom n'était expert en rites funéraires. L'implacable lumière, réverbérée et irisée de nuances vertes par le gazon et les feuillages, avait une intensité surnaturelle. Après le service, elle les avait aveuglés. Ils s'étaient placés en cercle autour de la tombe, étouffant dans les vêtements noirs qu'ils portaient tous, sauf le recteur. Elle se souvint des visages rouges, des doigts qui desserraient l'étreinte des cols, des mains qui écartaient les vestes des chemises mouillées de sueur, des feuilles de célébration agitées comme des éventails ; des femmes se tamponnant le visage de leurs mouchoirs chiffonnés, trempés de larmes.

Elle n'avait pas pleuré. Pas tout de suite. Elle n'avait pas transpiré. Au contraire, elle frissonnait dans son tailleur en lainage en se demandant si un jour elle aurait chaud à nouveau.

Sarah ouvrit la barrière et se dirigea, à gauche, vers un

coin ombragé, sous les ifs. La tombe de Tom était tout à côté de l'église, mais elle ne voulait pas s'en approcher davantage.

Elle s'assit sur un banc en bois et écouta bruire les feuilles en laissant voguer son imagination. Ed et Atlanta se tiennent par la main, nerveux, excités, ils s'allongent par terre, derrière une pierre tombale. Mais ce n'est plus Atlanta qui se retrouve étendue sur l'herbe humide, les yeux rivés sur un visage illuminé. C'est elle, elle qui sent son souffle chaud, elle qui tend sa bouche, elle qui frémit sous les caresses si douces que sa peau se glace, que son ventre s'embrase.

Mais il n'y avait pas d'étoiles, pas de clair de lune, pas d'ombres indigo. Rien qu'une pâle lumière grise portant la menace d'une nouvelle averse. C'était un froid après-midi de septembre qui avait tout oublié de l'été. L'humidité la pénétrait tout entière. Elle se leva d'un bond et rentra précipitamment dans sa voiture.

Vingt-six

Elle téléphona au bureau de transmission pour savoir s'il y avait du nouveau, si elle pouvait se rendre utile. Pourtant, après la découverte du cadavre, après ses conversations avec Atlanta et Alban, elle serait bien rentrée chez elle se détendre ou s'occuper de ses cartons.

« Oui, répondit Andy, qu'elle entendit taper sur son clavier d'ordinateur en grommelant. La famille Page a une maison secondaire à Norton Staithe. Pourrais-tu aller y jeter un coup d'œil ? Nicola Page y a souvent séjourné et il se peut que tu trouves quelque chose qui vaille le détour. Des lettres, enfin... Tu vois...

– Bien. »

Elle nota l'adresse. Une perte de temps, probablement, mais il fallait le faire.

« Nous avons leur autorisation. Si tu trouves quelque chose, tu me préviens aussitôt, d'accord ? »

Sur une petite route paisible, à l'extérieur du village, au milieu de grands chênes verts, se blottissaient trois cottages. Celui des Page était au centre. Les pelouses à l'abandon, parsemées de pissenlits et de pâquerettes, les massifs de fleurs nus signalaient l'absence de leurs propriétaires. Ils avaient sans doute autre chose à faire, le week-end, que

215

de jardiner. En se garant un peu plus loin, Sarah se demanda s'il restait des villageois ou si ce n'était plus qu'un lieu de villégiature.

La porte verrouillée n'aurait pas résisté à des cambrioleurs qui n'auraient mis que quelques secondes à faire sauter la serrure bon marché ou à briser une vitre. Andy lui avait expliqué qu'elle trouverait la clé sous une brique, près de l'entrée, ou dans l'appentis au fond du jardin.

Il s'était trompé ; sous la brique, posée là comme par hasard, il n'y avait rien. Heureusement, la fenêtre de la cuisine était entrebâillée et, en une minute, elle réussit à se hisser sur le rebord pour l'ouvrir. Une chance ! Sans verre ni bois cassé, elle aurait moins de paperasses à faire.

À l'intérieur, elle fut frappée par cette vague odeur de sel et d'humidité qui lui rappelait les vacances de son enfance. Les meubles hétéroclites devaient venir de l'habitation principale ou de chez les brocanteurs du coin. La moquette était tachée de boue devant la porte, de cendres, devant la cheminée. Des aquarelles ornaient les murs, accrochées un peu n'importe comment. Sur les rebords des fenêtres s'entassaient des bibelots bizarres, sans doute des cadeaux de parents ou d'amis qu'on ne se résout pas à jeter, de peur de les blesser.

Au rez-de-chaussée, les murs avaient été partiellement abattus, si bien que la minuscule cuisine, la salle à manger et le salon s'ouvraient en enfilade. La famille Page ne se distinguait pas par son amour de l'ordre. Il y avait des livres et une couverture par terre, deux tasses et une soucoupe dans l'évier mais, à première vue, Sarah ne put rien conclure de ce fouillis.

Elle commença par inspecter le buffet de la salle à manger, plein d'assiettes, de verres, de vieilles bouteilles de vermouth et de gin bon marché. Les tiroirs contenaient des factures, des bulletins paroissiaux, des instructions pour l'utilisation de la cuisinière et du poêle à bois. Avant de s'avouer vaincue, elle farfouilla encore un moment et, au fond du second tiroir, elle finit par mettre la main sur un vieux bout de crayon, une feuille de papier à lettre froissée couverte de chiffres mystérieux, qui se révélèrent être les scores de parties de cartes ou de Scrabble, et sur un vieux galet, poli par la mer, étonnamment jaspé de bleu et blanc. Ce n'était pas une merveille mais elle comprenait qu'il ait attiré le regard d'un enfant.

Était-ce Nicola qui l'avait trouvé sur la plage et rapporté, toute fière, à ses parents ? Peut-être le leur avait-elle offert et, avec le temps, l'avaient-ils petit à petit écarté, escamoté, relégué, sans jamais avoir le courage de le jeter.

Sarah décida de s'attaquer au salon. Il y avait une table basse à deux plateaux, celui du bas, chargé de bricoles et de revues. De quoi s'occuper l'esprit et chasser l'image de cette petite fille qui avait grandi pour mourir assassinée. *Avec la vie devant soi.* Quelqu'un avait proféré une phrase de ce genre à l'enterrement de Tom.

À la Maison-Rouge, les gens qui passaient écrivaient quelques mots sur une sorte de livre d'or. Si les Page en avaient un semblable, elle pourrait découvrir qui était la personne qui avait filmé Nicola et son ami sur la plage. Entre les jeux de société et les magazines, elle trouva, en effet, un petit album qu'elle feuilleta. *Excellent séjour. Mille mercis. Un merveilleux moment de détente.* Des gens de la famille avaient également laissé des traces de leur visite : *Promenade mouillée sur la plage de Blundell. Ai réparé le rideau de douche. Vu deux phoques sur Sunk Sand. Un barbecue sans pluie !*

Les parents de Nicola étaient venus au début du mois d'août. Elle, deux semaines avant sa mort, avec une copine, Vikki. Pas de trace d'ami ni de fiancé. C'était la dernière notation, ce qui pouvait expliquer le désordre. Nicola s'était peut-être dit qu'elle reviendrait ranger le week-end suivant, avant le retour de ses parents. Sarah parcourut à nouveau les pages de l'album à la recherche d'un nom récurrent, d'une remarque éclairante.

Elle entendit des pas dehors, aperçut une silhouette furtive devant la fenêtre, reconnut le bruit de la clé dans la serrure.

Le cœur battant, elle se leva au moment où la porte s'ouvrait. Une jeune femme entra et s'immobilisa, terrifiée.

« N'ayez pas peur ; je suis de la police », dit Sarah.

Elle devina. Il y avait un air de famille qui ne trompait pas, ces cheveux bruns, cette peau claire, ces yeux bleus.

« Vous êtes la sœur de Nicola ?

— Je n'ai pas de sœur. »

Elles se firent face, en silence.

« C'est Chris qui vous envoie ?

— Non. Il est... Pourquoi me demandez-vous ça ? dit Sarah d'une voix plus incisive.

— Je ne sais pas. Vous êtes bien de la police ?

— Oui. J'ai un mandat de perquisition, si vous voulez le voir.

— Pourquoi ? Que s'est-il passé ? »

Sarah reposa lentement le livre d'or, réfléchissant à sa réponse. Tout cela était très étrange.

La fille paraissait tellement calme qu'un instant Sarah crut s'être trompée de maison. Et si les noms, dans l'album, n'étaient qu'une pure coïncidence ?

« N'êtes-vous pas au courant pour Nicola ? Nicola Page. Elle est morte. »

La fille se laissa tomber sur une chaise, lâchant son pain sur la table. Effarée, elle regarda Sarah.

« Je ne comprends pas, dit-elle lentement. Je suis Nicola. »

Vingt-sept

Au jardin, Sarah téléphona à Morton, tout en regardant, par la fenêtre de la cuisine, Nicola se faire un sandwich. Celle-ci ouvrit une boîte de thon en conserve puis le mélangea avec de la mayonnaise en pot. Morton mitraillait Sarah du feu de ses questions dont elle percevait le ton incrédule malgré la mauvaise qualité de la communication.

« Depuis quand ?

— Dimanche matin.

— Mais bon Dieu, pourquoi se cache-t-elle ? Pourquoi ne nous a-t-elle pas appelés ?

— Elle prétend n'être au courant de rien. Ni du meurtre, ni des recherches. De rien !

— Allons ! Elle a bien dû lire les journaux, écouter la radio. »

Morton avait l'air furieux, comme s'il en voulait à la jeune femme de ne pas être morte.

« Elle était malade. Elle venait à peine de reprendre son travail après son infection rénale, le mois dernier. J'ai l'impression que Hannay lui a fait prendre une substance qui l'a fait rechuter, elle n'a pas réussi à éliminer normalement. Bref, elle a dormi tout le temps et n'est sortie

219

qu'aujourd'hui pour aller s'acheter du pain et du lait parce qu'il n'y avait plus rien au congélateur. »

Morton était devenu très attentif. Sarah se rendit compte qu'elle ne lui avait pas dit qu'elle soupçonnait Hannay d'avoir drogué Nicola dans l'intention de la violer. C'était pour le moins fâcheux.

« Bon, Amenez-la ici. Non, demandez-lui plutôt si elle veut bien venir au poste élucider quelques points. Essayez d'en savoir plus. Non, attendez... » Elle l'entendait presque penser. « À votre avis, est-elle plus impliquée dans l'affaire qu'elle ne veut bien le dire ? »

Sarah s'était posé la même question, quelques minutes plus tôt, dans la cuisine, quand elle avait interrogé Nicola, qui se coupait quelques tranches de pain. Elle aurait pu se retourner et lui planter son couteau dans le ventre. Mais Sarah avait aussitôt mis ces peurs sur le compte de la nervosité et de la tension.

« Je ne crois pas.

— Voulez-vous du renfort ?

— Non. Je vais la laisser finir son sandwich. Nous devrions être là vers sept heures.

— Parfait. Sur le chemin, vérifiez auprès de Mme Aylmer qu'il s'agit bien de la même personne. Ce sera déjà ça de fait. Et, pour l'amour du ciel, ne vous présentez pas toutes les deux, comme ça, à sa porte ! Je ne voudrais pas que le choc la fasse claquer, cette bonne dame ! Annoncez-lui la nouvelle au téléphone et laissez Page dans la voiture. Quand vous arriverez ici, allez directement voir Andy. Il s'occupera de tout ça. Je serai dans la salle de réunion.

— À tout à l'heure.

— Pas de précipitation, surtout, ajouta sèchement Morton. Il faut que je réfléchisse à la manière de présenter les choses à la presse. »

Sarah n'étant plus face à elle, mais au volant, les yeux fixés sur la route, Nicola retrouvait petit à petit la parole.

Sa première pensée fut pour ses parents. Elle s'inquiétait de savoir si on faisait bien le nécessaire pour les avertir qu'elle n'était ni portée disparue ni morte.

« Êtes-vous sûre qu'ils auront le message ? demandait-elle sans cesse.

– Absolument. »

Ils devaient rentrer en avion le soir même et Sarah avait chargé David Tollington de joindre la compagnie aérienne. Sa ténacité et son savoir-faire porteraient sûrement leurs fruits.

« Je suis allée à cette soirée uniquement parce que j'en avais assez d'être malade, vous comprenez ? J'ai fait attention à ne pas trop boire mais, après le dîner, je ne me suis pas sentie très bien. Chris a proposé une promenade sur la plage pour me remettre en forme.

– Tous les deux ?

– Oui, en le prenant sur le mode de la plaisanterie. Il a prétendu que si nous avertissions les autres on se retrouverait en troupeau. Ce n'était pas faux. Je sais qu'il n'avait rien derrière la tête.

– Avez-vous vu quoi que ce soit sur la plage ?

– Non. Comme je vous l'ai dit, je me suis réveillée en sentant l'eau. Le jour commençait à poindre. Je n'ai rien compris. C'était comme dans ces rêves où l'on se trouve dans une situation incongrue, vous voyez ce que je veux dire ? Nue au milieu d'une foule, par exemple, ou en train de passer des examens que l'on n'a pas préparés. J'étais atrocement mal, frigorifiée. Et plus de Chris ! J'ai pensé qu'il était parti en me laissant là, mais j'ai vu sa voiture.

« J'étais terrifiée, avec le pressentiment qu'il s'était passé quelque chose d'affreux. Je voulais être seule. Je n'aurais pas supporté de parler à quelqu'un. J'avais un horrible mal de tête, ça n'allait pas du tout. D'abord, je n'ai pas su que faire. Mais j'avais ce ciré sur moi ; encore un fragment de rêve, car il n'était ni à moi ni à Chris. Je l'ai enfilé et j'ai trouvé des pièces de monnaie dans une poche.

Alors, j'ai pensé au cottage, à trois kilomètres de Compton. Je suis allée au village et j'ai attendu le bus.

— Combien de temps ?

— À peine quelques minutes. Il passe très tôt. Il était presque vide mais le chauffeur s'en souviendra peut-être. J'étais dans un sale état.

— Et, une fois au cottage, vous n'avez vu personne ? Téléphoné à personne ?

— Je suis allée me coucher. J'ai dormi toute la journée ; le soir, j'ai mangé quelque chose puis je suis retournée au lit. J'étais vraiment malade. Comme le mois dernier, dans un état de fatigue incroyable, quasiment apathique. Le moindre effort est au-dessus de mes forces, dans ces moments-là. Mes parents n'étaient pas là et je n'avais pas envie d'appeler l'hôpital. D'ailleurs, il n'y a pas de téléphone à la maison. Il faut aller au village.

« Alors, poursuivit-elle d'un air songeur, j'ai commencé à me poser des questions. Je ne comprenais pas pourquoi j'étais si faible. Cela ne pouvait pas être le vin, j'y avais à peine goûté. J'ai bu de l'eau et du jus d'orange toute la soirée. J'ai imaginé qu'on m'avait fait une sale blague, me verser une bonne dose de vodka dans mon verre, ou un truc de ce genre.

— Pourquoi aurait-on fait ça ?

— Aucune idée. Enfin, si, mais cela me paraît improbable. Et ça pouvait être autre chose que de l'alcool.

— Un sédatif, par exemple ?

— Oui, répondit-elle, surprise. L'idée ne m'est pas venue tout de suite mais c'était anormal, de toute manière.

— Quelqu'un vous a-t-il donné des cachets ? Pour soulager votre migraine, par exemple ?

— Non, mais j'en ai pris deux moi-même. Chris en avait.

— Le flacon étiqueté Coproxamol, dans la boîte à gants ?

— Oui. Comment le savez-vous ?

— Nous l'avons retrouvé dans sa voiture.

— Dans sa voiture ? Il va bien ? »

Sarah déglutit. Elle ne lui avait même pas dit que Chris Hannay était mort.

Morton et Linehan ayant emmené Nicola, Sarah entreprit de taper son rapport. Il y avait un message de Patrick et deux de Nick. Elle n'eut pas le courage de leur téléphoner ni même de donner à Alban des nouvelles de Nicola. Elle se sentait épuisée, vidée de toute émotion, étrangement absente. Elle avait été dans le même état après l'enterrement de Tom, incapable de sentiments, ou trop accablée pour en avoir.

Andy Linehan entra et lui proposa de l'accompagner à la cantine.

« Que se passe-t-il ? demanda-t-elle, sur ses gardes.

— J'ai faim, tout simplement.

— Et Nicola ?

— Ça va. On a pris sa déposition et elle se repose. Je crois qu'elle va aller à Heathrow rejoindre ses parents.

— Son histoire est-elle crédible ?

— Allez, viens ! ordonna-t-il gaiement. Je n'arrive pas à comprendre qu'elle soit restée terrée chez elle, reprit-il tandis qu'ils se faufilaient dans la salle. Penses-tu vraiment qu'elle n'était au courant de rien ?

— C'est probable. Je n'ai vu ni télé ni radio.

— Ça a dû être le choc de ta vie quand elle est entrée ! dit-il en riant.

— Non. J'ai cru que c'était sa sœur. Elle est plus maigre que sur les photos.

— Crois-tu qu'elle nous cache des choses ?

— Non, dit Sarah en l'observant choisir sans enthousiasme un plat de lasagne avec quelques feuilles de salade. Elle a l'air vraiment en dehors du coup. Comment a-t-elle réagi à l'annonce de la mort de Hannay ?

— Plutôt calmement, dit-il en faisant de la place sur son assiette pour se servir une généreuse portion de frites.

223

Remuée, bien sûr, mais pas bouleversée. Je ne crois pas qu'il y ait eu quelque chose entre eux.

– Aurait-elle pu le tuer ?

– Possible. S'il a essayé de la violer. Peut-être avait-il une arme. Elle a pu la lui arracher et le frapper. Mais je ne trouve pas ça plausible.

– Ce serait plus simple, soupira Sarah en cherchant du regard une table tranquille.

– Mais je n'y crois pas trop. Et n'oublie pas que nous avons un suspect, Ellis. On aurait l'air fin si tout se résolvait en un petit drame domestique : l'infirmière assassine son ami et va se cacher dans un lieu tellement évident qu'on met trois jours à la trouver.

– Tout le monde est donc convaincu de la culpabilité d'Ellis ?

– Oui. Il a le profil, il a déjà été condamné pour agressions sexuelles, Mabbott l'a reconnu à la séance d'identification. Elle et Denton ont eu de la veine qu'il ait eu sa dose d'amusement pour la nuit avant de tomber sur eux ! »

L'image de ce qu'elle aurait pu découvrir, dans le brouillard, au petit matin, s'imposa soudain à l'esprit de Sarah. Ed, gisant face contre terre, le sable taché de noir autour de lui ; la porte de la Jeep ouverte, Atlanta, étendue sur les sièges avant, le tissu, le pare-brise tachés d'éclaboussures de sang, mais ses blessures invisibles, jusqu'à ce qu'on la soulève.

Elle repoussa son assiette et détourna les yeux quand Andy reprit la parole, la bouche pleine.

« Tout collait. Je ne sais pas si c'est toujours aussi vrai. Il y en a pas mal qui ne trouvent pas ton témoin très crédible mais je suis sûr qu'elle ferait grande impression au tribunal. Le seul vrai problème, c'est le motif d'Ellis. Nous pensions qu'il avait rencontré Hannay et Page sur la plage et les avait assassinés tous les deux, après l'avoir violée, éventuellement. Mais s'il n'a pas tué Page, s'il ne l'a pas touchée, s'il ignorait même sa présence, alors, qui a tué

Hannay ? La thèse est très affaiblie. Tu comprends donc qu'on ne t'ait pas accueillie en héroïne du jour ! »

Il agita une frite au bout de sa fourchette, l'air amusé.

« On t'a demandé de trouver son corps, pas de la ramener vivante ! En fait, une Nicola Page qui marche et qui parle nous embarrasse sacrément. »

Vingt-huit

En rentrant chez elle, Sarah n'avait qu'une envie : passer une soirée calme et se coucher tôt. Rachel était encore sortie et l'appartement était totalement silencieux. Elle alluma la radio pour écouter les informations locales (il n'y était pas question de l'affaire) et ce n'est qu'ensuite qu'elle pensa à écouter son répondeur. Elle y trouva trois messages la sommant de rappeler Morton de manière de plus en plus pressante. Quand il décrocha, il fulminait.

« Votre Mabbott est une calamité ! Premièrement, elle déclare qu'Ellis n'est pas son homme. Deuxièmement, elle refuse de signer sa déposition. Troisièmement, elle ne se souvient plus de rien. Elle s'est trompée !

— Pourquoi a-t-elle changé d'avis ? Vous l'a-t-elle dit ? »

Sarah pensa aussitôt qu'Atlanta se rétractait parce qu'elle sentait les soupçons qui pesaient sur elle. Pourtant, cela n'avait pas paru trop la gêner jusque-là.

« Non. Elle se contente de répéter qu'elle a fait une erreur. Pour une fois, je ne le lui fais pas dire ! Andy aussi s'y est mis, mais elle n'a plus desserré les lèvres. Elle est rentrée à l'hôtel. Il n'est évidemment pas question d'en rester là !

— Quelqu'un aurait-il pu l'offenser ?

227

– Non. Tout a été fait dans les règles. Un sergent de Norwich, complètement étranger au service, l'a conduite à la séance d'identification. Il n'était au courant de rien.

– Que voulez-vous que je fasse ?

– Allez la voir et essayez de la raisonner ou, du moins, de comprendre quelque chose à ce revirement. Elle a peut-être été menacée, ou achetée...

– Bien, j'y vais.

– Téléphonez-moi quand vous lui aurez parlé. Ne la laissez pas partir. Employez tous les moyens. Elle nous a fait perdre suffisamment de temps pour qu'on lui flanque une accusation d'obstruction. Je vais contacter la métropolitaine.

– Pourquoi ?

– Sans importance, répondit-il évasivement. Vous, contentez-vous de l'avoir à l'œil, d'accord ? »

Il était plus de dix heures du soir quand Sarah arriva au Royal Oak. La réceptionniste appela la chambre d'Atlanta, en vain.

« Vous l'avez manquée, l'informa un autre employé. Elle vient de sortir, il y a à peine cinq minutes.

– J'ai dû aller chercher du thé à ce moment-là, s'excusa la réceptionniste d'un air coupable.

– Avez-vous vu par où elle est partie ?

– Non, mais elle avait son manteau et une écharpe. »

Sur les marches de l'hôtel, Sarah réfléchit un instant. Elle avait dû aller du côté du port – retrouver Nick, peut-être. Elle doutait qu'elle ait été prise en stop par une voiture et Atlanta n'était pas du genre à faire une promenade en pleine nature, même avec un manteau et une écharpe, surtout par une nuit pareille.

Sarah craignait de ne pas la retrouver dans une ville aussi grande que Yarwell mais, en l'occurrence, ce fut d'une facilité déconcertante. Elle marcha jusqu'à la place du Marché, où traînaient des enfants. Certains étaient assis sur le dossier d'un banc, taquinant une petite fille qui tentait de défendre son sachet de chips très convoité. Ils criaient, riaient, s'appelaient et ne l'entendirent que lorsqu'elle fut devant eux.

« Je cherche ma copine. Avez-vous vu passer quelqu'un ?

— Elle est comment ?

— Grande, une vingtaine d'années, les cheveux courts avec un long manteau. »

Il y eut un lourd silence.

« Il y a bien eu une Noire, il y a quelques minutes, bredouilla l'un d'eux. Avec un manteau long.

— C'est elle. Quelle rue a-t-elle prise ? »

Il y eut un chahut épouvantable, une cacophonie de réponses différentes. Elle dut répéter sa question à un gamin plus calme qui lui montra du doigt Church Street. Ignorant les quolibets des autres, elle le remercia et s'éloigna en hâte.

Un vieil homme en manteau et chapeau qui traînait derrière lui un chien terrier frissonnant lui indiqua la même direction. Il avait vu la femme noire au port, cinq minutes plus tôt, information qui lui fut confirmée par le propriétaire du Friars Delight, qui se tenait sur le seuil de son établissement, espérant sans doute que son impressionnant ventre plein de bière attirerait quelque client par cette morne soirée.

Sarah décida de commencer par le Mariners. Elle songea à prévenir le commissariat pour obtenir du renfort mais décida finalement de régler le problème toute seule. Ce serait plus simple, pour Atlanta et pour elle-même. Un coup d'œil dans la salle tranquille lui apprit qu'elle n'était pas là.

« Auriez-vous vu une femme noire, tout à l'heure ? demanda-t-elle au propriétaire.

— Une Noire ? Non, ça ne me dit rien.

– Une Noire ? répéta un homme en se tournant vers elle.

– Oui. De mon âge, mais plus grande.

– Oui, à la marina. Oh ! il y a dix minutes. Juste avant de venir ici. C'était bien il y a dix minutes ? lança-t-il aux autres clients, devant le bar.

– À peu près.

– Oui, elle montait sur l'embarcadère. Elle n'avait pas l'air de bien savoir où elle était. Une grande et belle femme.

– Merci. »

Elle courut jusqu'au quai et ralentit en arrivant sur le môle. Il y avait suffisamment de lumière pour se rendre compte qu'il était désert. On n'entendait que le clapotis de l'eau et le grondement lointain des écluses. Pourquoi ne pas attendre ici ? Atlanta serait bien obligée de faire demi-tour. Il n'y avait pas d'autre moyen depuis que l'accès aux vannes était fermé. Mais Sarah avait hâte de savoir ce que faisait Atlanta, et le port n'était pas un endroit sûr pour y errer la nuit quand on ne le connaissait pas.

Elle avança lentement, sans faire trop de bruit, en observant avec attention les bateaux devant lesquels elle passait. Tout semblait paisible, sombre et silencieux mais, sans lampe électrique, elle n'avait aucune certitude.

En une minute, elle aperçut l'extrémité de l'embarcadère qui tournait ensuite à angle droit vers la rivière. Atlanta était assise sur le parapet, fixant le large. Une silhouette d'une immobilité si parfaite que Sarah faillit ne pas la remarquer.

« Atlanta ! » cria-t-elle.

Atlanta se retourna, se figea un instant, sauta et s'éloigna d'un pas rapide, son manteau flottant derrière elle. Instinctivement, Sarah se mit à lui courir après, ce qui fit fuir Atlanta au pas de course. Sarah comprit qu'elle ne la rattraperait pas mais cela n'avait pas d'importance. Elle ne pourrait pas aller très loin.

Atlanta atteignit le grillage de plus de trois mètres de haut et secoua le portillon fixé dans le treillis qui grinça et oscilla sans s'ouvrir.

« Atlanta ! »

Elle recula de quelques pas, jeta un coup d'œil à Sarah puis, calmement, enjamba le parapet, posa un pied sur un des pilots plantés tout du long et, avec ce point d'appui, regrimpa sans encombre sur l'autre bras du môle, pour s'éloigner dans l'obscurité, sans un regard en arrière.

Le cri de Sarah resta sans réponse. Il faudrait donc la poursuivre, se dit-elle. L'accès aux écluses était interdit pour une bonne raison : de jour, il était déjà très dangereux, alors la nuit... Sans laisser à la peur le temps de la paralyser, elle suivit l'exemple d'Atlanta, se suspendit un instant au-dessus du flot et remonta. En dessous, la rivière s'unissait au courant marin. Si l'on était emporté, il y avait peu de chances de retrouver jamais la terre.

Atlanta était maintenant tout au bout de l'étroite coursive longeant les écluses. Autour se dressaient des échafaudages. Sarah se souvint qu'on était en train de reconstruire toute la structure pour mieux protéger la ville des marées. Atlanta ne pouvait pas aller plus loin.

« Atlanta, hurla-t-elle pour couvrir le bruit de l'eau. Revenez ! C'est dangereux.

– Je reviendrai. Fichez-moi la paix. »

L'écume rendait les planches glissantes et Sarah s'approcha à pas prudents, s'agrippant à la rambarde.

« Ne craignez rien, suivez-moi, lui dit-elle en l'attrapant par la manche. »

L'autre femme se dégagea.

« Vous ne savez pas ce que j'ai fait.

– Cela n'a aucune importance. Ici, c'est dangereux. »

L'atmosphère menaçante, l'obscurité, le rugissement de la rivière en dessous finirent par la convaincre. Atlanta

231

hocha la tête et fit demi-tour pour repartir dans l'autre sens. Sarah eut un soupir de soulagement puis se retourna aussi mais, sous ses pieds, une planche bascula, la faisant trébucher. Elle tomba sur Atlanta. Sa main chercha la rambarde qui céda. Alors, il n'y eut plus que le vide.

La chute fut plus longue, l'eau plus dure, plus froide qu'elle ne l'aurait cru. Sarah remonta à la surface, aveuglée, les oreilles bourdonnantes. Elle nagea vers le môle, à seulement quelques mètres d'elle. Une vague la recouvrit, elle but la tasse ; une autre la projeta violemment sur un pilier de bois glissant, incrusté de berniques effilées qui lui égratignèrent la main, mais elle réussit à s'y accrocher.

Le portant massif la rassura un peu. Si elle s'y mettait maintenant, avant d'avoir les doigts gelés, elle parviendrait sans doute à remonter. Ou elle pouvait progresser, de pilier en pilier, jusqu'au mur du port. Mais elle n'était pas sortie d'affaire, elle sentait la force du courant, qui finirait par lui faire lâcher prise. Elle repensa à l'homme qui s'était noyé ici même l'année dernière.

Soudain, elle aperçut Atlanta un peu plus loin, déjà déportée par rapport à l'endroit de leur chute, nageant dans une eau apparemment calme. Atlanta ignorait tout du danger ; avec la proximité des lumières et des bateaux, elle devait s'imaginer que le bassin était aussi sûr qu'une piscine.

Impulsivement, Sarah se mit à nager vers elle dans une eau redevenue paisible. Cette sensation de sécurité n'était qu'une illusion, bien sûr. Elles seraient toutes deux emportées à une vitesse de six nœuds, au moins.

« Atlanta, venez par ici ! » cria-t-elle.

Atlanta avait dû l'entendre mais elle s'éloignait toujours du môle. Elle n'avait pas conscience de la rapidité avec laquelle elles étaient entraînées. Sarah, elle, le voyait. La peur la saisit. Tous ses instincts la poussaient à faire demi-tour, à retourner vers la jetée, mais elle ne les écouta pas.

Atlanta s'était arrêtée. Sans en être certaine, Sarah eut l'impression qu'elle riait.

« Atlanta !

– Vous aviez envie d'un petit bain ? persifla celle-ci.

– Ce n'est pas drôle, dit Sarah en l'empoignant. Nous sommes emportées vers le large

– Ça m'étonnerait. Regardez les lumières.

– Il faut atteindre ces bateaux.

– Qui vous en empêche ? »

Échappant à Sarah, Atlanta commença à nager en direction de l'embarcadère, contre le courant. Sarah la suivit en lui recommandant de ne pas lâcher les lumières des yeux.

Elles continuèrent ainsi, Atlanta ayant cessé de rire, Sarah de plus en plus loin derrière. Elle devait abandonner. Elle ne pouvait rien pour l'autre et serait bientôt, elle-même, en danger de mort.

Elle se mit à la verticale et regarda autour d'elle pour reprendre courage. À seulement deux cent cinquante mètres, la ville scintillait mais, dans l'obscurité, la tête à peine sortie de l'eau couleur d'encre, elle semblait au bout du monde. À sa gauche, invisible dans la nuit, le dock ; à sa droite, le banc de sable de la passe principale.

Atlanta avait disparu.

À une dizaine de mètres, une balise lumineuse se balançait doucement sur les vagues. En s'aidant du courant, Sarah fila vers elle en s'efforçant de rester calme, sans faire de mouvements précipités. C'était un cône métallique, peint en vert, taché de rouille et frangé d'algues.

Avec un soupir de soulagement, elle franchit les deux derniers mètres pour s'apercevoir que le métal glissant ne lui offrait aucune prise. Crachant et jurant, elle tourna vainement autour, une ou deux fois, avant d'être emportée. Quand elle revit le clignotement vert, elle était loin.

Elle ne voulait pas céder à la panique mais elle savait que ses chances de survie étaient maigres. La balise marquait l'entrée du port ; au-delà des quelques bateaux encore amarrés à sa gauche, il y avait la station de sauvetage puis la pleine mer.

Elle remarqua alors une bouée en plastique rouge, toute proche, à peine plus grosse qu'un ballon de football. Elle réussit à l'atteindre et accrocha ses doigts aux maillons de la chaîne qui l'ancrait solidement. À marée basse, elle reposait à sec ; il n'y avait donc que trois à cinq mètres de fond. Mais ce n'était pas réconfortant ; cela signifiait simplement que la mer montait vite. Elle sentait d'ailleurs à nouveau sa traction, et le froid, qui lui engourdissait les mains, les pieds, lui coupait le souffle.

Où était-elle exactement dans le port ? Que faire ? Ce serait quand même incroyable de mourir aussi près de la terre, de la ville, de son ancien appartement. Il y avait bien un moyen de s'en sortir. Dans quelques minutes, elle serait à bout de forces, glacée, complètement paralysée, ses doigts lâcheraient la précieuse chaîne.

Elle posa une joue sur la bouée. Hors de l'eau, il faisait bon. Elle eut envie de s'abandonner un instant contre cet oreiller de plastique, le temps de retrouver un peu de vigueur.

Dire que la veille elle était sortie en mer chercher des corps ! Bientôt, ce serait-elle le cadavre putride, flottant sur l'eau calme, cette charogne déchiquetée qui s'échouerait sur le rivage, effrayant jusqu'aux corneilles.

Elle savait que des bateaux étaient amarrés à trois ou quatre cents mètres. Si elle nageait lentement vers eux, non pas contre, mais avec le courant, elle devrait y arriver.

Mais elle était trop fatiguée.

Quelqu'un cria. Son nom.

Une vague la suffoqua.

Sarah se ranima, toussant et crachant, dans un état de panique démentiel, pour découvrir Atlanta accrochée à la bouée, et à son bras.

« J'ai cru que c'était fichu, haleta-t-elle. J'ai vu la mort. »

Atlanta la tenait fermement, reprenant son souffle, mais elle aussi était glacée. Il n'y avait plus aucune chaleur en elle. Sarah lui expliqua comment rejoindre les bateaux tout proches. Atlanta fit un signe d'acquiescement.

Ni l'une ni l'autre n'étaient prêtes à se lancer mais il n'y avait pas une minute à perdre.

Elles lâchèrent. Aussitôt, les griffes puissantes du courant desserrèrent leur étreinte. Sarah nageait un peu à l'écart, mais en se laissant porter. Elle ressentit d'abord un grand calme, une grande quiétude, elle crut qu'elle y arriverait mais elle se fatigua vite. Son corps ne répondait plus. Atlanta la rejoignit et lui maintint la tête hors de l'eau.

Elles repartirent et, bientôt, elles virent le premier bateau, à quelques mètres. Sarah savait qu'elles seraient déportées. Tant pis, il y en avait d'autres plus loin. Quand Atlanta tira sur sa manche, elle secoua la tête. Elles luttèrent encore jusqu'à ce qu'elles se trouvent près de la coque luisante d'un petit yacht.

Se sentant à nouveau écartées par la puissance du flot, elles se serrèrent contre son flanc. Le pont n'était qu'à quelques centimètres au-dessus de l'eau, mais, avec ses lourds vêtements trempés, Sarah sut qu'elle n'arriverait jamais à grimper sans aide. Elle pria Atlanta de monter la première, l'aida à se hisser, à culbuter, puis attendit.

Alors, elle comprit son erreur. Maintenant qu'elle était saine et sauve, rien n'empêchait Atlanta de l'abandonner à son sort. De l'obliger à lâcher la coque. De la frapper avec le treuil ou quelque autre objet à portée de main. Sarah tendit l'oreille. Pas un bruit là-haut. Tournant la tête, elle chercha des yeux un autre bateau.

« Vous avez l'intention de rester là longtemps ? » cria Atlanta.

Vingt-neuf

Sortir de l'eau fut atroce. Saisie d'un froid intense, Sarah se mit à trembler violemment. Ses vêtements mouillés la glaçaient, entravaient tous ses mouvements. Elle se cogna à la barre et jura comme un charretier jusqu'à ce que la douleur s'apaise.

Il y avait forcément une cabine. Dans l'obscurité, elle ne pouvait voir l'écoutille mais elle la trouva par instinct. Elle était fermée par un cadenas. Elle tâta, palpa, évalua l'épaisseur du bois puis la bourra de coups de pied jusqu'à ce qu'elle se fende par le milieu.

« Joli travail », dit Atlanta entre ses dents qui claquaient.

Sans répondre, Sarah écarta les débris du pied et descendit. Une lampe torche était accrochée près de l'entrée. La cabine, large au centre, se resserrait à l'avant, formant un coffre à voiles. De chaque côté, des banquettes servaient de couchettes et de rangements. Il y avait une cuisinière, deux placards et une table au centre. Les meubles en aggloméré, le tissu marron évoquaient plus un décor de caravane que de bateau.

Sarah trouva des allumettes et entreprit d'allumer la lanterne qui se balançait au-dessus de la table, mais ses doigts gelés tremblaient trop. Atlanta entra derrière elle. Elle aussi était en piteux état.

« Ça va ?

— Je n'ai jamais eu aussi froid, bredouilla Atlanta. On aurait dû rester dans l'eau.

— Nous serions mortes. »

Sarah leva sa torche de manière à avoir une vue d'ensemble de la cabine puis alla fouiller dans un coffre. Elle en extirpa des vêtements imperméables de couleurs vives et un gros pull qu'elle jeta à Atlanta. Au fond se trouvaient une pile de couvertures, blanchies de sel, un autre pull et un sac de couchage.

D'un placard, elle sortit une boîte en métal pleine de thé, un paquet de biscuits mous et une demi-bouteille de rhum. Faire du thé aurait exigé trop d'efforts mais une seule gorgée de rhum lui donna l'impression d'avoir avalé un radiateur. Revigorée, elle regarda dans l'autre coffre pendant qu'Atlanta déroulait le sac de couchage. Elle semblait se remettre à toute vitesse. Elle bavardait pendant que Sarah furetait partout, découvrant d'autres aliments, une radio, une lampe de signalisation et quelques fusées. Elles pensa à les utiliser mais estima que c'était un effort inutile. Pour être secourues, elles devraient remonter sur le pont, alors qu'elle venaient à peine de retrouver un peu de confort et de chaleur.

« Qu'allez-vous faire ? demanda Atlanta.

— Comment ça ?

— Pour nous en sortir ? »

Sarah fut sidérée par sa passivité. Atlanta acceptait de s'en remettre à elle, dans un total abandon. Elle n'était pas ivre, pourtant, car elle n'avait accepté que deux gorgées de rhum.

« La marée sera basse dans deux heures. Nous rejoindrons le port à pied.

— À pied ? répéta Atlanta, incrédule.

— Oui. Le bateau se retrouvera sur le sable, comme à Blundell. »

— Vous m'avez raconté qu'on risquait de se noyer alors

que bientôt, exactement au même endroit, les gens construiront des châteaux de sable et lanceront des cerfs-volants ?

– Oui. »

Atlanta se rallongea sur sa couchette, s'étranglant de rire, et, subitement, éclata en sanglots.

« Allez, buvez un petit coup. »

Sarah n'était pas sûre que ce fût une bonne idée, mais elle n'en avait pas d'autre. Quand Atlanta eut avalé une grosse gorgée d'alcool, toussé, recraché et repris sa respiration, elle parut aller un peu mieux.

« Quelle déchéance, dit-elle en regardant le dos de sa main éclaboussée, je ne peux même plus avaler du liquide.

– Le choc.

– Quand je l'ai vu..., dit-elle, emmitouflée dans sa couverture, enfin, c'était la première fois que... » Elle se tut, perdue dans la contemplation de ses paumes. « Il était en charpie. Vous voyez ce que je veux dire ? Des bouts de chair qui pendaient...

– Je sais.

– J'avais déjà pensé à la mort. Vous aussi, sûrement. Surtout quand on perd des gens proches. Mais ils sont propres, bien arrangés, comme endormis. Ou dans leur cercueil. Pas en train de pourrir. »

Entourant ses genoux de ses mains, les yeux fixés sur la faible lumière de la torche, Atlanta laissa voguer ses pensées.

« Cette nuit-là, je ne savais pas ce qu'Ed manigançait », murmura-t-elle.

Sarah sentit l'atmosphère s'alourdir. Tous ses sens s'aiguisèrent, rien ne lui échappa, ni le clapotis des vagues contre la coque ni l'expression d'Atlanta dans la pénombre. Enfin, elle allait avoir des réponses, apprendre ce qui s'était vraiment passé. Elle n'éprouvait ni surprise, ni excitation, ni déception. Cela viendrait peut-être plus tard. Pour l'instant, une seule chose lui importait : savoir.

« Il m'a dit qu'il devait remettre un truc à un ami d'ami. J'ai trouvé cela bizarre, je ne suis pas idiote. En pleine nuit ! Mais comme je n'avais pas envie d'attendre dans un pub, je l'ai accompagné.

– Avec qui avait-il rendez-vous ?

– Je ne sais pas. Je ne les ai pas vus. Ils lui avaient indiqué le chemin. Nous nous sommes donc garés près de l'église, devant la barrière, et Ed est parti. »

Elle se tut. Sarah pensa à l'avertir de ses droits mais Atlanta avait envie, ou besoin, de parler. Une mise en garde juridique risquait de rompre le flux de ses confidences. Le pire, d'ailleurs, était que Sarah ne se souvenait plus de la procédure.

« Alors ?

– J'étais tranquille, au début. J'ai allumé et j'ai lu un magazine. Puis je me suis dit que si quelqu'un passait il me verrait là, toute seule. J'ai éteint la lumière et ça m'a détendue, au point même de vouloir dormir, mais impossible. J'étais nerveuse, en fait. Le silence, le vent qui soufflait m'oppressaient.

« Alors, je suis allée faire quelques pas sur le sentier pour me changer les idées, mais il faisait vraiment très noir et je sursautais à chaque bruissement de feuille, à chaque craquement de brindille. Arrivée au niveau du grand arbre à droite, j'ai entendu le ruisseau couler. Le bruit de l'eau m'a terriblement effrayée, je ne sais pas pourquoi. En plus, une chouette s'est mise à hululer, comme dans un film d'horreur, ajouta-t-elle avec un petit sourire. Je n'en avais jamais entendu avant – en vrai. Et puis il y a eu des cris.

– Des cris ?

– Pas humains. Un animal. Très perçants, très angoissants. Je suis revenue à la voiture. »

Elle reprit une gorgée de rhum et tendit la bouteille à Sarah.

« C'est à ce moment que ce type a surgi et a approché

240

son visage de la vitre. J'ai hurlé. Il a dû avoir plus peur que moi, il s'est sauvé.

« Au bout d'un moment, je suis ressortie et j'ai fait les cent pas. Bizarrement, je me sentais mieux dehors. Si quelqu'un approchait, je m'en rendrais compte. »

Sarah sentit que sa peur était encore vivante dans son souvenir.

« Quand Ed est-il revenu ?

— Assez vite. Il n'est parti qu'une demi-heure, en fait. Je l'injuriais mentalement de me faire passer un aussi sale moment. Je me suis promis de ne pas lui adresser la parole. J'ai remonté et redescendu le chemin, en le guettant au moins deux fois. Sans m'éloigner trop de la voiture, car il m'avait fait promettre d'y rester. Alors, il est arrivé par-derrière, m'a attrapée par le bras et m'a plaqué la main sur la bouche. Croyez-moi, j'ai cru mourir de peur. Je l'aurais tué, puis je me suis rendu compte que ce n'était pas une blague. Nous sommes entrés dans la Jeep et avons démarré. J'ai compris qu'il s'était passé quelque chose. Il était très tendu et gardait la tête baissée, en évitant de me regarder dans les yeux, comme un gamin qui a fait une bêtise.

« Et ensuite ?

— Nous sommes arrivés à Londres vers quatre heures du matin, répondit Atlanta d'un ton neutre, et nous nous sommes engueulés. J'ai beaucoup crié, je l'ai traité de tous les noms, j'ai décrété que je ne voulais plus le revoir et je suis allée me coucher, ce que je regrette aujourd'hui. Il est parti sans me répondre, ni se justifier, ni se plaindre. Ce n'est qu'après que j'ai compris qu'il voulait me protéger, me tenir en dehors du coup.

« Le lendemain, il est revenu. Il a fait comme s'il ne s'était rien passé de grave mais il était vraiment secoué. Je ne l'avais jamais vu dans un état pareil, sauf quand sa mère est tombée malade et qu'il a cru la perdre. Il n'avait pas envie qu'on en reparle. Il voulait juste me serrer dans ses bras. Je me suis excusée, lui aussi, et tout est redevenu normal.

Atlanta se rallongea et fixa le plafond.

« Quand je lui ai dit que vous aviez téléphoné, il a été obligé de m'en dire un peu plus. Un type qu'Ed connaissait bien, en qui il avait confiance, lui avait demandé de remettre une lettre. Cela semblait simple. Ed a accepté parce qu'il se sentait redevable. Même si ça paraissait un peu louche, ça ne devait pas être bien méchant.

« Ensuite, cet homme auquel il a rendu service lui a téléphoné pour lui apprendre que quelqu'un s'était fait tuer sur la plage, cette nuit-là, et qu'il ne devait surtout pas dire qu'il était sur les lieux. Moi, je n'étais pas d'accord, j'aurais préféré en parler à la police, mais Ed a tenu bon. D'après lui, vous nous soupçonneriez immédiatement. En plus, il serait obligé de déballer sa petite histoire et cela, il s'y refusait absolument. Question de loyauté. »

Sarah la crut volontiers. C'était la même chose dans la police. Tous solidaires et bouche cousue. Impossible d'aller à contre-courant. Celui qui décidait de faire cavalier seul, de dévoiler certaines choses devait s'attendre à n'avoir plus une minute de répit. On lui rendait la vie impossible.

« Un peu plus tard, il m'a avoué que d'autres gens étaient impliqués. Des vrais durs. S'il parlait, il ne s'en tirerait pas. Moi aussi, j'étais en danger.

— Donc, vous avez toujours su que ce n'était pas Ellis ?

— Oui. »

Elle sourit, un peu honteuse, un peu gênée, mais ravie d'avoir fait marcher les flics.

« Ed leur a rapporté ce que j'avais raconté à Linehan. Ils ont été satisfaits et ont trouvé utile de vous lancer sur une fausse piste.

« Vous avez pris un gros risque.

— Peut-être, mais que faire ? J'ai songé à vous informer, vous savez, mais ils ont dit à Ed qu'ils avaient un homme à eux dans vos rangs. Si je me mettais à table, ils seraient immédiatement avertis. »

Comment avaient-ils pu gober un mensonge aussi énorme ? Sarah n'en revenait pas.

« Bref, continua Atlanta, je voulais aider Ed à s'en sortir. Au début, j'ai trouvé ça plutôt excitant. Le dessin, c'était mon idée. Je lui ai fait une tête vraiment démoniaque, non ? Il y a des années, un fou a tiré sur des gens, je ne me souviens plus où, mais sa photo m'avait frappée. J'ai donné à Ellis la même expression. Plutôt réussi, non ? »

Sarah dut le reconnaître. Si elle avait été persuadée de voir le visage d'un assassin, c'est qu'Atlanta l'avait voulu.

« Mais pourquoi vous êtes-vous rétractée ?

— Parce que, en voyant le cadavre... Jusque là, me ficher de vous tous m'avait amusée mais, tout d'un coup, j'ai compris qu'il n'y avait pas de quoi rire. »

Elles écoutèrent en silence le clapotement de l'eau. Sarah hésitait à lui apprendre que Nicola était vivante, quand Atlanta reprit la parole.

« Allez-vous avoir des ennuis ?

— Non, je ne crois pas. Pas autant que vous, en tout cas, ne put-elle s'empêcher d'ajouter.

— C'est vrai ! lança Atlanta en riant avant de se rembrunir. Je suis coincée, n'est-ce pas ?

— Si vous témoignez, cela nous permettra d'inculper les autres et vous vous en sortirez bien. Une peine avec sursis, au pis, ajouta-t-elle d'un ton assuré sans savoir si c'était vrai.

— Et Ed ? »

Sarah décida de croire à son innocence. Difficile, de toute façon, d'insinuer le contraire.

« C'est pareil. En plus, il connaît les coupables. Il peut nous aider à les faire tomber. Dans ce cas, il sera quasiment blanchi. Mais il vous faut un bon avocat. Pas un commis d'office.

– Ce doit être cher.

– Vous ne trouvez pas que ça vaut la peine ? »

Atlanta réfléchit un moment.

« Vous avez un annuaire ?

– J'ai mieux. »

Sur un bout de papier, Sarah gribouilla le nom et l'adresse du cabinet auquel elle avait envoyé sa demande d'emploi. La batterie de la torche donnait des signes de faiblesse ; elle tendit le bout de papier à Atlanta et l'éteignit pour économiser l'énergie restante. Elle s'assit, adossée à un coffre, les pieds accrochés à la table pour résister au roulis de la marée descendante. Atlanta ne lui avait pas encore tout dit, elle le savait. Elle connaissait forcément le nom d'au moins un des amis d'Ed, et ce qu'ils trafiquaient, bien que ce ne fût pas difficile à deviner. Un débarquement sur la plage, sans doute. Des armes, des immigrants clandestins, des stupéfiants.

« Je ne vous ai pas demandé pourquoi vous m'avez couru après, murmura Atlanta d'une voix lasse.

– Vous vous êtes enfuie quand je vous ai appelée.

– Oui, j'étais à cran. Il fallait que je réfléchisse à ce que j'allais faire. À ce que j'allais raconter à Ed. »

Le silence retomba. Le souffle d'Atlanta devint plus profond, plus régulier. Bercée par le tangage du yacht, le sommeil la gagnait. Sarah la regarda avec envie en frottant ses pieds glacés. Comment faisait-elle pour oublier le froid et l'humidité ?

Une heure plus tard, une série de secousses réveillèrent une Sarah totalement désorientée. Il lui fallut un bon moment pour retrouver le fil des événements et comprendre que tous ces chocs, ces raclements signifiaient qu'avec le reflux le bateau s'échouait sur des galets. Elle glissa quand il s'immobilisa brutalement. Atlanta, qui dormait toujours malgré le bruit et les trépidations, tomba de sa couchette et roula par terre en jurant.

« C'est la mer qui descend. Nous touchons le fond. »

Atlanta avait-elle compris ? Toujours est-il qu'elle s'emmitoufla dans sa couverture pour se protéger du froid qui régnait dans la cabine et resta assise pendant que l'embarcation se soulevait, retombait, s'inclinait.

« Tout va se calmer dans une minute ou deux. »

En effet, les grincements et les soubresauts cessèrent bientôt, et elles se retrouvèrent toutes deux recroquevillées dans un coin.

« Que fait-on, maintenant ? demanda Atlanta.

— On descend et on marche. »

Atlanta prit sa couverture, son pull, ses bottes et fourra le reste du paquet de biscuits dans la poche de la veste en ciré qu'elle avait empruntée. Elle lança à Sarah un regard misérable trahissant son inquiétude de retrouver la terre.

« Allez, ne soyez pas triste, dit Sarah.

— Pensez-vous vraiment que ça va bien se passer ?

— Vous êtes en vie, non ? Et puis nous ne sommes pas les seules à être revenues du royaume des morts. Nicola Page aussi. »

Trente

Elles sautèrent sur un sol détrempé où elles s'enfoncèrent jusqu'aux chevilles. Sarah n'avançait pas ; dès qu'elle dégageait un pied, l'autre s'embourbait davantage. En titubant, Atlanta lui offrit son bras et l'aida à repartir.

« Je vous porte, si vous me promettez un bain et une boisson chaude à l'arrivée, dit-elle avec ce sourire qu'elle affichait depuis qu'elle savait Nicola en vie.

– Ce ne sera pas très long. Nous y serons dans une demi-heure. »

Sarah lui cacha qu'elles devraient traverser des étendues d'herbes glissantes, patauger, voire nager, dans les grandes mares laissées par la mer. Elles ne voyaient pas à deux mètres mais la ville était encore suffisamment éclairée pour leur indiquer la direction à suivre.

Elles prirent le chemin le plus direct, s'engageant sur un vaste terrain marécageux parsemé de flaques d'eau noire et de nappes d'algues. Atlanta désigna du doigt une forme sur leur droite. Instinctivement, elles s'en approchèrent pour découvrir une bitte en béton, à demi enterrée dans le sable, à laquelle était accrochée une longue chaîne terminée par une bouée en plastique rouge, semblable à celle qui leur avait fourni un point d'ancrage en mer. Atlanta sembla vouloir dire quelque chose mais se ravisa.

247

Elles finirent par arriver au pied du dock, un mur d'au moins six mètres de haut. Elles le longèrent jusqu'à ce qu'elles trouvent une échelle métallique dont les barreaux étaient recouverts de rouille, d'algues et de coquilles de berniques. Grimper ne serait pas facile. Sarah se serait bien assise un instant pour reprendre haleine mais elle entendait déjà le clapotis de la mer derrière elles. La marée recommençait à remonter. Dans quelques heures, l'eau serait à plusieurs mètres au-dessus de leurs têtes. Il fallait y aller.

« Passez d'abord, proposa Atlanta. J'essaierai de vous retenir si vous tombez. »

Avec un soupir, Sarah entreprit l'escalade.

À l'hôtel, Atlanta se dirigea vers la réception avec une dignité étonnante, vu l'état lamentable de ses vêtements. Le portier de nuit lui tendit la clé en grommelant, sans même quitter des yeux son téléviseur. Une fois dans la chambre, Sarah l'envoya se doucher et composa les numéros du bureau de transmission puis du mobile d'Andy Linhehan sans obtenir de réponse, ni d'un côté ni de l'autre.

« Voulez-vous prendre un petit déjeuner ?

– Volontiers », cria Atlanta depuis la salle de bains.

Il n'était pas encore six heures du matin, trop tôt pour se faire servir par l'hôtel, mais il y avait toujours le Harbour Café.

Quand Atlanta eut fini de se laver, Sarah à son tour enleva ses vêtements trempés et tourna à fond le robinet de la douche. Sur le carrelage, le tas d'habits tachés de boue où s'accrochaient des algues vertes lui fit penser aux lambeaux de tissu sur le corps de Hannay, et à ce qu'ils avaient trouvé dans la rivière l'année dernière. Elle décida de les jeter à la poubelle mais prit le temps de la réflexion. Combien coûtait un Levis aujourd'hui ?

« Je vais chercher à manger, dit Atlanta. On se voit en bas. Je vous ai laissé de quoi vous habiller. »

Enveloppée dans une serviette, Sarah s'assit sur le lit en grimaçant. Elle avait mal partout. Elle n'avait pas pris conscience de l'immensité de sa fatigue. Ses mains étaient tout égratignées par les berniques, elle avait une longue écorchure sur un mollet qu'elle avait dû se faire en trébuchant sur le pont du bateau, et plusieurs bleus dont le plus impressionnant, sur la hanche droite, de la taille d'un paquet de cigarettes, prenait déjà une couleur jaune verdâtre. Il était douloureux au toucher et cela risquait d'empirer.

Sarah enfila les vêtements prêtés par Atlanta – tous noirs, évidemment ! À côté, elle vit un carnet de croquis : un dessin de l'église de Compton qui méritait d'être terminé ; un autre de la dune de Blundell, dont les pins avaient été transformés en palmiers ; une page entière de portraits des collègues de Sarah (des caricatures, plutôt), deux ou trois vues de Compton Spit, plus sombres et d'une veine moins légère, avec des vagues hautes et hérissées, des nuages menaçants. Si Atlanta avait arpenté la plage d'un pas sûr, à un niveau plus profond ce lieu ne lui avait inspiré que du dégoût et de la peur.

Sarah finit de s'habiller rapidement, nettoya la boue sur ses chaussures et les remit en faisant la moue. Elle aurait bien aimé pouvoir faire un saut chez elle, mais elle devait se rendre sans tarder au commissariat ou, du moins, retéléphoner. Toutefois, la première chose à faire, après cette nuit terrible, était de se restaurer.

Depuis l'escalier, elle vit Morton et Linehan, dans le hall de l'hôtel, accompagnés de deux officiers de police qu'elle ne connaissait pas. L'un tenait fermement Atlanta par le bras, tandis que l'autre lui passait les menottes. Tous levèrent les yeux vers elle, ainsi que le portier, stupéfait derrière son comptoir, et deux autres employés, debout près d'une porte.

Linehan fit un pas puis s'immobilisa. Ils l'observaient fixement, comme si elle allait faire demi-tour et s'enfuir.

« Sarah, dit Morton calmement, voulez-vous descendre, s'il vous plaît ? »

Elle s'approcha et commença à expliquer en bafouillant ce qui s'était passé, ce qu'elle avait appris, en essayant d'ignorer le regard implorant d'Atlanta.

« Suivez-moi, l'interrompit Morton. Vous attendrez que j'aie éclairci cette embrouille et alors vous vous contenterez de répondre à mes questions. Si vous tentez de fuir, je vous arrête. »

Il se tourna vers Atlanta.

« Atlanta Mabbott, commença-t-il sur un ton déclamatoire qui la fit sursauter, je vous arrête pour tentative d'obstruction au cours de la justice. Vous n'êtes pas obligée de parler mais taire des faits que vous révéleriez ensuite au tribunal nuirait beaucoup à votre défense. Tout ce que vous direz pourra être retenu contre vous. M'avez-vous compris ? »

Atlanta, immobile, n'avait pas l'air d'y croire.

« Le sergent Pascoe et l'officier Weir vont vous emmener au poste. Vous pouvez passer un coup de fil – et un seul – à un ami, à un parent ou à un avocat. À votre place, je ne tenterais pas de joindre M. Denton. Il vient d'être arrêté par nos collègues de la police métropolitaine. Nous vous garderons en cellule un moment. Cela vous donnera le temps de réfléchir à ce que vous me raconterez plus tard. Car ce chef d'accusation n'est qu'un début. Vous vous êtes foutue de ma gueule, vous nous avez tous menés en bateau. La vérité ne nous échappera pas. Si vous et votre ami êtes innocents, vous avez intérêt à nous donner des noms. »

Il fit un signe à Linehan, qui prit doucement Atlanta par le coude, mais elle se dégagea et continua à faire face à Morton. Elle essuya une larme du dos de la main et déglutit comme si elle s'apprêtait à dire quelque chose, sans trouver ses mots.

« Si vous voulez parler maintenant, je n'ai rien contre »,

lança le policier d'une voix glaciale, aussi cinglante qu'une insulte. Secouant la tête, Atlanta se laissa conduire jusqu'à la porte et, là, ce que redoutait Sarah arriva : elle se retourna pour lui lancer un dernier regard.

Un regard indéchiffrable. En un sens, c'était pire que tout. Atlanta avait la même expression distante et impassible que lorsqu'elle l'avait vue pour la première fois.

Trente et un

Sarah passa une grande partie de la matinée dans une des salles d'interrogatoire à écrire son rapport et à « se reprendre », comme le lui avait froidement conseillé Andy Linehan. On ne lui avait pas interdit de sortir ni d'aller dans son bureau ou à la cantine, mais elle n'aurait pas supporté d'affronter ses collègues. La pièce étant sans fenêtre, une fois son travail fini, il ne lui resta plus qu'à tenter de comprendre ce qu'on lui reprochait. Avoir reconduit Atlanta à l'hôtel au lieu de l'amener au poste ? Ne pas l'avoir formellement avertie de ses droits et des accusations qui pesaient sur elle ? Stupide, certes, mais cela ne suffisait pas à expliquer la rage froide de Morton.

Sarah pensa d'abord qu'après avoir entendu Atlanta et lu son rapport Morton reconnaîtrait son erreur. Elle se plut à forger quelques formules élégantes et caustiques qu'elle lui lancerait lorsqu'il viendrait s'excuser. Puis elle se mit à s'inquiéter de ce qu'Atlanta allait lui raconter. Rien ne l'empêchait d'inventer des histoires, de porter des accusations qui brouilleraient les pistes ou l'impliqueraient davantage. Elle était si convaincante ! Elle les avait tous bernés pendant des jours.

La porte s'ouvrit, non sur Morton mais sur David Tollington apportant deux tasses de thé.

« J'ai pensé que ce serait bienvenu, dit-il en refermant soigneusement la porte derrière lui. Morton ne sait pas que je suis ici, je ne vais pas m'attarder, mais si je peux t'être utile...

— Ça va, merci.

— Je ne crois pas », répliqua-t-il en s'asseyant.

Elle vit son visage soucieux, son regard inquiet, et elle dut faire un effort pour refouler ses larmes. Elle ne voulait pas céder à la facilité, accepter le réconfort d'une accolade ou de quelques bonnes paroles sans portée.

« David, pourquoi suis-je ici ?

— Tu ne le sais pas ?

— Non. Enfin, c'est lié à l'affaire, bien sûr, mais à part cela...

— Je ne connais pas les détails. Morton ne m'a rien dit. Il a reçu trois ou quatre enquêteurs de la police criminelle de Norwich et deux autres de la métropolitaine. En bref, ils te soupçonnent d'avoir divulgué des informations sur l'enquête.

— C'est ridicule.

— Je sais, il n'empêche que Morton est persuadé qu'il y a eu des fuites. Sans parler de cette histoire de pièce à conviction manquante, le sac qui a disparu entre ici et le labo. Selon lui, quelqu'un parmi nous s'en est débarrassé.

— Et à qui l'aurais-je donné ?

— Aux assassins. » Sa réponse la glaça. « Ils ont discuté pour savoir jusqu'où tu étais mouillée. Pour certains, tu es forcément impliquée, d'une manière ou d'une autre. Lisa Ross est à leur tête. Je ne sais pas ce que tu lui as fait, mais elle veut ta peau. Andy Linehan n'est qu'à moitié convaincu. »

Andy ! Il avait refusé de lui parler lorsqu'il l'avait ramenée en voiture.

« Morton m'a demandé si je pensais que tu étais dans

le coup, ajouta-t-il en jetant un œil vers la porte. J'ai répondu non, mais cela n'a pas eu l'air de l'ébranler. Au fond, tu étais la première sur le lieu du crime et tu as eu accès à toutes les informations.

— Pas en volontaire. C'est Collins qui m'a envoyée.

— Sans parler du fait que tu t'entends si bien avec Mabbott.

— Mais c'est exactement ce que l'on attendait de moi ! Je devais m'occuper d'elle, m'assurer que tout se passait sans heurt. Je l'aimais bien, c'est vrai, mais je ne lui ai absolument rien dit. C'est elle qui m'a parlé. Elle a reconnu qu'elle se trouvait à Compton, cette nuit-là, avec son ami. Elle me cachait des tas de choses, certes, mais je l'ai persuadée de venir témoigner.

— Morton ne voit pas les choses ainsi. Ce matin, tu ne l'as pas conduite au poste et tu étais dans sa chambre au moment de son arrestation.

— C'est vrai, reconnut Sarah, abattue. Je ne sais plus ce qui m'est passé par la tête. Ça m'a semblé juste, sur le moment.

— Morton connaît-il ton point de vue ?

— Je ne crois pas. Il ne m'en a pas donné l'occasion.

— Me permets-tu de lui parler ?

— Si tu veux. »

Il se leva et sortit. Quelques minutes après, Morton entrait. Il prit une chaise et s'installa posément en face d'elle, de l'autre côté de la table. Andy Linehan s'assit à droite de Morton, un peu en arrière. Sans un mot, Morton prit les feuilles du rapport et les lut en silence, les passant au fur et à mesure à Linehan. Sur son visage, Sarah ne put rien déchiffrer d'autre que la colère à peine contenue qu'il affichait déjà dans le hall de l'hôtel. Il termina sa lecture à toute vitesse en remuant avec impatience sur son siège.

« C'est tout ? » demanda-t-il en agitant la dernière feuille avant de la tendre à Andy.

Sarah acquiesça.

« Et que suis-je censé faire de ça ?

— Qu'a dit Atlanta ?

— Mabbott, corrigea-t-il froidement, n'a pas ouvert la bouche. Visiblement, elle se taira jusqu'à l'arrivée de son avocat (un avocat que vous lui avez recommandé, à propos !). Et après aussi, à mon avis. Denton, qui a été arrêté à Londres, est également muet. Si bien que lorsqu'il arrivera j'aurai le plaisir de perdre mon temps à l'interroger.

— Elle a sans doute peur. Je veux dire, si quelqu'un ici d'ici passe des informations, elle...

— Ne me dites pas que vous persistez à la croire innocente !

— Si. Écoutez, continua-t-elle soudain, sans même espérer être entendue, un ami d'Ed lui demande un service : remettre une enveloppe. Il ne pose pas de questions, suit les instructions, laisse Atlanta dans la voiture, voit les types, leur donne ce qu'il doit leur donner. Mais la situation se complique. Hannay les surprend, mettons, ou bien il est dans le coup, je l'ignore. Bref, les autres le suppriment. Ed devient un problème, surtout à partir du moment où nous apprenons qu'il était présent sur le lieu du crime avec Atlanta.

« Ed et Atlanta ne se manifestent pas, car ils savent qu'ils seront aussitôt suspectés — et on ne peut pas leur en vouloir, vous êtes d'accord ? Atlanta accepte de me suivre ; elle joue son rôle, nous sommes tous contents. Puis il se trouve qu'elle voit le cadavre de Hannay et comprend alors que ce n'est pas un jeu. Un homme est mort, elle et Ed sont mouillés. Elle finit par me parler.

« Parce que je l'aime bien, que je la plains, parce que je souhaite qu'elle et Ed s'en sortent au mieux, je lui suggère de faire une déposition. J'aurais sans doute dû l'arrêter immédiatement mais, bon, je l'ai ramenée à l'hôtel pour qu'elle se reprenne, mange quelque chose et puisse affronter l'interrogatoire. Elle nous aurait expliqué comment elle a aidé à couvrir une bande d'assassins. »

Elle était arrivée au bout mais elle continuait à fixer la table comme pour affûter un ultime argument.

Morton eut un rire amer.

« Sarah, vous êtes encore plus idiote que je ne le croyais. »

Elle eut un choc. Elle s'était attendue à de la fureur, pas à du mépris.

« Vous ne voyez pas que son histoire est bourrée de mensonges ? Elle admet qu'ils étaient tous les deux sur le lieu du crime. Sauf que ce ne sont pas leurs mystérieux amis qui avaient rendez-vous avec Hannay mais eux ! Hannay voulait leur vendre ce qu'il avait volé à l'hôpital ; ils étaient acheteurs. L'un ou l'autre l'a assassiné. »

Elle eut envie d'éclater de rire. Quelle farce ! Certes, elle connaissait mal Ed, mais il était calme, détendu ; certainement pas le genre de type à perdre la tête ni à être habité par cette folie de toute-puissance qui pousse à tuer celui qui vous gêne ou vous doit de l'argent.

« Denton est évidemment le suspect le plus vraisemblable, poursuivit Morton. Mabbott, sa complice. De toute manière, l'un des deux a poignardé Hannay. »

Impossible d'imaginer Atlanta maniant une arme ; en revanche, elle pouvait certainement avoir couvert Ed.

« Vous vous trompez sur leur compte », lança Sarah, toute tremblante.

Elle tenta de se représenter la scène. Atlanta maintenant Hannay par les bras tandis qu'Ed lui assène les coups fatals, tous les deux s'assurant qu'il gît sans vie à leurs pieds, saisissant la mallette pleine d'argent ou de drogue. Absurde ! pensa-t-elle.

« Nous en saurons plus quand nous aurons les résultats du médecin légiste, intervint Linehan d'un air enjoué.

— Cela ne rime à rien, persista Sarah. Pourquoi Hannay serait-il allé là-bas avec Nicola Page ?

– Son rôle n'a toujours pas été élucidé. D'ailleurs, elle aussi avait accès aux drogues.

– Dans ce cas, pourquoi les tuer ?

– Pourquoi pas ? Peut-être Hannay avait-il une grosse quantité de marchandise. Seul, sans arrière-garde, il était possible de l'éliminer pour ne pas payer. Ou alors un geste dicté par l'impulsion, la circonstance, une querelle...

– Mais, cette nuit, Atlanta m'a dit...

– S'il vous plaît, ne me parlez plus de cette nuit ! Moins j'y pense, mieux je me porte. Nous avons trouvé les assassins, vous m'avez compris ? Mais je serai sans doute obligé de les relâcher, Mabbott, ce soir, Denton, demain. Sauf si nous trouvons une pièce à conviction imparable.

– Et si ce n'est pas le cas ? dit Sarah au bord des larmes. Pourquoi êtes-vous aussi sûr de leur culpabilité ?

– J'en suis sûr, c'est tout, même si cela n'a aucune valeur au tribunal. J'avais besoin d'une preuve, ce qui aurait supposé une surveillance bien faite, du temps passé à réfléchir à la méthode, un travail en équipe, etc. À cause de vous, je n'ai rien dans les mains.

– Si je lui parlais, peut-être que...

– Enfin, ne voulez-vous pas comprendre ? Elle vous a raconté des foutaises, une demi-confession, si vous préférez, et vous ne l'avez pas avertie de ses droits. En cas de procès, ce serait du pain bénit pour la défense. D'un autre côté, le procureur explosera en lisant les journaux. Le principal suspect et un des policiers chargés de l'enquête qui se torchent au rhum ensemble sur un yacht ! Il n'en croira pas ses yeux. Et, franchement, moi non plus ! »

Il se leva, rassemblant les feuilles du rapport de Sarah.

« Vous savez, je vous croyais à la hauteur. Vous aviez une très bonne réputation. Novice, sans doute, un peu naïve, mais brillante et consciencieuse. Et voilà que vous nous bousillez tout le travail !

– Alors, donnez-moi une chance.

– Vous plaisantez ?

– Si j'arrive à la convaincre... »

Morton intercepta le regard de Linehan, debout derrière Sarah.

« Entendu. Je vous laisse vingt minutes. »

Trente-deux

Pelotonnée sur le lit, Atlanta semblait dormir. La cellule, couverte de carreaux blancs du sol au plafond, était aussi nue et froide qu'un abattoir.

Sarah posa par terre la tasse de thé qu'elle avait apportée et secoua doucement Atlanta par l'épaule.

« Allez vous faire foutre ! » grogna celle-ci derrière son pull remonté jusqu'au nez.

« Atlanta ? »

Elle se retourna avec une telle brusquerie que Sarah fit un pas en arrière.

« Oh, c'est vous ! dit-elle en s'asseyant. Vous savez, hier, tout ce que je vous ai raconté, eh bien, rien n'était vrai. Rien.

— Savez-vous qu'Ed a été arrêté ?

— Oui. Puis-je le voir ?

— Non. »

Atlanta baissa la tête et jura entre ses dents.

« Vous n'allez tout de même pas lui dire ce que je vous ai confié ?

— Atlanta, s'il a un peu de jugeote, il nous parlera de toute façon. Il est trop tard pour croire que vous allez vous en sortir comme ça. Maintenant, il est temps, pour vous deux, de choisir votre camp.

– Je n'ouvrirai pas la bouche.

– Réfléchissez.

– Si vous me laissez parler avec Ed, peut-être. »

Elle ne desserra plus les lèvres. Sarah ne pouvait rien lui promettre, d'autant que Morton pouvait écouter ou enregistrer l'entretien.

Il ne lui restait plus qu'à partir. Maintenant qu'Atlanta n'était plus un témoin mais un suspect, Sarah n'avait plus de rôle à jouer dans l'enquête ni de motif de revenir. C'était difficile à croire, après tout ce qui s'était passé depuis dimanche, mais elle ne reverrait sans doute Atlanta que dans le box des accusés, à son procès.

« Me donnerez-vous des nouvelles d'Ed ?

– Quelqu'un d'autre, peut-être. Pas moi.

– Bien. »

Atlanta avait l'air furieuse mais Sarah la connaissait maintenant assez pour deviner son émotion.

« Je suis désolée, vraiment. Je ferai mon possible pour vous deux.

– Oui, oui », marmonna Atlanta sans la regarder, mais, quand Sarah fut près de la porte, elle la rappela. « Si je ne vous revois pas, il faut que je vous dise quelque chose. À propos de Nick. »

Que Nick et Atlanta aient couché ensemble, passe encore ! Mais en apprendre davantage, être obligée d'écouter une excuse ou une justification, c'était pis que tout.

« C'est bien Nick qui vous a parlé de Kelly, n'est-ce pas ? » demanda Atlanta.

Sarah ne put cacher sa surprise.

« Personne d'autre ? »

Elle attendit une réponse qui ne vint pas.

« Et vous n'avez posé aucune question, par fierté, conclut finalement Atlanta. Bon, eh bien, si on ne vous a rien dit, c'est que ce n'était pas vrai.

– Où voulez-vous en venir ? bredouilla Sarah, éberluée.

262

– Ce n'était pas vrai. Il n'y avait rien entre Kelly et Tom.

– Qu'en savez-vous ?

– Nick a tout inventé. »

C'était comme de tendre la main pour s'apercevoir qu'il n'y a plus de balustrade, comme de tomber dans le noir, comme d'échapper aux sables mouvants pour être engloutie par la marée.

« C'est idiot, dit Sarah machinalement.

Atlanta haussa les épaules.

« Moi, cela m'est égal. Je tenais à vous prévenir, c'est tout.

– Mais, enfin, ça n'a pas de sens ! Tom était son cousin, son ami. Tous les deux étaient très proches. Pourquoi inventer une chose pareille ?

– Pour vous baiser, répondit Atlanta sans hésitation. Pour se venger de Tom, d'une manière ou d'une autre, ou de votre indifférence. Je n'y étais pas. À vous de trouver la réponse. »

Non, cela ne s'était pas passé ainsi. Sarah se souvint de cette nuit où ils avaient écouté des disques que Tom aimait, parlé de lui. Nick était trop simple pour savoir mentir, elle avait senti qu'il lui cachait quelque chose. Finalement, elle lui avait arraché les vers du nez. Il avait commencé par lui conseiller d'oublier Tom au plus vite, puis avait lâché le nom de Kelly. Bien sûr, elle avait été dévorée par la colère et la jalousie. Sans savoir comment, elle s'était retrouvée dans son lit. À force de pleurer, elle s'était endormie dans ses bras, épuisée.

Sarah s'assit. Elle ne pouvait y croire.

« Vous voulez vous venger, dit-elle à Atlanta. Quant à lui, je ne sais pas ce qu'il cherchait. Tirer un coup, sans doute.

– Quoi ?

– Je suis au courant, pour vous deux. Je l'ai vu sortir de votre chambre, ce matin. »

Atlanta éclata de rire.

« Vous croyez que j'ai couché avec lui ? Il est venu me rapporter mon carnet d'adresses que j'avais oublié au pub. Il vous en reste des choses à apprendre ! Ce type est bidon. Je ne coucherais pas avec lui sous la menace d'une arme. Enfin..., se reprit-elle, réalisant ce qu'elle venait de dire, il n'est pas pour moi. J'ai déjà quelqu'un. »

Sarah fixa le sol. Elle se sentait calme. Elle voulait juste en être sûre.

« Comment le savez-vous ?

– Premièrement, c'est évident. Deuxièmement, Nick a eu la bonté de me le dire le soir où nous sommes restés ensemble. Troisièmement... Que vous faut-il de plus ? »

Des collègues avaient souvent dit à Sarah que plus la blessure est profonde, moins on la sent. Elle ne les avait pas crus, tout en espérant ne jamais avoir à en faire l'expérience personnellement. Mais c'était peut être applicable aux blessures affectives. Au début, ça ne fait pas mal.

Il y avait trop de pitié dans les yeux d'Atlanta. Sarah tourna les talons et frappa à la porte. Elle entendit le sergent de garde repousser sa chaise et approcher.

« Hé ! » cria Atlanta.

Sarah lui lança un regard méfiant.

« Je veux vous souhaiter bonne chance. Faites attention à vous, ajouta-t-elle d'un ton plus sincère. Pas de bêtises, hein ?

– Non, murmura Sarah au moment où la porte s'ouvrit.

– Bien. »

Linehan, un peu plus loin dans le couloir, parlait avec un sergent. Il vint à sa rencontre.

« Ça a marché ? »

Elle haussa les épaules.

« Non. Elle ne veut plus rien dire. »

Avec ses révélations de la nuit précédente, ils pourraient peut-être convaincre Ed qu'Atlanta coopérerait. Ou lui faire croire qu'elle l'avait dénoncé pour sauver sa peau, en espérant qu'il l'accuse à son tour, par vengeance ou par peur. À deux, en se partageant les rôles, ils réussiraient probablement à lui soutirer les informations nécessaires. C'était une méthode couramment employée. Sarah espérait qu'en faisant comprendre à Ed la gravité de la situation il reconnaîtrait son implication, afin de tirer Atlanta d'affaire. Était-elle trop romantique ? Existait-il au monde quelqu'un qui avouerait son crime ou sa complicité par fidélité à son égard ? La famille, peut-être, mais Nick ? Ou Alban ?

Tom l'aurait fait.

« Tant pis, dit Andy. Morton suppose que Denton parlera.

— Pourquoi ?

— Il sait que son amie est dans de sales draps. Pour l'en sortir, il se mettra à table. »

Le sergent vint lui annoncer qu'il avait un appel.

« Va te reposer, dit-il à Sarah avec un sourire hésitant. Je t'appellerai si on a besoin de toi. »

Sarah s'assit à son bureau, incapable de faire quoi que ce soit, les yeux fixés sur l'écran vide de son ordinateur. Elle était à nouveau paralysée par la honte et la fureur qui l'avaient envahie le matin. Elle n'entendit même pas David entrer.

« Ça va ? demanda-t-il d'un air soucieux en voyant son visage tendu.

— Non ; ça ne va pas. Je te serais très reconnaissante, ajouta-t-elle, au bord des larmes, si tu voulais bien m'apporter un sandwich. »

Finalement, ils se retrouvèrent tous les deux à la cantine, devant des papiers froissés et deux gobelets dans lesquels refroidissait un mauvais café. Sarah cherchait ses mots.

« Est-ce qu'il t'est déjà arrivé de trouver que c'est trop ? Le boulot, le reste...

– Sans doute, répondit-il placidement.

– Au point d'envisager de tout laisser tomber ? »

David prit le temps de réfléchir et Sarah entendit des collègues qui parlaient de l'affaire à une table voisine, riant et s'esclaffant parce que l'un d'eux avait perdu son pari.

« Il y a des moments comme ça. L'histoire Julie Stanforth, par exemple, m'a fichu en l'air. Je ne l'ai jamais oubliée. »

Sarah avait du mal à faire abstraction de la conversation, derrière elle. Quelqu'un déclara, d'une voix forte et assurée, que le couple de Noirs aurait dû être inculpé bien plus tôt.

« C'était deux jours avant qu'on ne retrouve son corps. Le salaud a jeté son sac à main dans une poubelle, à deux cents mètres d'ici, vers la place du Marché. Ça a dû l'exciter. »

Il jouait avec l'enveloppe de son sucre, la roulant en boulette puis la défroissant avec minutie.

« Bref, une fois les analyses faites, on m'a demandé d'aller le rendre à son ami. À l'intérieur, il y avait les trucs habituels, des clés, du maquillage, des photos, deux lettres et un journal intime. Tout était humide, sale, taché de boue. Il a jeté un coup d'œil et a déclaré qu'il n'en voulait pas. Ça m'a paru bizarre. J'ai cru qu'il allait tout avouer. On suspecte toujours le mari ou l'ami, dans ces cas-là, bien qu'il ait eu un alibi en béton. Mais ce n'était pas ça.

« C'est seulement après la découverte du cadavre que j'ai compris le sens de son refus. Tu n'étais pas là, si ma mémoire est bonne. Garder ces papiers, cela aurait été comme de vivre avec sa dépouille, avec le souvenir constant de sa mort. Elle était... Comment dire ? Gonflée, bouffie, couverte de fange, comme les pages de son journal et les photos. »

Il avala son café. Dans son dos, un homme demanda si quelqu'un avait déjà couché avec une Noire. Une semaine plus tôt, Sarah n'y aurait même pas fait attention.

266

« Quand je rentre à la maison après un truc comme ça, reprit David, en faisant semblant d'avoir passé une journée de bureau ordinaire, je me dis que c'est trop lourd, pour moi, pour Helen, pour les enfants. Tu vois, on garde en soi tellement de rage quand on est confronté à tout ça. Et il y a tant d'affaires qui restent inexpliquées ! Même quand nous en résolvons une, la vie des victimes est totalement bouleversée. Leurs blessures ne s'effacent pas. Elles ont quand même perdu ce qui leur a été volé. Elles n'osent plus sortir. Elles se renferment, deviennent méfiantes. Si tu prends les choses trop à cœur, tu es dévoré. »

Il repoussa sa tasse de café.

« Bon, mais ce n'est pas ça qui va t'aider ! Tu ferais mieux de rentrer te reposer. Demain est un autre jour.

— Tu crois ?

— Oui, répondit-il d'un ton assuré en se levant.

— Alors tu penses que je devrais rester dans la police ? »

Il s'immobilisa, embarrassé.

« Je le souhaite, en tout cas. Si tu m'autorises à parler franchement, tu ne colles pas au profil type. Mais c'est plutôt bien. Je n'aimerais pas n'être entouré que de Blake, ou de Morton, ajouta-t-il avec un haussement d'épaules. Toutefois, je ne te dirai pas : "Reste". À toi de savoir ce qui te convient le mieux. »

Trente-trois

Sarah passa l'après-midi à faire semblant de s'occuper jusqu'au moment où David insista pour qu'elle rentre. Elle espérait partir sans se faire remarquer mais elle tomba sur Graham Blake qui bavardait avec un policier, appuyé sur le comptoir de la réception et tripotant un paquet de cigarettes auquel il n'était pas censé toucher.

« Mademoiselle Delaney ! cria-t-il d'une voix tonitruante. Je tiens à vous féliciter.

— Ah ? dit-elle, sur ses gardes.

— Et comment ! Quiconque peut déclencher chez notre inspecteur en chef Morton ce déluge d'injures dont il nous a abreuvés ce matin doit avoir des ressources insoupçonnées. Jeremy a travaillé pour moi cinq ans, comme vous le savez, et je ne l'avais jamais entendu lâcher un "merde". »

Patiente, elle attendit qu'il en vienne aux faits.

« Ne m'en veuillez pas, ce n'est ni l'heure ni le lieu, mais j'espère que vous avez appris la leçon.

— Comment cela ?

— Si vous êtes dans ce pétrin, mademoiselle, dit-il à mi-voix, c'est parce que vous ne m'avez pas écouté. Je vous ai proposé de venir me faire part de vos problèmes,

269

pour que je puisse entendre votre version des faits, et non celle des autres. »

Il sourit pour détendre l'atmosphère.

« Venez. »

Il la conduisit dans son bureau où il s'effondra dans son fauteuil en cuir en lui désignant une chaise d'un geste de la main.

« Qu'avez-vous à perdre ? Racontez-moi tout. »

Ce qu'elle fit. Quand elle eut terminé, d'une voix lasse, un récit des événements qui ne lui parut pas du tout convaincant, il hocha la tête d'un air pensif, en tirant sur sa moustache avec une ombre de sourire.

« Si c'est vrai, avança-t-il prudemment, alors, il faut réfléchir. Vous, moi, Haydon et les autres. Si c'est faux, vous êtes plus en difficulté que je ne l'imaginais.

– J'ai fait ce que l'on attendait de moi. Je me suis occupée d'Atlanta. Je ne me suis pas laissé guider par des préjugés. Je sais que j'aurais dû prévenir Morton tout de suite, mais nous étions toutes les deux dans un sale état.

– Et vous avez sans doute trouvé tentant de boucler l'enquête toute seule.

– Non, protesta-t-elle en rougissant. Enfin, peut-être. Mais je voulais surtout prouver que je pouvais suivre une piste jusqu'au bout. Pas seulement chercher des corps. J'ai quand même réussi à faire parler Atlanta. »

Il avait l'air absent, griffonnant sur son calepin un chapelet de volutes, d'après ce qu'elle déduisit des mouvements de son stylo. Il s'attaqua à quelque chose de plus élaboré, avec des cercles, des flèches et de petits symboles.

« C'est difficile pour moi, dit-il d'un air songeur. Je ne suis pas sur l'affaire. Si je m'en mêle, on pensera que c'est parce que j'enrage d'avoir été mis sur la touche, que j'en veux à Jeremy d'avoir pris le boulot. Pourtant... »

Il joignit les mains derrière sa tête et regarda le plafond. Son humeur avait encore changé. Il complotait quelque chose. Elle apprécia qu'il lui parle en égale et se détendit un peu.

« Vous savez, évidemment, que Mabbott ment.

– Tout le monde en est persuadé.

– J'ai appris, au cours de toutes mes années de service, que démasquer un mensonge n'est pas découvrir la vérité. Pour moi, Mabbott et Denton ne sont pas coupables du meurtre de Hannay. La réponse n'est pas à Compton Spit, comme vous le croyez. Elle est dans la vie de la victime. À l'hôpital, certainement. Le mieux que vous ayez à faire est de rentrer chez vous, d'oublier tout ça et de me laisser démêler la situation à ma façon. »

Il s'enfonça dans son fauteuil, son petit sourire étrange revenant rôder sur son visage.

« Un verre ? proposa-t-il chaleureusement en sortant une bouteille de whisky.

– Non, merci. Je vais conduire.

– Bien, dit-il en rangeant la bouteille sans même se servir. Une autre fois, alors. »

Dehors, le vent avait forci, faisant ployer les arbres et tourbillonner les feuilles sur le parking. Dix minutes de route jusqu'à chez elle, et elle dormirait comme une souche, pour peu qu'elle arrive à oublier la voix vibrante de colère de Morton lors de leur dernier et pénible entretien. Ed avait changé d'avis, lui avait-il expliqué ; il n'en dirait pas plus qu'Atlanta et, à moins d'un miracle, on serait obligé de relâcher Mabbott dans la soirée et Denton le lendemain. Morton avait refusé d'admettre que le couple n'était qu'un élément marginal dans l'affaire. De toute façon, Sarah n'avait aucun argument à lui opposer, sinon sa confiance en Atlanta qui se lézardait de plus en plus. Quant à son intime conviction que la réponse ne se trouverait ni à l'hôpital de Norwich ni à Londres, mais à Compton Spit, elle n'était pas démontrable.

En ouvrant sa portière, elle vit sortir du commissariat

une de ses collègues, suivie d'Alban et de Nicola. Ils se dirigèrent vers une voiture de patrouille, à l'autre bout. Elle devina qu'ils allaient à l'aéroport pour retrouver les parents Page. Sarah monta prestement dans sa voiture, soulagée de ne pas avoir été vue. Alban et Nicola semblaient liés par quelque chose de si intime, de si pudique, lui la soutenant, elle appuyée sur son bras, que Sarah n'eut pas envie de les déranger.

Elle les laissa démarrer puis les suivit à distance jusqu'au centre ville. Bientôt, ils prirent le boulevard circulaire pour rejoindre Norwich Road et elle continua tout droit vers la côte.

Sur les tronçons de route les plus découverts, elle se sentit déstabilisée par le vent. Sur Beach Road, elle entendit grossir la mer qui montait à l'assaut de la plage.

Elle ne savait pas ce qu'elle cherchait. Elle laissa la voiture près de l'église, où Atlanta et Ed s'étaient arrêtés. De là, le chemin passait par la passerelle métallique, coupait à travers champs jusqu'aux dunes et à la plage, longeait la langue de sable de Compton Spit vers la Maison-Rouge puis, après un virage, se perdait entre les ajoncs et les pins.

Arrivée devant chez Rosemary, elle songea un instant à entrer, à lui demander son avis sur la conduite à tenir. L'idée de s'abandonner à des confidences dans cette pièce familière, bien qu'elle n'y fût entrée qu'une fois, la séduisait. La vieille dame serait de bon conseil, elle le savait. Elle partit donc dans l'autre sens, vers les dunes et la mer, qui se confondait avec le ciel en un paysage nébuleux, balayé par des tourbillons de vent troublant la régularité des vagues. Seules les jetées dessinaient des lignes nettes, avec les hauts piliers d'acier qui signalaient leurs extrémités submergées.

« Sarah ! »

C'était Andy Linehan qui lui faisait signe, depuis la route, en contrebas. Il se mit à grimper pour la rejoindre.

« Que fais-tu là ? cria-t-il. Je te croyais rentrée.

– J'ai quelque chose à faire, marmonna-t-elle si indistinctement qu'il changea de sujet.

– J'espère que Morton n'a pas été trop dur. Il est tellement sous pression ! Être obligé de les relâcher le rend fou. J'en connais qui auraient été impitoyables, crois-moi ! Mais c'est lui qui t'a mise sur le coup. Si tu n'avais pas l'expérience nécessaire, eh bien, cela relève de sa responsabilité ! Tout le monde n'est pas fait pour le boulot de détective, ajouta-t-il en lui glissant un regard en coin. Mieux vaut le savoir.

– Tu as peut-être raison », lui dit-elle sans croire un mot de son discours, qui la laissait d'ailleurs indifférente. Elle pensait à la première fois où elle était venue se promener ici avec Tom. La pureté du paysage l'avait émerveillée ; pas de cafés, pas de foule de baigneurs, pas de cabines de bains, pas de maisons.

« Mabbott est très convaincante, disait Andy. Je me suis fait complètement avoir. Franchement, j'ai rarement rencontré un suspect aussi malin. Elle fait ça avec une telle décontraction.

– Elle n'a rien à voir avec le meurtre.

– Allons, Sarah ! Même si Denton a agi seul, elle était au courant. Et c'est loin d'être prouvé, ajouta-t-il d'un ton plus coupant. C'est peut-être bien ton amie Atlanta qui a poignardé Hannay et l'a laissé perdre tout son sang. »

Il cherchait à la provoquer, irrité sans doute de la voir fixer la mer avec détachement.

« Certainement pas, dit-elle en se tournant vers lui. Ce qu'elle m'a avoué sur le yacht est vrai. Il s'est passé autre chose ici. »

Il la regarda attentivement.

« Es-tu sûre d'aller bien ? Tu m'as l'air un peu absente.

– Je vais très bien. Un de mes amis est mort, c'est tout.

– Je suis désolé, dit-il, surpris. Je ne savais pas. Étiez-vous très proches ?

– Oui. »

273

Elle détourna les yeux.

« Tu devrais rentrer te reposer.

– Je vais marcher un peu. Cela m'éclaircira les idées. »

Il la regarda avancer sur le chemin des dunes, vers la ceinture de pins, un peu plus loin.

Trente-quatre

Le vent soufflait de plus en plus violemment mais il était encore chaud et éloignait la pluie. La nappe de nuages déchiquetée laissait passer quelques rayons du soleil couchant et Sarah trouva presque la promenade agréable. Une mouette frôla les vagues puis, portée par le vent, s'éleva avec des cris de triomphe – vision qui remplit Sarah d'un fugitif sentiment d'exaltation. Elle coupa la ligne des pins pour s'engager sur le sentier à demi effacé qui menait à la Maison-Rouge.

Les bourrasques faisaient frémir le toit et les murs. Les gouttières gémissaient, les volets tremblaient mais la maison, un peu abritée par les dunes, avait résisté à des orages bien plus terribles que celui-ci. Elle la contourna, le gazon mou absorbant le bruit de ses pas. Tom lui avait montré comment entrer en montant sur l'auvent de la réserve puis en soulevant le vantail de la salle de bains. La fenêtre s'ouvrit, comme autrefois, avec ce petit bruit qui lui faisait battre le cœur mais qui ne réveillait jamais les parents dormant dans leur chambre, au fond du couloir.

Sarah visita la maison, comme en rêve, ne sachant pas ce qu'elle cherchait. Dans les pièces propres et nues, elle ne trouva aucune trace d'occupation récente, aucun désordre mais les souvenirs affluèrent... la chambre de Tom, la sienne, séparées par un couloir au parquet qui craquait.

Le robinet de son lavabo crachotait toujours. Elle s'assit sur son vieux lit, caressa l'édredon, renifla la vague odeur de poussière, prit des livres au hasard sur l'étagère. Elle se rappelait très bien ceux que Tom avait lus. Dans l'un, elle trouva, en guise de signet, un vieille feuille de célébration du mariage d'Andrew, le frère de Nick. La scène lui revint en mémoire avec une étonnante netteté. Tom rasé de près, en costume clair impeccable et chaussures cirées qui contrastaient avec sa crinière brune en pagaille et son sourire fou.

Au rez-de-chaussée, dans la cuisine bien rangée, on n'entendait que le doux ronflement du réfrigérateur. Rien n'avait changé, sinon les couleurs des tapis et des meubles, un peu ternies. Elle eut d'abord l'impression troublante de faire un saut dans le passé, ou dans un lieu épargné par le temps, tel un mémorial. Pourtant, il y avait une explication objective. Pourquoi faire des dépenses pour une demeure qui se retrouverait, dans quelques années, engloutie par les flots ?

Elle fut soudain prise de l'envie de téléphoner à Nick, de lui dire qu'elle savait, puis décida qu'il valait mieux l'affronter en personne. De toute manière, la ligne était coupée. Elle porta le combiné à son oreille et écouta le silence – vide, en suspens comme le reste de la maison.

Elle trouva la clé du hangar à bateaux à sa place et ouvrit la porte de la réserve. Tom et elle passaient toujours par là pour s'échapper vers les dunes et profiter des soirées douces et chaudes, aux couleurs d'argent et d'indigo, ou des nuits claires devant un feu de camp, assis exactement à la limite de la chaleur et du froid.

Le hangar était encore plus encombré qu'autrefois. Du plafond pendaient des mâts, des espars, des rames, deux planches de surf, des cordages, des filets et des flotteurs.

Sur les étagères s'entassaient des pots d'enduit, des sachets de vis, des bottes, des baskets, des bidons de carburant (rouges pour l'essence, noirs pour le diesel). Il y avait des cirés, des combinaisons et des gilets de sauvetage accrochés aux patères, des bûches entassées dans un coin. Sarah constata avec tristesse que le catamaran qui trônait au milieu avait été remplacé par un Zodiac pneumatique gris et rouge, sur un chariot de mise à flot flambant neuf. Tom lui avait appris à naviguer avec le catamaran, par mer calme, à franchir les premiers rouleaux pour aller jusqu'à Coldharbour Sand, Seal Sand, Dead Sand.

À côté d'elle, sur une tablette, deux raquettes de ping-pong au caoutchouc abîmé, une boîte de balles de tennis grises et usées ; un ballon de football posé sur un disco-plane à l'envers, une batte de base-ball. Elle la prit, la soupesa, caressa son bois lisse, gravé au nom de Tom sous la poignée. La batte qu'elle lui avait offert pour ses dix-huit ans.

Sans la lâcher, elle éteignit la lumière, sortit et ferma la porte à clé.

Elle retourna dans la maison. Elle y était venue sans projet précis, habitée par la sensation qu'elle y trouverait peut-être la solution. Elle savait désormais que rien ici ne l'éclairerait sur le meurtre de Chris Hannay. Mais cela n'avait plus d'importance.

Elle examina le salon, se souvenant qu'elle avait fait la même chose dans le cottage de Nicola la veille. Sur la table basse, à côté de vieux magazines et de boîtes de jeux de société cabossées, le livre d'or était à sa place, relié en cuir rouge épais, comme les menus des pubs. À l'intérieur s'étalaient des années d'écritures diverses, parfois quelques mots, parfois de vrais petits textes agrémentés de dessins et de cartes. Elle monta dans son ancienne chambre, s'allongea sur le lit et chercha les sections rédi-

gées par Tom : des notations sur des séjours en compagnie de camarades de classe ou de la famille, sur des
balades à pied ou des sorties en catamaran.

Les passages datant du temps où ils étaient venus
ensemble comportaient même des phrases écrites de sa
main, puis elle tomba sur des pages blanches : l'époque
où tout s'était arrêté, quatre ans plus tôt, des week-ends
entiers sans personne. Ensuite réapparaissaient quelques
commentaires plus brefs, moins légers, parfois, une allusion à la mort de Tom. *On a bu à la mémoire de Tom.*
Un autre évoquait l'office annuel de l'église, en l'honneur
des hommes disparus en mer. Elle éteignit la lumière et
se laissa envahir par le passé.

Dans l'obscurité de la chambre traversée de courants
d'air, une main sous la tête, l'autre bien au chaud entre
ses cuisses, dans le silence uniquement rompu par le vent,
elle fut assaillie de souvenirs.

Tom, assis à côté d'elle à l'église pendant qu'elle s'amusait de voir Andrew, en grande tenue militaire, avec galons
et épée, s'inquiéter du retard de sa fiancée, s'énerver, se
retourner toutes les cinq minutes, murmurer à l'oreille de
son témoin dans l'espoir d'être rassuré, de s'entendre dire
que, bien sûr, elle allait arriver d'un instant à l'autre. Tom
lui demandant ce qu'elle en pensait, sur un ton qui l'étonna
sur le coup ; elle répondant que tout cela était stupide ;
que l'important était l'amour et non une cérémonie pour
un Dieu auquel personne ne croyait. Elle comprenait, maintenant. Il la testait. Il avait l'intention de lui demander de
l'épouser, plus tard, pendant la réception ou en rentrant.
Comment aurait-elle réagi ?

Elle n'aurait pas donné sa réponse immédiatement, non
pour le mettre sur des charbons ardents mais pour lui laisser le temps de réfléchir ; alors, elle l'aurait embrassé et
lui aurait dit *oui*, mille fois.

Autre pensée. Autre éclair de compréhension. Nick, sur

elle, en elle, souriant, presque hilare, sans lui dire pourquoi – ce que Tom n'aurait jamais fait. Sa façon délibérée de l'ignorer avant la mort de Tom. Il devait déjà la désirer. Une fois son rival disparu, il avait sauté sur l'occasion, s'était précipité chez elle lui annoncer l'affreuse nouvelle, soi-disant pour la soutenir. Voulait-il se venger d'elle, également ? Avait-il pris plaisir à la voir souffrir, à la blesser bien plus profondément qu'il n'aurait pu le faire en la frappant ou en se servant d'une arme ? Avait-il simplement tourné à son profit le décès de son cousin et ami ? En tout cas, quand il avait obtenu ce qu'il voulait, quand il l'avait allongée sous lui, ouverte par ses calomnies, il en avait ri tout seul !

Sarah n'éprouva pas de colère. Nick n'avait fait que passer. Maintenant, en cet instant étrange, elle retrouvait Tom.

Son esprit flottant, somnolent revint à sa honte et à sa rage en voyant Nick sortir de la chambre d'Atlanta, à sa certitude qu'il l'avait pénétrée comme elle, un sourire de triomphe aux lèvres. Mais ce n'était qu'un mirage, il ne s'était rien passé. Sa jalousie évanouie, il ne lui restait que le regret de sa propre faiblesse. Peut-être pressentait-elle qu'il lui mentait, avant même qu'Atlanta ne le lui révèle ?

Et Atlanta ? L'idée de coucher avec Nick l'avait fait ricaner. Il était nul, elle avait déjà un homme s'était-elle récriée. Mais il y avait une autre raison qu'elle avait tue.

Dans cet état d'assoupissement où les morceaux du puzzle se remettaient place, elle comprit. Atlanta, dévorant à belles dents, piquant dans son assiette, à peine la sienne finie, faisant des siestes, projetant de vendre son appartement pour se rapprocher de sa mère, hésitant devant un verre d'alcool, même après avoir failli se noyer...

Sarah s'était peut-être fourvoyée, elle n'avait peut-être pas vu ce qui crevait les yeux mais, sur ce point, il n'y avait aucun doute : Atlanta était enceinte. L'image d'Atlanta se dandinant dans une salle de maternité, d'Ed changeant gaiement les couches du bébé, d'Atlanta lui chantant une berceuse, la fit sourire.

Elle s'endormit.

Trente-cinq

Elle fut réveillée par le bruit d'une clé dans la serrure et se redressa, hébétée, les yeux écarquillés dans la pièce sombre. La porte d'entrée s'ouvrit, quelqu'un toussa, s'essuya les pieds sur le paillasson. Pas très discret. Sans doute un familier. Attrapant ses chaussures, Sarah se précipita en haut de l'escalier, prête à se sauver si le visiteur montait, mais il entra dans la cuisine et commença à s'affairer, claquant les portes des placards, remplissant la bouilloire. Elle sentit une légère odeur de cigarette. Elle entreprit de descendre doucement mais elle dut faire marche arrière car l'homme (ce ne pouvait être qu'un homme) sortit pour aller au salon. Il se laissa lourdement tomber sur un siège avec un grognement d'aise. Elle entendit un bouchon sauter, le cliquetis d'une bouteille contre un verre, l'alcool couler. Il s'en versait une sacrée dose !

Allait-il rester longtemps ? Monterait-il, pour une raison ou une autre ? Arriverait-elle à sortir sans être repérée ? Difficile. Depuis le canapé, il voyait le bas de l'escalier. Par la fenêtre, elle chercha des yeux sa voiture. Elle était garée bizarrement, non pas devant l'entrée, mais à un mètre du hangar à bateaux, le coffre contre la porte.

Alors, elle la reconnut. Cela n'avait pas sens. Il ne se serait pas comporté comme chez lui ; il aurait fouillé méticuleusement ou attendu un éventuel visiteur. Non, cela n'avait pas de sens.

La voiture de Graham Blake.

Que se passait-il ? Blake serait-il le policier que les « amis » d'Ed s'étaient vantés d'avoir dans la poche ? Aberrant, après tant d'années passées dans les forces de l'ordre, tant d'arrestations à son crédit !

Mais si c'était lui, il avait toutes les données en main. Rien de plus facile que de brouiller l'enquête, d'ouvrir de fausses pistes, de détruire des preuves, de mettre en échec les opérations entreprises pour découvrir la vérité. Il pouvait s'être débrouillé pour diriger les soupçons sur Ellis puis, après l'échec de ce plan, avoir poussé tout le monde à suspecter Ed et Atlanta.

Sarah perçut la petite sonorité des touches d'un téléphone. Prudemment, elle remonta sur le palier.

« C'est moi, dit Blake. Je suis à la maison. Elle est là.

Elle ? Était-il au courant de sa présence ? Il fallait qu'elle sache de quoi il parlait, et à qui.

« Pas de problème. Nous l'avons attendue devant sa voiture et lui avons dit que nous avions encore quelques questions à lui poser.

Il ne pouvait s'agir que d'Atlanta. Elle s'était fait avoir. Il l'avait piégée.

« On n'a pas eu besoin de lui coller un revolver derrière la tête, ricana Blake. Elle a compris. C'est une maligne, continua-t-il plus sérieusement. Elle nous avait vus, elle se doutait bien que nous ne la laisserions pas filer comme ça. »

La tête de Sarah tourna, elle s'accroupit. Ils avaient dû l'amener dans un endroit isolé. Colman's Wood, peut-être, ou une des carrières.

« T'inquiète pas, je sais ce que je fais. Le public aime les histoires palpitantes, on va lui en donner ! Denton retrouve le docteur, se querelle avec lui pour une raison non élucidée et le tue. Pour le couvrir, son amie invente le coup du psychopathe. Quand ça ne tient plus, ils disparaissent tous les deux, Dieu sait où, en Afrique, probablement, avec de faux passeports. Nous sommes les seuls à savoir qu'ils sont... ailleurs. »

En écoutant Blake exposer son projet avec tant de détachement et de cynisme, Sarah eut la chair de poule. Elle se représenta Atlanta sortie de force de la voiture, se débattant, cherchant à s'échapper. S'ils étaient deux, elle n'avait eu aucune chance. L'un devait l'immobiliser, l'autre la menacer de son arme.

« On n'avait pas le choix, dit Blake. Si elle rentrait à Londres, on était fichus. Tu es d'accord ? De toute façon, tant que Denton sait qu'elle est entre nos mains, il ne parlera pas. Je m'en suis assuré. »

Ils n'avaient pas dû opter pour les coups de feu, pensa Sarah. Trop bruyant, trop sale... La bâillonner et l'étrangler, plutôt. Grognant, suant, ils l'avaient plaquée à terre, elle avait faibli, cessé de se débattre. Et ils avaient continué, pour être tranquilles.

« La météo, ce n'est pas mon problème, mon gars ! Tu te pointes ici et on s'y met dès que possible. De toute façon, il n'y a pas de danger qu'elle se sauve ! »

Son corps devait être dans la voiture. Dans le coffre. Enveloppé dans du plastique, prêt à être emporté en mer et jeté par-dessus bord. C'était de cela dont Blake parlait : il faisait trop mauvais temps pour se servir du Zodiac. S'ils choisissaient bien leur lieu, Missel Hole, par exemple, les chances de retrouver Atlanta étaient minces. Et ils se préparaient à tuer aussi Ed.

« Bon, quand tu peux, concéda Blake, un peu radouci. Et fais bien comprendre à ton père que, sans moi, il était cuit. Il me doit une fière chandelle. »

Il raccrocha. Sarah l'entendit se servir un autre verre en sifflotant.

Tremblant de froid, au désespoir, elle s'assit en haut de l'escalier. Comment avait-elle pu être aussi stupide ? Elle avait tout raconté à Blake. Elle avait rassuré Atlanta, gagné sa confiance, pour en arriver là !

Qu'avait-elle ressenti dans ses derniers instants ? Elle savait certainement ce qui l'attendait. Avait-elle tenté de les dissuader ? Supplié qu'ils lui laissent la vie ? Ou les avait-elle défiés ? Sarah l'espérait. Tout cela pour finir ligotée dans un coffre de voiture. Un sac-poubelle bon à jeter.

Sarah eut envie de descendre lui faire face, l'attaquer avec la batte de base-ball de Tom. Mieux, elle s'imagina à la barre des témoins, au procès de Blake, rapportant chacun de ses mots. Elle retourna prendre la feuille de célébration nuptiale et griffonna ses paroles, à la lueur du clair de lune, tant qu'elles étaient encore fraîches dans sa mémoire. Mais, d'abord, il fallait qu'elle voie Atlanta, qu'elle soit sûre. Ensuite, elle se sauverait.

Sur le palier, elle scruta l'obscurité. Blake ne faisait plus de bruit. De combien de temps disposait-elle avant que son partenaire n'arrive ? Valait-il mieux qu'elle parte par le chemin ou par la route ? Elle y serait plus à découvert mais, au moins, elle entendrait approcher une voiture et pourrait se cacher dans le fossé.

Serrant le mur au maximum, elle descendit l'escalier, sentant la présence toute proche de Blake, regardant ses pieds pour ne pas faire craquer le parquet, comme Tom le lui avait appris. Elle était dans le même état, angoissée, le souffle court, le cœur battant, les sens en alerte.

Elle s'immobilisa sur la dernière marche, tendit l'oreille. Le salon était silencieux, aussi calme et effrayant que la tanière d'un fauve. En face d'elle, un rayon de lune éclairait le sol carrelé. Il fallait qu'elle le traverse pour rejoindre l'opportune obscurité de la réserve. À sa droite, la cuisine. Cela valait-il la peine ? La batte suffirait-elle ? Sans doute pas. Osant à peine respirer, elle parvint jusqu'au plan de travail, effleura la planchette en bois dont elle se souvenait parfaitement, palpa la série de manches et choisit un long couteau à lame fine pour découper les filets de poisson.

Comment avaient-ils tué Atlanta ? Et Ed, que lui préparaient-ils comme mort ? Un assassinat à l'arme blanche ? Blake avait-il pris le risque de maculer de sang le coffre de sa voiture et ses manchettes ? Non, Atlanta avait été étranglée, elle en était certaine.

Blake devait dormir ou somnoler. Pourquoi ne pas ramper, surgir derrière lui et lui planter le couteau dans le dos avant qu'il n'ait le temps de réagir ? Elle savourait déjà le plaisir de le voir se tordre de douleur, agoniser lentement.

Appuyée contre le cadre de la porte, elle attendit que ce flot de haine s'apaise puis elle courut vers la réserve, dérapa, reprit son équilibre de justesse. Le verrou glissa sans un bruit, peut-être parce que Tom l'huilait régulièrement. Le silence était si lourd que le grincement de la porte gonflée d'humidité la fit tressaillir. Tremblant de voir apparaître Blake, fouettée par le vent qui s'engouffrait, elle passa prudemment le couteau dans la ceinture de sa jupe, soudain effarée par sa lame effilée et par l'anticipation de satisfaction qu'elle aurait eue à s'en servir. Puis elle s'enfonça dans la nuit.

Trente-six

Sue la pelouse, Sarah jeta un coup d'œil du côté de la clôture et des dunes. Elle pourrait rejoindre la masse sombre des haies et des arbres, aller chez Rosemary, téléphoner à Morton et demander de l'aide. Mais, d'abord, la voiture de Blake ! C'était le seul moyen de savoir ce qui s'était passé. Maintenant qu'elle était libre, qu'elle avait échappé au piège, elle sentait qu'elle tiendrait le choc.

Elle contourna la maison sans difficulté, en évitant la fenêtre du salon. Le coffre n'était qu'à un mètre ou deux du hangar. L'herbe absorba le bruit de ses pas.

Blake avait laissé les portières ouvertes et la clé sur le contact. Le plus simple était de démarrer mais le moteur refusa de répondre. Elle pesta, jusqu'à ce qu'elle comprenne qu'il devait y avoir un code antivol. Tâtonnant sous le tableau de bord, elle finit par trouver la manette d'ouverture du coffre. Elle fit un petit bruit qui ne la préoccupa pas car le vent rugissait dans les arbres, faisait trembler vitres et volets. Il lui fallut un moment pour rassembler tout son courage. Pourvu que le corps soit enveloppé ! Elle ne voulait pas voir son visage.

Les bas rayons de lune la laissaient dans l'ombre, hors de vue. Inspirant un bon coup, Sarah se décida. Elle tendit la main, sentit du plastique, du tissu, de la peau. Elle

287

eut un geste de recul, se reprit et tira la bâche d'un coup sec. Atlanta avait les bras attachés dans le dos, les pieds liés. Sa figure était cachée par un foulard noué sur la nuque. Elle vit une tache de sang séché.

Elle ne pouvait pas la laisser ainsi. De son couteau, elle lui libéra les membres, sans toucher au foulard, l'approcha du bord du coffre et la souleva sur ses épaules. Chancelante, haletante, elle jeta un coup d'œil en arrière, sur la maison. Toujours aucun bruit, aucun signe de vie. Blake devait siroter son deuxième whisky. Si elle réussissait à passer par-derrière, elle cacherait le corps dans des buissons.

Soudain, quelque chose l'empoigna à la gorge. La masse dans son dos se tortilla frénétiquement, la fit chanceler. Elle mit quelques précieuses secondes à comprendre que c'était Atlanta qui la jetait à terre et lui passait la corde coupée autour du cou. Sarah voulut parler mais il n'y avait déjà plus d'air dans ses poumons, la corde se resserrait. Elle voulut glisser ses doigts dessous mais elle était trop profondément enfoncée dans la chair. Elle se sentit plaquée contre la voiture, les pieds glissant sur l'herbe humide. Elle se débattit mais Atlanta ignora ses coups.

C'était un cauchemar. Elle n'était pas face à un vrai visage mais à un masque d'étoffe. La soudaineté de l'attaque, l'horreur de se sentir étouffer l'empêchaient de penser.

Atlanta arracha son foulard. En découvrant qu'elle était en train de tuer Sarah, elle s'immobilisa. Sarah fit un faible geste du bras et sentit la pression sur son cou se relâcher.

« Où sont les autres ? siffla Atlanta en la tenant toujours fermement.

– Pas moi... couina Sarah. Là, Blake. »

Dans les yeux brillants de rage d'Atlanta, elle vit passer une lueur de doute.

« Je suis venue vous chercher. Croyez-moi. »

Elle soutint le regard d'Atlanta, combattant l'envie de

filer à toutes jambes : Blake, alerté par le bruit, allait se ruer sur elles. Atlanta, hochant la tête, la lâcha.

« Partons. Blake nous a entendues. Il faut... »

Atlanta se figea quand la porte s'ouvrit sur le faisceau d'une torche qui balaya la pelouse, tournoya sur la voiture et s'arrêta sur le coffre ouvert. Derrière, la silhouette grise prit le temps de chercher quelque chose – son revolver, pensa Sarah.

Toutes deux partirent en courant mais Sarah avait oublié la clôture. Au dernier moment, elle fit une embardée à gauche et tomba au fond du fossé. Elle aurait pu rester dans ce trou noir et humide où elle se sentait aussi en sécurité qu'un animal dans son terrier, mais elle voulait voir ce qui se passait.

Elle remonta jusqu'au bord, en faisant le moins de bruit possible. L'ombre profonde d'un arbre voisin et un tas de bois l'abritaient des regards. Pas d'Atlanta en vue.

Blake, au centre de la pelouse, scrutait le paysage de sa torche. Sarah s'aplatit, le visage chatouillé par les herbes, le nez dans la terre mouillée, cette même terre brune qui avait glissé entre ses doigts pour tomber sur le bois lisse du cercueil de Tom ; et dont l'odeur avait persisté sur ses mains.

Blake semblait hésitant. Il devait se demander si Atlanta avait réussi à s'échapper toute seule, s'il valait mieux la poursuivre, attendre les autres ou s'enfuir. Il s'approcha de la voiture ; le rayon de sa lampe, par deux fois, la frôla. Sarah baissa la tête juste à temps, remerciant le ciel d'être habillée en noir.

Où était Atlanta ? Elle ne pouvait pas être entrée dans la maison ni avoir traversé la pelouse. Blake, qui devait s'en douter, fit prudemment le tour de son véhicule, vérifia en dessous puis se dirigea vers la route. Éclairant la clôture, il avançait vers elle. Elle aurait dû se mettre à couvert mais ne se décidait pas à bouger. Elle sentit alors qu'Atlanta était derrière elle.

Blake entendit quelque chose. Le faisceau lumineux se mit à tournoyer et surprit Atlanta, presque au bout de la barrière. Blake tira deux coups de feu. Sarah vit le bras d'Atlanta se tordre, ses doigts agripper le vide, elle l'entendit tomber sur le dos en criant.

Elle ne bougea plus. Une masse sombre, en gris et noir.

Les détonations donnèrent au silence qui suivit une force telle qu'il assourdit le bruit du vent et de la mer. Blake fit quelques pas prudents, tenant son arme de la main droite, se grattant l'oreille de la gauche.

Atlanta remua, ses ongles raclèrent le sol.

Blake la contempla un long moment. Il n'avait jamais dû tuer, songea Sarah. Il se préparait. Il avait peur, ou bien il savourait l'instant.

Il pointa son revolver sur le dos d'Atlanta.

Je vais le voir l'assassiner

Après réflexion, il s'accroupit.

À moins que je ne fasse quelque chose.

Blake mit le canon sur le crâne d'Atlanta, le retira, le tripota puis, avec un grognement de satisfaction, le replaça, prêt à tirer.

À moins d'un mètre derrière lui, Sarah craignait qu'il ne se retourne, mais il n'entendit pas ses pas silencieux sur l'herbe humide. Son oreille bourdonnait peut-être encore de ses deux coups de feu, ou il se concentrait trop sur son premier meurtre.

Sarah abattit la batte de base-ball sur sa nuque. Immédiatement, elle sut qu'elle n'avait pas frappé assez fort. Il hoqueta, chancela mais sans tomber ni lâcher son arme. Sarah lui assena un autre coup sur le côté qui le fit se plier en deux, abasourdi, puis un troisième, si violent qu'elle-même en fut déséquilibrée. La sensation de quelque chose qui résiste et cède en même temps la fit grimacer. Blake s'effondra et elle continua à le frapper, encore, et encore, jusqu'à ce qu'il cesse complètement de bouger.

Sarah s'agenouilla à côté d'Atlanta, sentit le sang battre dans l'artère du cou, effleura la tache noire dans son dos. S'essuyant les doigts sur la manche de sa veste, elle cria son nom. Atlanta ne réagit pas.

« Atlanta, ça va aller, je vous le promets. »

Sarah lui prit la main. Elle se souvint de ce qu'Atlanta lui avait raconté sur l'accident d'avion, sa terreur à l'idée des passagers écrasés à terre, la colonne vertébrale brisée, les yeux grands ouverts sur le noir.

Il y eut un mouvement derrière elle, un gémissement. Blake toussa, s'étrangla. Un filet de vomi se répandit à côté de lui, puant le whisky.

Sarah s'empara de son revolver, le lança dans les buissons et courut à la voiture prendre une corde pour attacher Blake, avant de se précipiter à la maison chercher la trousse d'urgence. Quand elle revint, Atlanta avait repris connaissance et s'était même débrouillée pour s'adosser à la clôture. Aucun organe vital n'avait l'air d'être touché car elle respirait facilement.

« Atlanta ? Vous m'entendez ? »

Elle fit un signe de tête. Sarah souleva son pull et son T-shirt et vaporisa de l'antiseptique sur la blessure.

« Je vais mourir ? demanda Atlanta, réveillée par la douleur, avec l'ombre d'un petit sourire.

— Non, mais vous saignez, je dois vous faire un pansement. »

Elle hocha à nouveau la tête, prête à se laisser couler dans l'inconscience.

« Il faut partir d'ici, Atlanta. Tout de suite.

— Je ne peux pas.

— Si. Il le faut.

— Une minute, dit-elle en se rallongeant, yeux mi-clos. Juste une minute.

— Non. Tout de suite !

— Téléphonez, marmonna Atlanta.

— Impossible. Ce fichu téléphone ne marche pas. »

Elle aurait pu aller prendre celui de Blake mais il n'y avait pas de temps à perdre.

« Les autres vont arriver. Ils nous tueront. Vous m'entendez ?

— Allez-y, vous.

— Atlanta ! Ils tueront Ed, aussi. Dès qu'il sera libéré. Nous y passerons tous. »

— Vous avez l'arme ?

— Je l'ai jetée, dit Sarah piteusement. Par là.

— Bravo ! murmura Atlanta, le visage crispé par la souffrance. Pouvez-vous m'aider ?

— J'essaierai. Je vais vous porter. »

Mais il était déjà trop tard.

Au loin, sur la route côtière, on entendit une voiture. Ses phares brillaient faiblement. Le vrombissement du moteur faiblit quand elle quitta la grande route puis s'intensifia à l'entrée du village.

Trente-sept

Sarah réussit à traîner Atlanta jusqu'au mur latéral de la maison et, de là, cachée dans l'ombre, elle surveilla la voiture arrêtée devant le portail. Le conducteur devait contempler le spectacle que lui découvraient ses phares : Blake gisant sur l'herbe, la maison parfaitement calme, comme en attente.

Moteur coupé, la portière s'ouvrit, une silhouette grimpa par-dessus la barrière et se dirigea vers Blake. C'était Nick ! Sarah poussa un soupir de soulagement.

« Nick ! Nick ! » cria-t-elle en bondissant vers lui.

Se jeter dans ses bras, se faire réconforter ! Elle lui avait déjà tout pardonné. Même Tom.

Surpris, il leva la tête avec une expression soupçonneuse. Malgré sa veste en cuir, son jean et ses santiags habituels, Sarah le trouva changé.

Il devait être choqué.

« Ne t'inquiète pas. Il n'y a personne.

— Qui a fait ça ? demanda-t-il en montrant Blake du doigt.

— Moi.

— Il est mort ?

— Je ne crois pas. Je n'en sais rien. »

Elle n'avait pas pensé qu'elle pouvait l'avoir tué, qu'elle

devrait s'expliquer, se justifier. Elle se rappela comment Blake avait parlé d'Atlanta au téléphone, le sort qu'il leur réservait à tous.

« Que sais-tu exactement ? » demanda-t-il calmement.

Il lui fallut un moment pour saisir le sens de sa question. Et son regard la frappa. Le même qu'au café, quatre ans plus tôt ; un regard qui rendait les mots et leur sens superflus. *C'est Tom...* Cela avait suffi pour qu'elle comprenne. Ou croie avoir compris.

Il l'observait.

Ses pensées s'enchaînèrent avec une clarté qui la surprit elle-même. La simplicité de leur plan. Aussi évident que le bruit familier de la mer dont on ne se rend même plus compte. Si seulement elle avait regardé dans la bonne direction.

« J'en sais assez, dit-elle avec calme. Sur toi. Sur Blake. Sur la drogue. Sur ton frère et ton père. Sur votre utilisation du bateau de sauvetage. Sur le sort que vous réserviez à Ed et à Atlanta. Cela suffit, non ? »

Elle frissonna. Le vent froid s'enroulait autour de ses jambes comme un courant marin, traversait son pull. Le pull d'Atlanta.

« Où est la Noire ? demanda-t-il.

— Partie chercher la police. »

Nick blêmit.

« Pourquoi es-tu ici ? demanda-t-il.

— Pour te laisser une chance.

— Ah oui ? s'exclama-t-il en riant. Tu veux ta part de gâteau ? C'est ça ? C'est trop drôle ! Tu sais, ils m'avaient suggéré de te mettre dans la combine et j'ai dit qu'il n'en était pas question. Que ce n'était pas ton genre.

— En effet. Tu ne t'es pas trompé.

— Alors, pourquoi es-tu là ? redemanda-t-il d'un ton plus âpre.

Lentement, il s'approcha. Elle voulut courir, mais ses jambes se dérobaient.

« Je te l'ai dit, pour te laisser une chance. Ils sont en route, Morton et les autres. Il ne te reste que quelques minutes.

— Pour quoi faire ?

— Tu ne peux pas repartir en voiture. Ils ont fait installer des barrages. Mais tu pourrais t'enfuir par la mer.

— Tu rigoles ! Le vent souffle en tempête.

— Inutile d'aller loin. Yarwell ou Martlesham suffirait. Si quelqu'un peut le faire, c'est toi. Tu connais ces zones mieux que quiconque. »

Indécis, il se retourna.

« Je ne vois rien.

— Ils ne vont pas arriver avec des sirènes et des feux. »

Nick regarda Blake, étendu par terre. Il aurait su lui dire que faire. Il pensait toujours trois coups à l'avance, comme il l'avait fait pendant toute l'enquête. Falsification de pièces à conviction, détournement de preuves... Mais les yeux de Blake étaient fermés.

« Où est son téléphone ? Je dois appeler le chantier. Les avertir. »

— Celui de la maison ne marche pas. Et pour celui de Blake, il faut entrer un code, mentit-elle. Tu pourrais être à Yarwell dans une demi-heure si tu pars tout de suite.

— Pourquoi fais-tu cela pour moi ?

— Nous n'avons pas le temps d'en parler, répondit-elle, au désespoir.

— Non, dit-il d'un ton rêveur. Dommage. »

Il sourit, un sourire aussi gourmand que son regard. Il la buvait des yeux. Il pensait à cette nuit où il l'avait baisée, dans son appartement surplombant la mer. Il croyait qu'elle le désirait encore. Qu'elle l'aimait. Qu'elle agissait par amour.

Le con, pensa-t-elle. Le pauvre con, arrogant et vaniteux.

« Viens, dit-elle en faisant demi-tour. Je vais te donner un coup de main. »

Il la suivit jusqu'au hangar. Tel un animal déchaîné, le

vent s'acharnait sur le toit, assaillait les portes situées face à la mer. Elle l'aida à installer le moteur sur le pneumatique, à vérifier l'essence et ajouta rapidement un peu de diesel pendant qu'il enfilait une combinaison. Elle mourait d'impatience qu'il parte avant que son énorme bluff n'éclate comme une bulle de savon. Mais il lui restait une question à lui poser.

« Je veux que tu me parles de Tom, dit-elle abruptement.

– Quoi ?

– Kelly n'était pas sa maîtresse, n'est-ce pas ?

– Quelle importance ? C'est une vieille histoire.

– Pour moi c'est important. »

Il haussa les épaules. Elle se souvint qu'il détestait être au mis au pied du mur.

« Pourquoi as-tu inventé ce mensonge ? C'était ton cousin, ton ami.

– Il était mort. Et puis je te rendais service.

– Comment as-tu pu penser une chose pareille ?

– Tu étais au plus bas, dit-il d'un ton raisonnable en se relevant. J'ai supposé que tu t'en remettrais plus facilement en croyant qu'il te trompait. Dans le genre bon débarras. »

Il posa doucement sa main sur son épaule. Elle tressaillit.

« Ça m'a plu, je ne te le cacherai pas. » Elle ne discernait pas son expression mais son sourire était audible. « C'est vrai, je t'ai toujours trouvée à mon goût. Depuis les premiers jours où Tom et toi êtes sortis ensemble. Mais tu ne t'en es même pas aperçue. Tu flirtais, tu le caressais, tu l'embrassais devant moi, exprès. Alors, j'ai saisi l'occasion de me venger. »

Sa voix s'était chargée d'une violence terrifiante. Elle fit un pas en arrière mais le bateau l'empêcha d'aller plus loin.

« Bizarrement, ajouta-t-il d'un ton radouci, sa colère

aussi subitement envolée qu'elle était venue, après cette première nuit, je me suis beaucoup attaché à toi. »

Sarah ne sut que dire. Elle avait eu ce qu'elle voulait, maintenant, il fallait qu'il parte.

« Et je le suis toujours, tu sais. Nous ne devrions plus nous quitter. »

Il se pencha vers elle et la plaqua contre la coque. Sa main caressa sa joue, son cou, descendit sur ses seins. Elle fit un effort désespéré pour transformer son dégoût en apparence de passion mais, quand il voulut l'embrasser, elle ne lui abandonna pas ses lèvres.

« Je fais ça pour Tom », murmura-t-elle calmement.

Il hocha la tête, comme s'il comprenait, relâcha son étreinte et recula. En silence, ils ouvrirent la porte par laquelle s'engouffrèrent les bourrasques et les embruns. Une fois la lumière éteinte, ils s'aperçurent que l'obscurité était moins dense ; l'aube n'allait pas tarder à la dissoudre totalement. Les jetées luisaient, tels des ossements éparpillés sur la terre brune.

Ensemble, ils poussèrent le chariot qui était étonnamment facile à manœuvrer. En quelques secondes, ils se trouvèrent au bord de l'eau. Il tint l'amarre pendant qu'elle roulait le chariot dans les vagues écumantes qui lui mouillaient les mollets, froides à couper le souffle. Elle sentit sous ses pieds le sable refluer avec elles.

Nick sauta dans le pneumatique mais le moteur hors-bord refusa de démarrer. Sarah crut que son cœur s'arrêtait de battre. Au deuxième essai, il cracha et se mit doucement à tourner. Nick l'abaissa dans l'eau et le bateau partit. Sarah remonta le chariot et, quand elle se retourna, il était déjà à vingt mètres, face aux rouleaux. Dans la pénombre, elle vit Nick batailler pour lui maintenir le nez en l'air.

Il mit les gaz et fit un quart de tour, jetant un coup d'œil sur la plage, sans qu'elle sache s'il lui était adressé.

Lentement, le Zodiac traversa les vagues déferlantes,

au-delà des jetées et, dans le vent, se mit à voguer plus souplement, la houle roulant sous l'étrave au lieu de le frapper de côté. Il avait passé le pire, apparemment.

Alors, il cala. Nick tira désespérément sur la corde du démarreur ; le moteur gémit sans répondre. Le bateau pivota, offrant son flanc aux vagues, et se retourna. En deux secondes, il fut projeté contre la jetée. La proue pointa un instant vers le ciel avant de disparaître dans l'écume. Il n'y eut plus qu'un bidon d'essence rouge dansant sur l'eau comme une balise.

Trente-huit

Sarah, debout devant la fenêtre de la salle d'attente de l'hôpital, regardait les arbres ployer sous le vent. À l'intérieur tout était calme ; elle n'entendait que des pas dans le couloir, le cliquetis d'une table roulante, le léger bourdonnement de l'air conditionné.

Un officier la conduirait au commissariat où elle devait voir Jeremy Morton. Elle ne savait pas ce qu'elle allait lui dire. La vérité, évidemment, mais en serait-elle capable ?

Elle était montée dans l'ambulance avec Atlanta, fuyant les questions, les regards stupéfaits ou accusateurs des policiers. De ses collègues. Pendant le trajet, sur les routes désertes au petit matin, elle était restée calme, sachant qu'Atlanta s'en tirerait, bien qu'elle ait à nouveau perdu connaissance. Ce n'est que plus tard qu'elle avait craqué.

Un médecin, une seringue à la main, était en train de vérifier le fonctionnement de la pompe, quand elle pensa à le prévenir qu'Atlanta était enceinte. Surpris, il palpa le ventre de sa patiente. Ce début de grossesse aurait pu leur échapper, confia-t-il à l'infirmière avant de se tourner vers Sarah pour la remercier. Sans cette information, Atlanta aurait pu perdre son bébé. Alors, elle s'était laissée tomber sur une chaise, prise de sanglots.

Depuis, elle avait dormi par à-coups, les enquêteurs

étaient venus et repartis avec sa déposition. Aussitôt relâché, Ed avait accouru. Il était maintenant au chevet d'Atlanta, décidé à y rester jusqu'à ce qu'elle puisse rentrer à Londres.

Une infirmière passa la tête à travers la porte.

« Elle vous réclame, annonça-t-elle avec un grand sourire.

Dans le couloir, Ed, au téléphone, rassurait quelqu'un sur l'état de santé d'Atlanta. Il lui fit un signe de main avec une amusante mimique qu'elle ne comprit pas.

Atlanta était assise sur son lit, tout sourire. Elle prit la main de Sarah, la remercia, lui dit qu'elle ne lui serait jamais assez redevable.

« On m'a raconté ce que vous avez fait.

— Quoi donc ? répliqua Sarah, qui refusait de penser et à Blake et à Nick.

« Ma grossesse. Vous les avez prévenus juste à temps.

— Ils s'en seraient aperçus.

— Peut-être, mais c'est tout neuf. Et nous, nous... »

À la grande surprise de Sarah, Atlanta bredouillait ! Mais elle reprit vite son ironie habituelle.

« Nous vous sommes tellement reconnaissants, continuat-elle avec un sérieux que démentait son regard pétillant. Nous aimerions que vous soyez sa marraine.

— C'est impossible.

— Bien sûr que si, insista Atlanta, ravie de cette réaction prévisible et balayant son objection d'un geste. Je vous ai vue avec vos neveux. Vous êtes formidable avec les enfants.

— Non, je ne pourrais pas.

— Pensez-y, au moins. J'aimerais tant que vous acceptiez. N'oubliez pas que je suis malade et que je pourrais rechuter, dit-elle en prenant une mine pitoyable.

— Comment vous sentez-vous ? s'enquit Sarah, sautant sur cette occasion de changer de sujet.

— J'ai surtout très mal à la tête. Pour le dos, ils m'ont

300

fait une injection qui m'a calmée. Ça rend un peu bizarre, sans plus. »

L'esprit de Sarah se remit à flotter. Elle ne l'écoutait plus, ne l'entendait plus. Elle repensait à la Maison-Rouge.

« Pardon ? dit-elle en sursautant.

— Nick. Si par hasard je n'avais pas été assez claire, sachez qu'il m'a fichu la chair de poule.

— Il est mort.

— Je regrette, dit-elle après un silence. Ce n'était pas le moment de plaisanter. Je le croyais parti sur son bateau.

— Oui, mais il s'est noyé.

— Non !

— Je l'ai tué.

— Qu'est-ce que vous racontez ? Il y avait une tempête. Personne ne l'obligeait à prendre la mer.

— Vous ne comprenez pas. Normalement, il s'en serait sorti. Je l'ai tué. J'ai mis du diesel dans le moteur, à la place de l'essence. Exprès, pour qu'il tombe en panne. Je ne lui ai pas laissé une chance.

— Vous ne pouviez pas faire autrement. Il vous aurait assassinée, il...

— Ça n'a rien à voir. C'est parce que... »

Elle ne put continuer.

« C'était de la légitime défense, non ?

— Je voulais qu'il meure. Je le haïssais. Je l'aurais réduit en bouillie, j'aurais tiré, je l'aurais crevé de coups de couteau, n'importe quoi. »

Atlanta se rallongea, les yeux au plafond, comme si elle cherchait les mots qui sauraient la tranquilliser, l'apaiser.

« Oubliez ça, se contenta-t-elle de dire finalement.

— Je ne peux pas.

— Il faudrait quand même faire le ménage dans votre sacrée caboche ! éclata Atlanta, furieuse. Arrêtez de vous faire mal. Ne voyez-vous pas comme tout est fragile ? Vous avez frôlé la mort. Comme moi, comme Ed. Ils nous auraient tués et balancés à la mer. Voulez-vous savoir ce qu'ils m'ont fait, Blake et les autres ? Ils m'ont expliqué leur plan avant de m'enfermer dans le coffre, pour que je sache, pour que j'aie le temps d'y penser pendant que j'étais là-dedans. Vous connaissez Ray ? Le plus petit. Il m'a dit qu'il me sauterait. Parce qu'il n'avait jamais fait ça avec une morte. Sympathique, non ? »

Atlanta refoula une larme.

« Alors, y en a-t-il un seul qui vaille un instant de votre vie ? Une seconde de regret ? »

Sarah haussa les épaules.

« Si vous dites à quiconque ce que vous venez de me confier, je ne vous adresse plus jamais la parole. Eh ! Sarah Delaney ! Vous m'entendez ? »

Sarah dut sourire. Elle devinait quel genre de mère serait Atlanta.

« Oui. D'accord. »

Mais, avant de partir, Sarah avait une dernière question à lui poser.

« C'est un garçon ou une fille ?

— Ed pense que c'est un garçon, répondit Atlanta avec un large sourire, mais moi je sais que c'est une fille. »

En entrant, Sarah se rendit compte que le commissariat était en pleine effervescence, malgré le deuil. Les salles et les couloirs étaient pleins de gens qui confrontaient leurs points de vue, à voix basse. Il devait y avoir une terrible erreur, Blake, lavé de tout soupçon, serait de retour dans une semaine. Certainement pas, il était mouillé jusqu'au cou. On avait toujours su qu'il se passait des choses bizarres.

Personne ne la regarda. Certains marmonnèrent, d'autres détournèrent les yeux. Comme un spectre dans ses vêtements noirs, elle ne passait pas inaperçue. Aller chercher son uniforme de rechange, au vestiaire, ne lui disait rien. Désormais, elle serait elle-même, et plus un officier de police.

Elle monta vers le bureau de Morton et, en passant, s'arrêta devant la porte ouverte de celui de Blake. Rien n'avait changé : les photographies encadrées sur la table, le sous-main à l'ancienne en cuir, l'ordinateur inutilisé, poussé d'un côté, les piles de dossiers sur l'étagère, l'armoire qui enfermait toujours la collection de whiskies de malt qu'il sortait à chaque fois qu'il y avait quelque chose à fêter, fût-ce en fin de journée ou de semaine.

Morton était au téléphone ; de la main, il lui désigna une chaise et elle l'observa pendant qu'il parlait. Il semblait épuisé, subitement vieilli. Mais ce n'était pas le genre d'homme à se laisser abattre. Avec quelques jours de repos, il s'en remettrait.

« Comment va votre témoin ?

— Cela ira. Ils ne la garderont pas longtemps. »

Cette question fit plaisir à Sarah. Il lui avait demandé de protéger Atlanta et elle l'avait fait. C'était déjà ça.

« J'aimerais que vous reveniez avec moi à Compton Spit, dit Morton d'une voix lasse. Il faut que je sache ce qui s'est passé exactement.

— Suis-je inculpée ? »

Fallait-il qu'elle cherche un avocat ? Le syndicat lui en fournirait-il un ? Elle pouvait aussi appeler le cabinet Summerton. L'idée d'envoyer sa demande d'emploi accompagnée d'une requête pour être défendue contre une accusation de meurtre la fit sourire.

« Non. Mais, cette nuit, je vous aurais passé les menottes. Tout le monde a cru que vous étiez devenue folle, que vous aviez attaqué Blake sans motif. Heureusement pour vous, nous avons retrouvé Ray Hall. C'est incroyable, mais un agent l'a arrêté sur Cromer Road à cause d'un feu arrière défaillant, et il a tenté de le poignarder. L'arme avec laquelle il a tué Hannay, à mon avis. Une fois ici, il a déclaré qu'il ne parlerait qu'à Blake. Il a prétendu être un de ses informateurs. Alors, j'ai commencé à comprendre qui pouvait être le vendu parmi nous.

– Comment va-t-il ?

– Blake ? Dans le coma. Trop tôt pour un pronostic. Mais je veux bien croire que vous avez agi en état de légitime défense. »

Elle hocha la tête. Personne ne prononça le nom de Nick.

« On y va ? »

Dans la voiture, bercée par la chaleur et le ronflement du moteur, Sarah avait tendance à s'assoupir et elle n'arrivait pas à se concentrer sur les explications de Morton.

« Quand j'ai dit à Ray Hall qu'on avait coincé Blake, il a fini par se mettre à table. En fait, ils étaient trois, plus Blake. Andy Walton s'occupait de l'organisation sur la plage, tandis que Nick Walton et Ray Hall prenaient les livraisons en mer. Une combine impeccable. Un yacht lançait un signal de détresse pour annoncer un problème de moteur, et le canot de sauvetage sortait à son secours. Walton et Hall embarquaient la drogue et, la panne soi-disant réparée, l'autre repartait ou se faisait escorter jusqu'à Yarwell. Au moindre soupçon, c'est lui qu'on aurait surveillé et pas l'embarcation de sauvetage, bien entendu.

« Mais ils ne pouvaient pas le faire trop souvent. Quelqu'un aurait pu s'étonner qu'il y ait tant d'appels à l'aide quand Ray Hall et Nick Walton étaient de service. Donc, il leur arrivait d'aller chercher la marchandise en Zodiac, comme samedi dernier, et de revenir à Compton Spit. Après avoir attendu la lettre de Denton, ils s'apprêtaient à remonter à la Maison-Rouge.

« D'après Ray Hall, la mort de Hannay a été un accident. Le type, dit-il, a surgi de nulle part, complètement paniqué. Je suppose que Nicola venait de s'évanouir et qu'il cherchait de l'aide. Le malheureux s'est précipité vers eux, croyant en avoir trouvé. Malgré son air affolé, ils l'ont pris pour un flic. Ils lui sont tombés dessus, il s'est débattu. Ray a sorti son couteau. Il n'avait pas l'intention de le frapper mais, dans la lutte, c'est arrivé. Il ne pensait pas l'avoir sérieusement blessé car Hannay a réussi à se libérer et a filé. Ils ont fait pareil, dans l'autre sens. Ce n'est qu'en rentrant que Ray a vu qu'il avait du sang sur lui et a commencé à s'inquiéter. Le lendemain, ils ont appris qu'on avait découvert deux cadavres. Ça a dû leur faire un sale coup. »

Il se tut, comme pour laisser la parole à Sarah. Elle se souvint qu'en téléphonant, ce matin-là, Blake avait parlé d'un corps, et d'un seul. Déjà prévenu par Nick ou un autre, il avait dû aller à la plage. Il s'était rendu le premier sur le lieu du crime, avant elle et Morton. Et Nicola était déjà partie. Mais elle ne trouva pas l'énergie de le lui expliquer.

« C'est inimaginable ce que nous avons découvert au chantier naval, poursuivit Morton. Ils ont même caché deux mitraillettes. Andrew Walton était dans l'armée : c'est sans doute là qu'il se les est procurées.

Quelle ironie ! Elle avait supposé qu'Ed rendait un service à un vieil ami noir, trafiquant de drogue. Il s'avérait qu'il voulait aider le frère de Nick, ancien camarade de régiment. Loyauté à l'armée. Loyauté à la police. Combien de ses collègues avaient-ils eu des soupçons sur Blake, se demanda-t-elle.

« Et qu'y avait-il, dans cette lettre d'Ed ?

– Je ne sais pas, reconnut Morton. Denton dit ne pas l'avoir ouverte et je le crois. Peut-être des instructions pour collecter l'argent ou livrer les stupéfiants. Ou le code d'un casier de consigne. Mais, à mon avis, ni Walton ni Hall ne nous le diront. Nous ne le saurons pas. »

Ils quittèrent la grande route pour le village. Sarah imagina la Maison-Rouge fermée, ceinte de son périmètre de protection, entourée de policiers et de quelques voisins curieux, observant la scène de loin. Parmi les ronces, sur les dunes, sur la plage, des escadrons devaient se former pour commencer les recherches.

Et, sur les vagues, un bidon rouge devait danser, entraîné par ces mêmes courants qui avaient rejeté le corps de Chris Hannay sur la rive. Et emporté Tom.

Ils passèrent en silence devant le panneau du village, le pub, les vieilles écuries, l'église. Sarah se redressa, soudain bien réveillée.

« Pouvez-vous vous arrêter ? Ici, oui. »

Morton freina, laissant tourner le moteur.

« Allez-y, dit-elle. Je vous rejoins là-bas. Je vais couper à travers champs.

— Il faut éclaircir tout cela, dit-il doucement. Nous ne pouvons pas perdre de temps.

— Ne vous inquiétez pas. Ce ne sera pas long. J'ai une chose à faire, avant. »

Sarah traversa la route, ouvrit le portillon du cimetière. Soucieux, Morton la regarda se faufiler d'un pas incertain entre les tombes. Ayant trouvé celle qu'elle cherchait, elle s'immobilisa.

Puis elle s'agenouilla devant la pierre, tête baissée. Une petite silhouette sombre dans la lumière automnale.